UN LUNDI DE PENTECÔTE

DU MÊME AUTEUR

La Faussaire, 2022, Pocket, 2023

« Un père à la truffe », in *Déguster le noir*, recueil de nouvelles sous la direction d'Yvan Fauth, 2023

PATRICIA DELAHAIE

UN LUNDI DE PENTECÔTE

belfond

Retrouvez-nous sur www.belfond.fr
ou www.facebook.com/belfond

Éditions Belfond,
92, avenue de France, 75013 Paris.
Pour le Canada,
Interforum Canada, Inc.,
1055, bd René-Lévesque-Est,
Bureau 1100,
Montréal, Québec, H2L 4S5

ISBN : 978-2-7144-9587-7
Dépôt légal : mars 2024

Belfond | un département **place des éditeurs**

place
des
éditeurs

Pour toi Hubert, mon amour.

À vous mes enfants chéris,
Vincent et Alena, Sébastien et Constance.

À vous mes quatre merveilles,
Iliana, Stanislas, Samuel et Joachim.

« J'aime les faits divers et les gens qui les lisent car il faut beaucoup d'humanité pour aller voir au-delà des horreurs qu'ils racontent. »

Véronique Mahé, un lundi de septembre
au Père Tranquille

Avant-propos

Quand l'affaire Ranucci a éclaté, j'avais à peu près le même âge que ce beau jeune homme menotté qui faisait la une des journaux. Nous étions tous les deux des enfants du printemps.

Par effroi sans doute, je ne m'attardais pas sur le crime dont on l'accusait. Je fixais ce visage angélique et ne pouvais croire à sa culpabilité. Il avait l'allure et le visage d'un frère, d'un ami !

J'étais mûre pour lire avec passion, quelques années plus tard, *Le Pull-over rouge*, l'excellent livre de Gilles Perrault. Il m'a vite persuadée que mon « beau jeune homme » était victime d'une erreur judiciaire. Et j'y repensais quelquefois comme à une ombre portée au tableau national.

Les années ont passé et d'autres enfants, hélas, ont été enlevés, abusés, assassinés. On a dénoncé de plus en plus souvent les violences sexuelles et la pédophilie, dont on parlait peu à l'époque de l'affaire.

Des livres, ceux de MM. Fratacci, Bouladou, Vincent… sont venus bousculer les arguments de Gilles Perrault. Je me suis à nouveau passionnée pour ce fait divers.

Et, en particulier, pour ces zones obscures qu'aucun document, à mon avis, n'éclairait vraiment, à savoir : qui était Ranucci ? Quelles étaient ses relations avec sa mère ? A-t-il vu son père le matin du meurtre et que s'est-il passé entre eux ? Pourquoi s'est-il écrié sincèrement : « Je ne suis pas un salaud ! » et pourquoi a-t-il eu ce comportement suicidaire pendant son procès ? Quel rôle sa mère a-t-elle joué ? Quand a-t-elle su ? Qu'a-t-elle dit, pensé ?

J'essaie dans ce roman de répondre à ces questions en suspens. Pour recréer *mon* affaire Ranucci, j'ai prêté aux personnages des pensées, des relations, des actes et des propos vrais pour certains, teintés de fiction pour d'autres.

Ce travail romanesque m'a poussée à changer les noms de lieux et de personnes. Je me suis rapprochée de l'Italie qui m'est plus familière que l'Espagne des Rambla. J'ai offert au frère de la petite fille enlevée en ce lundi de Pentecôte 1974 une existence moins mortifère que ne le fut la sienne, parce que je crois aux rencontres providentielles – thérapeutiques, amoureuses, amicales – capables d'infléchir positivement le cours d'une vie.

Certains hommes de l'histoire sont devenus des femmes pour raconter des parcours féminins, encore tâtonnants, dans l'inscription particulière des années 1970. Les plaidoiries sont proches de la réalité. Quant au pull-over rouge, il s'est changé en… gourmette pour souligner ma part d'invention et trancher avec le travail réaliste et documentaire effectué par d'autres auteurs.

Aujourd'hui, il suffirait d'un test ADN pour savoir si Ranucci était innocent ou coupable. L'instruction durerait plusieurs années et serait conduite par plusieurs magistrats expérimentés. Pendant le procès étalé sur une semaine au moins (il n'a duré que deux jours en 1976), on chercherait à comprendre l'accusé, même malgré lui.

Ainsi, les hommes, les institutions et les techniques progressent. Mais ce qui vaut pour la justice vaut hélas pour la délinquance. La pédocriminalité s'organise autant qu'on la combat, notamment par des mots. D'ailleurs, ce terme n'existe que depuis 2000. Un anachronisme que vous me pardonnerez...

- 1 -

Quelques jours avant le lundi de Pentecôte 1974

Je voudrais mourir à la James Dean
au volant de ma Porsche, « Little Bastard »,
déchiqueté, défiguré.
J'y pense quelquefois
une envolée de tôle froissée et de pneus éclatés
sur une route de Californie, la 466.
On parle de moi dans les journaux
les flashs, les photographes,
c'est la gloire, c'est mon heure.
Au lieu de ça, des soirées devant la télé.
Je finis le puzzle, je caresse mon chat.
Le samedi soir, sous les lampions,
au restaurant de la plage,
face à la mer, l'écume des vagues,
la lune qui brille, les rires, les amoureux.
C'est romantique, on trinque : « Santé, Maman ! »
Toujours elle, toujours moi.
Et pourtant, j'ai vingt ans…
À vingt ans, on boit des bières, on voit des potes,

on drague des filles, on couche avec.
J'ai rien de tout ça, à part Richepin,
mon seul copain peut-être, et encore...
Quant aux filles, j'ai essayé.
Les poils, les seins, ça me dégoûte.
Je suis pas normal, j'ai tellement honte.
La première fois, j'ai pas compris
cet élan, ce désir.
Cinq ans, elle avait cinq ans !
Je me suis dit ça va passer...
Mais c'est revenu, une fois, deux fois, vingt fois.
Un garçon, une fille,
moins de dix ans toujours.
Je leur en voulais, envie de cogner.
Rien que cette idée ça m'excitait.
D'où le surnom, « l'ogre ».
L'ogre qui veut croquer les petits enfants.
Des fois, je suis parano.
Je pense que ça se lit sur mon visage.
On me montre du doigt.
Salaud ! Satyre !
Ils m'attendent avec leurs poings,
veulent me cogner, me pendre à un arbre
comme dans les films.
D'où ces envies : foncer dans un trente tonnes,
me jeter contre un platane.
Au revoir, m'sieurs-dames, salut la compagnie !
Je pense à Maman, elle en mourrait.
De toute façon, j'ai pas ce courage.
Des cachets, ce serait mieux mais lesquels,
à quelle dose ?
Se foutre en l'air, c'est compliqué...
À la naissance, les enfants sont des anges, tous.
Alors, moi aussi j'étais un ange.
Qu'est-ce qui m'est arrivé ?

Comment c'est venu ce goût, cette tare ?
À cause de lui, c'est ça !
L'envie de cogner, l'hérédité,
tel père, tel fils, ça viendrait de là ?
Jamais je ferais de mal,
je le jure sur la tête de Maman.
Ou alors, je pourrais caresser, sans abîmer.
Les caresses, tout le monde aime ça.
Je sais bien, c'est pas permis.
Enfin, pas pour l'instant.
On en parle à la télé. L'écrivain aux beaux yeux,
j'ai oublié son nom, et d'autres célèbres aussi,
le chanteur et l'étudiant...
Je ne dis pas qu'ils le font mais ça les tente.
C'est vrai ça, on apprend bien à lire, à écrire,
pourquoi pas à aimer ?
Un grand initiant un petit, c'est beau...
Y a des cultures où c'est permis.
Faut libérer tout ça.
Si un Président réforme les mœurs, ce sera Giscard.
Il est jeune, moderne.
Il veut regarder « la France au fond des yeux »
et venir dîner chez nous.
On en parle, Maman et moi.
On pourrait l'inviter.
Ça changerait des autres familles...
Elle a voté pour lui.
Si j'avais eu l'âge, je l'aurais fait aussi.
En un sens, elle est dans le coup, ma mère...
Elle travaille, elle a changé de ville, de pays,
elle m'élève seule.
Mais quand Léo Ferré chante Petite
ça la rend folle.
Elle éteint le poste : « Vieux cochon ! »
L'autre jour, on s'est pris le chou à cause des albums

Martine à la ferme, Martine à la plage…
On en a plein chez nous.
J'ai eu le malheur de constater
qu'avec sa petite culotte brodée, ses lèvres brillantes,
ses jambes qui se croisent et se décroisent,
c'est une aguicheuse, la petite Martine.
Oh là là, qu'est-ce que j'avais pas dit !
Ma mère est entrée dans une de ces fureurs !
Debout dans la cuisine,
son torchon à la main, les sourcils froncés :
« C'est une petite fille, qu'elle criait,
et une petite fille n'est jamais *une aguicheuse.*
Une enfant est une enfant.
On donne pas de vin à un bébé.
On le laisse croire au père Noël.
Le sexe c'est pareil. C'est trop tôt, beaucoup trop tôt !
Alors elle n'aguiche pas, elle imite, *faut pas confondre ! »*
On pouvait plus l'arrêter, une mouche l'avait piquée.
Elle est très calme d'habitude.
Parfois je me dis qu'elle a deviné pour l'ogre.
Elle supporte pas qu'on s'en prenne aux enfants.
Mais qu'est-ce qu'elle croit ? Moi aussi je les aime !
Ils sont francs, gentils et surtout
sans jugement, sans arrière-pensée.
Ils ont tellement confiance !
C'est beau l'innocence…
Et leur peau toute neuve, leur sexe…
Là, je me tape sur les doigts.
Faut pas que j'y pense !
C'est pénible cette idée, cette obsession
qui revient tout le temps.
Faudrait que j'en parle mais à qui ?
J'ai pas insisté pour les Martine.
J'ai dit en riant : « Je sais bien que t'es pudibonde ! »

Je l'ai embrassée comme du bon pain.
Elle a fondu comme un glaçon...

Y a pas que Maman qui s'énerve.
La semaine dernière, j'ai rencontré un môme.
Six, sept ans pas plus, aimable, je lui plaisais bien.
Il était tout seul dans un parking,
il attendait quelqu'un.
Il voulait qu'on se parle, j'allais pas lui dire non.
Il m'a raconté son école, ses petites autos...
Il disait « pistolec » au lieu de pistolet, c'était mignon.
On s'est cachés entre les voitures, on s'accordait bien.
L'ogre me travaillait,
il me laisse jamais tranquille, celui-là.
Mais j'ai juré que j'en croquerai pas.
Je lui ai fait une bise sans ambiguïté, très paternellement.
J'étais content de moi.
Je lui ai donné rendez-vous pour le lendemain,
même lieu, même heure.
J'ai attendu, attendu et il est arrivé avec son père furibard
qui gueulait : « C'est lui, c'est lui ! »
J'ai eu la peur de ma vie.
Je me suis mis à courir.
Je l'ai senti dans mon dos qui frôlait ma chemise.
Heureusement, je courais plus vite
et j'ai tenu plus longtemps.
Je me suis arrêté, j'ai repris mon souffle
et là, je me suis demandé : Mais pourquoi t'as fui ?
Je l'ai pas touché, ce gamin.
Les idées mal placées, c'est le père qui les avait, pas moi !
Décidément, les adultes, quelle sale race !
Sournois, méfiants, agressifs...
J'aurais dû me retourner et rétorquer :
« J'ai parlé avec votre fils, et alors ?
"Un enfant est une personne" comme on dit à la radio.

Et qu'est-ce qu'on fait avec une personne ?
On lui parle, monsieur, on lui parle ! »
Qu'est-ce qu'il aurait pu contre moi ?
Absolument rien.
Je suis pas fiché. Pas signalé.
J'ai jamais fait de mal à personne.
Pas une seule contravention
et pourtant, la vitesse ça me connaît…
Alors pourquoi j'ai couru ?
Comme si j'étais coupable.
C'est tout moi d'agir contre mon intérêt.
Sauf qu'il m'a souri le premier avec ses grands yeux,
j'allais pas lui dire non.
Évidemment, en France,
c'est pas commun d'accoster un gamin.
En Indonésie, ça choquerait personne
mais, ici, on est en retard.
Si je continue je vais avoir des ennuis.
Je vais finir pendu ou en prison.
Je dois me protéger. Je dois mater l'ogre.
J'y pense tout le temps.

J'ai mis au point toute une technique.
Première ruse, pas de tentation.
Je pars tôt, je rentre tard,
j'évite les squares, les heures d'école
et… les parkings.
Deuxième ruse, c'est « bête comme chou »,
dirait Maman : distraire l'ogre, stopper le fantasme.
Là par exemple, il s'échauffe à cause de…
Enfin, il s'échauffe.
Je laisse Maman au puzzle.
Je fonce vers le balcon. Je me penche, je regarde dehors.
Rien que ça, c'est efficace.
Je me concentre sur…

la voiture bleue, celle qui se gare près des caddies.
Et voilà, je débande, c'est mécanique !
Ça dure combien de temps un fantasme ?
J'ai chronométré, entre quelques secondes
et toute la journée.
Alors je lui accorde dix minutes, pas plus.
J'y arrive. C'est possible.

Seulement…
Sans les enfants je suis vide. Je m'ennuie.
Sans plaire, sans aimer, c'est tellement triste la vie.
Maman dit que pour être heureux
il suffit d'accepter les choses telles qu'elles sont.
Sauf que pour moi c'est le contraire.
Je dois lutter contre ma nature
refouler le meilleur, le plus excitant.
Je dois tout faire pour mon malheur,
comme un gros qui s'empêche de manger,
un alcoolique qui s'interdit de boire.
Cette semaine, j'ai roulé à toute vitesse.
À cent à l'heure, je sens moins le désir.
Plus je frôle la mort, plus j'aime la vie.
J'ai couru aussi… Quinze kilomètres par jour !
Au boulot, concentration,
un fil rouge, un fil bleu, suivre le schéma,
ranger, sourire, dire au revoir, merci…
Et maintenant, chercher le bord vert avec un trait gris.
En oubliant le motif que l'ogre a choisi :
les petites danseuses de Degas.
Du coin de l'œil, je regarde Maman,
tout heureuse qu'on « travaille » ensemble.

Quand elle est là, je suis protégé.
Triste, dans une existence de vieux, mais à l'abri.
On regarde des films, on fait un jeu.

Ma Maman, mon petit chat.
Je m'en contenterai.
Plus de désir, plus d'enfant,
c'est une promesse que je lui ai faite, secrètement.
Elle dit tout le temps : « T'es mon petit Dieu. »
Je ferai rien, c'est promis.
Pas tant que c'est interdit.
Au fond, je suis quelqu'un de bien.
Un vrai méchant penserait à lui.
Moi je pense à l'ogre.
Bas les pattes, salopard ! C'est comme ça que je lui parle.
Sors de ma vie !
Et ça marche. Quand je cours, quand je conduis,
quand je lis avec Maman près de moi,
j'ai plus de désir.
J'espère que l'ogre est parti.
Je me dis qu'il reviendra pas.
Que je vais bander comme tout le monde.
En finir avec les tourments, les stratégies
avec l'envie de mourir, la peur d'être surpris.
Peut-être qu'un jour, je me marierai
avec une femme frêle, petite, toute plate,
rasée et gentille avec moi.
Si ça se trouve, je suis déjà guéri.
Maman a raison : il suffit de vouloir !

- 2 -

Marseille, le 3 juin 1974,
lundi de Pentecôte, vers 11 heures

On se croirait en été. C'est une matinée splendide. Les joues de Livia rosissent sous l'effet du soleil. Elle saute sur un pied. Elle pousse un caillou plat qui progresse sur les cases d'une marelle, tracée à la craie bleue sur la chaussée. Sept, huit, neuf, le ciel ! Autour d'elle, ses copines et son petit frère se tortillent et font des grimaces pour la déconcentrer. Elle s'applique et n'empiète pas sur les lignes. Youpi, elle a gagné ! Ils prennent un air navré. Elle jubile, *na-na-nè-re*.

Elle est fière de réussir. Elle travaille bien à l'école mais elle aime encore plus jouer dehors et porter comme aujourd'hui sa belle robe blanche, sa préférée. Celle des dimanches. Celle qui tourne quand elle danse, avec une bordure de cerises rouges à la ceinture et vers l'ourlet. Elle est coquette, Livia ! Ce matin, elle a longuement hésité entre ses claquettes beiges et ses sandales roses. Nino, son petit frère, était pressé de jouer. « Viens, on s'en moque ! » Va pour les sandales, bien qu'elles taillent grand pour son pied fin.

Ils habitent Marseille, le quartier des Chartreux. Les années 1950 ont défoncé les clôtures, éventré les pavillons, bétonné le ruisseau pour édifier une voie express et des grands ensembles à loyer modéré. On les dit sans âme mais Livia s'épanouit dans un milieu, une famille qui la guident tranquillement. Elle sait exactement ce qu'elle doit faire : obéir à ses parents, écouter en classe, bien apprendre ses leçons et jouer le reste du temps.

Ce lundi de Pentecôte, elle court après Nino, pouffe avec les jumelles, ses petites voisines du troisième. Elle a chaud. Elle souffle sur sa frange. Et pourtant, elle court, elle saute. Bouger, elle aime tant ça ! En prenant soin de sa belle robe pour ne pas la salir. Vers 11 heures, ses copines remontent chez elles. C'est alors que Nino propose de « cueillir des fleurs pour Maman ». Des pâquerettes qui poussent sur un carré de gazon vert. Livia s'entend bien avec son petit frère. Leurs tempéraments s'emboîtent facilement. Elle mène, elle domine. Elle invente les jeux, les histoires, mais dès qu'il résiste un peu, elle cède du terrain, lui laisse l'initiative et le suit, bien volontiers. Elle peut même l'admirer comme maintenant : « Un cadeau pour Maman, quelle bonne idée ! »

Lorsqu'il s'agit des enfants, Marcia Pozzi a toujours une oreille qui traîne. À 11 h 10, elle s'inquiète de ne plus entendre de bruit, en bas. Son mari n'aime pas qu'ils jouent dans la rue, avec toutes ces autos qui passent. Mais c'est un jour férié et il fait beau. Tout le monde est à la mer. Elle se penche par la fenêtre du premier étage. Livia et Nino sont accroupis autour de quelque chose qu'elle ne voit pas. Une fourmi peut-être... Ils chuchotent comme des conspirateurs. Ils s'entendent si bien ! Elle note l'absence des petites voisines qui ont dû remonter chez elles pour le déjeuner.

— Livia, Nino, venez vous laver les mains !

Sa fille lève vers elle un visage lumineux.

— Encore une minute, Maman, s'il te plaît, on fait un bouquet.

Marcia sourit. Ils sont tellement mignons ! Pourquoi ne pas les laisser encore un peu dehors ? D'autant qu'elle est en retard. Elle regarde l'heure à l'horloge de la cuisine. Elle n'a pas fait les lits. Il lui reste à allumer le four pour cuire les quenelles, à dresser le couvert et à s'occuper de la crème anglaise...

— D'accord, mais cinq minutes, pas plus, dit-elle aux enfants.

Pendant ce temps, une voiture grise arrive par le nord et traverse la cité déserte. On entend seulement quelques bruits de vaisselle, quelques radios allumées. La lumière crue souligne au crayon les arêtes des immeubles. Son allure est si lente qu'on entend à peine le frottement des pneus sur l'asphalte. Quand elle roule sur la marelle bleue, il est 11 h 20. Elle s'arrête au pied des garages.

Marcia fouette vivement la crème qui doit chauffer mais surtout pas bouillir... Elle la met à refroidir dans l'évier, quelques glaçons dans l'eau froide. Elle attrape une nappe blanche dans le buffet. Elle la pose sur la table en la lissant du plat de la main...

La voiture grise repart vers l'est. Elle fonce en direction d'Aix-en-Provence. Elle n'est restée que quelques minutes.

Il est 11 h 25. La mère jette un nouveau coup d'œil dehors. Elle ne voit que Nino.

— Où est Livia ? demande-t-elle.

— Partie chercher le chien.

— Ah, tiens !

Un nouveau jeu des enfants, sans doute... Il faut qu'elle soit prête quand son mari rentrera. Il est affamé à son retour du travail. Elle met la table en commençant par les assiettes, qu'elle dispose bien soigneusement, à égale distance les unes des autres.

- 3 -

À force de se lever tôt, Marcello Pozzi ne sait plus dormir tard. Aussi en profite-t-il pour arrondir ses fins de mois. Le dimanche matin et les jours fériés, il entretient le jardin d'une riche veuve, à l'autre bout de la ville. Il aime travailler, économiser franc après franc pour assurer l'avenir des siens. C'est son honneur, sa fierté de chef de famille.

C'est donc avec un sentiment de devoir accompli qu'il rentre chez lui en ce lundi de Pentecôte, heureux de retrouver sa femme, ses enfants, et de mettre les pieds sous la table pour apprécier un bon repas. Car Marcia est une excellente cuisinière. Elle a mitonné un repas de fête, celui d'un début de mois, avec des quenelles au pesto et un dessert au chocolat pour les *bambini*. Il va prendre une douche, s'asseoir à table, déplier une serviette propre qui sent la lessive fraîche et se détendre, enfin.

Car il est vite anxieux et soupe au lait, le contraire d'un caractère serein, mais, en compagnie de sa femme, il s'apaise. Elle est calme. Elle est gaie. Il n'en revient pas de l'avoir rencontrée, épousée, et qu'elle lui convienne si bien. Elle est jeune (huit ans de moins que lui). Sa beauté est à son goût. Elle est dure à la tâche. Ensemble, ils peuvent tout espérer.

Il l'a connue quand elle était gamine à Valtrello, leur village natal, près de Naples. Ensuite il a roulé sa bosse comme marin, boulanger, docker en France, à Marseille surtout. Quand il l'a retrouvée, elle avait grandi, elle dansait la tarentelle comme une déesse et chantait *Non ho l'età* en riant. Un coup de foudre, un projet : se marier, fonder une famille, travailler sans compter leurs heures pour construire plus tard, et de leurs mains, une maison à eux avec un jardin clos.

Néanmoins, la route est longue. Ils ont déposé une demande de logement HLM. Ils n'ont pas encore les moyens d'acheter une voiture. Les plus riches, eux, sont à la mer. Ce lundi de Pentecôte, comme les autres jours, ils sont rivés à la cité et les enfants jouent dans la rue. Marcello le voit d'un mauvais œil mais comment faire autrement ? On signe des pétitions pour obtenir des ralentisseurs et qu'un square soit construit. Sans succès pour l'instant...

Livia est leur aînée. Elle a huit ans. Elle a été désirée et choyée. Dès qu'il a vu sa fille à la maternité, Marcello est tombé fou amoureux de ses sourcils fins, à peine visibles, bien dessinés. De son nez un peu large, de ses doigts minuscules et diaphanes, de sa bouche charnue, vite cloquée par les tétées. Il l'aime passionnément quand elle dort en sifflant doucement. Quand elle s'éveille toute chiffonnée. Quand elle mange sa soupe, le nez froncé, du bout des lèvres. Quand ses yeux gourmands brillent pour un bonbon. Quand elle joue avec des riens, sans lui reprocher d'être pauvre. Quand elle enfile sa robe blanche à cerises rouges et tourne sur elle-même, comme une toupie. Quand elle attrape la main de son petit frère pour l'emmener à l'école.

Quand elle l'habille le matin. Quand elle se détourne avec pudeur pour allaiter sa poupée.

Il l'aime à la folie, à chaque instant, et s'effraie parfois de cette dépendance. Il donnerait sa vie pour la faire rire et voir ses dents du bonheur éclairer son visage. Quand il pense à elle, son cœur pourrait exploser d'amour.

Et puis il y a Nino, son fils. En prononçant ce mot, il a tout dit.

Son petit garçon de six ans, soumis à sa grande sœur comme un page à sa reine. Il la suit, obéit, adhère à toutes ses fantaisies. Il la scrute pour grandir, se sent bien sous son aile. Ils partagent la même chambre, les mêmes jeux, respirent le même air. Ils attendent, avec la même impatience, ce mois d'août à Valtrello où la famille italienne les accueille avec des rires, des fêtes, des cadeaux et des repas sans fin.

⋆

Marcello arrive à vélomoteur, les cheveux au vent, en bras de chemise, la peau dorée par le soleil et le travail en plein air. En bas de la rue en pente, il aperçoit son fils qui court le long du trottoir. Absorbé, l'enfant regarde entre les voitures et sous les roues.

Le père gare son engin au pied de son immeuble.

— Ohé, Nino, qu'est-ce que tu cherches ? demande-t-il gaiement.

Le garçon n'entend pas. Il ne répond pas. D'habitude, il vient à sa rencontre et lui saute au cou. A-t-il perdu son ballon ? Il paraît préoccupé. À moins qu'il n'ait de nouveau un problème d'oreille. Toutes ces otites qui les tracassent… Cette nuit encore, il a mal dormi. D'ailleurs, ce matin, il a demandé à Marcia de le garder à la maison. Pour qu'il se retape. Mais elle n'en fait qu'à sa tête, c'est son seul défaut.

Marcello presse le pas. Devant Nino, il s'accroupit, écarte les bras.

— Alors, tu ne dis pas bonjour à ton papa ?

Avec la fierté de celui auquel on a confié une mission, l'enfant répond sérieusement :

— Non ! Je cherche le chien !

Le père sourit, attendri. Il regarde alentour, en quête de sa fille. Elle n'est jamais très loin de son frère, son partenaire de jeu.

— Et ta sœur, elle est où ?

Nino répond d'un ton égal :

— Elle aussi, elle cherche le chien.

— Quel chien ? s'étonne Marcello.

— Le chien du monsieur.

— Quel monsieur ?

— Celui du chien, dit le garçon avec ce brin d'impatience qu'ont les enfants quand les adultes ne les comprennent pas.

— Mais de quel monsieur tu parles ?

— Celui de la voiture.

Alerté, le père demande plus fermement :

— Mais quel monsieur, quelle voiture, quel chien ?

— Un monsieur qui a perdu son chien, répète Nino. Tout le monde le cherche...

— Qui ? Le monsieur ou le chien ?

— Bah, le chien ! dit l'enfant comme s'il avait affaire à un idiot. Livia est avec lui dans la voiture.

— Pour chercher le chien ?

— C'est ça !

— Et tu le connais, ce monsieur ?

Nino fait non de la tête.

Marcello mesure soudain la gravité de la situation. Il se met à crier :

— Mais c'est quoi cette histoire de chien ! Elle est montée avec lui ? Et il était comment, ce monsieur ? Et la voiture ?

Nino vacille. Il était si content d'aider.

— Et tu l'as laissée faire ! gronde le père.

Le petit garçon rétrécit sous ses cris. Aurait-il commis une bêtise ? Il revoit sa sœur hésiter avant de monter dans la voiture. Comme si elle lui demandait son avis. Or il n'a rien dit. Il est resté sans expression. Il n'a pensé qu'au chien. Du coup, elle est partie. Et c'est sûrement mal. Son père paraît très fâché. Nino se trouble. Il a envie de pleurer.

Marcello l'abandonne sur le trottoir avec la consigne d'attendre sa sœur ici. Il monte chez lui quatre à quatre, ouvre les portes de la cuisine et des chambres en demandant si Livia est là. Marcia, qui est encore en tablier, reste interdite. Il s'adresse à elle maintenant, vivement.

— Livia, elle est là ? Elle est remontée ?

— Non.

— Tu es sûre ?

— Mais oui, elle joue dehors...

— Non, justement, elle n'est plus dehors. Elle est partie avec un homme, dans une voiture !

— Comment ça, partie... avec un homme... Je ne comprends rien !

Elle se dirige vers la fenêtre, interpelle Nino qui patiente en bas, statufié.

— Et elle est où, ta sœur ?

Les mêmes mots, la même angoisse, la même incompréhension, la famille Pozzi parle en boucle, reprend le fil des événements dans un sens et dans l'autre. Marcia se justifie. Elle s'occupait du ménage, des lits, du dessert, elle jetait un coup d'œil en bas de temps en temps... Elle s'emballe dans un sabir franco-italien que son mari, d'habitude, réprouve gentiment : « Comment tu veux que les enfants deviennent de vrais petits Français, si tu leur parles les deux langues en même temps ? »

Cette fois, il s'énerve vraiment.

— *Cosa c'è ! Cosa c'è !* Arrête de répéter ça comme un perroquet ! dit-il avant de claquer la porte.

Il redescend, parcourt la cité, pénètre dans les immeubles, appelle dans les cages d'escalier, demande à chacun si quelqu'un aurait vu sa petite fille, huit ans, brune, avec une robe blanche.

— Livia ! Livia !

Nino le suit en trottinant. Il court et s'arrête net, comme un chien à l'affût, au rythme de son père. Des portes, des fenêtres s'ouvrent. On se parle d'un étage à l'autre.

— Qu'est-ce qui se passe ?

— Pourquoi ça crie comme ça ?

— Une fille a disparu !

— Disparu !

— Enlevée !

— Chez qui ?

— Les Pozzi...

— Un chien ?

— Ce ne serait pas plutôt un chat ? Parce que le mien s'est enfui par les toits...

De toutes parts, on sort pour s'informer et soutenir ce père affolé. Car dans cette cité, comme ailleurs, on s'embrouille sur des bricoles mais on est là dans les coups durs.

— Livia ! Livia !

La rue bourdonne. Le bruit se répand.

— Elle est sûrement dans le quartier...

— Vous êtes allés voir chez les Fratello ?

Marcello remonte chez lui en transpirant. Le couvert est dressé, les serviettes pliées, le pain coupé. Les quenelles sèchent dans le four. Marcia hésite entre descendre et rester à la maison. Elle est déboussolée, la gorge nouée, les mains inutiles.

Son mari ordonne :

— Toi, tu ne bouges pas !

Dans une enveloppe attendent les dernières photos de classe. Elles ont été prises quelques jours auparavant. Le père en attrape une, la première, qui n'est pas la plus flatteuse. Livia, en écolière, hésite entre sourire et grimace. Il fourre l'image contre son cœur. Le geste est si vif que la soupière tombe par terre et se brise. Marcello ne prend pas le temps de s'excuser ni de ramasser. Plus rien ne va chez les Pozzi.

De nouveau, la porte claque. Le ciment de la cage d'escalier est inondé d'une lumière trop vive. Marcello dévale les marches, n'éprouve ni la faim ni la fatigue. Dans l'incertitude du sort de sa fille, rien ne peut l'arrêter... Il enfourche son vélomoteur. Nino monte précipitamment sur le porte-bagages. Assis sur le coussin à petites fleurs rouges qui tient par des tendeurs, il se colle à son père, enlace sa taille, la joue posée contre son dos. Son ventre gargouille. Bien sûr, il n'en dit rien. Comment pourrait-il réclamer quoi que ce soit ? L'heure paraît si grave.

Le paysage défile. Des rues tranquilles, des places vides, des passants rares à l'heure du déjeuner. Ce lundi de Pentecôte fait la sieste sans s'inquiéter d'eux. Le vent s'engouffre dans leurs cheveux. Ils foncent vers l'hôtel de police de Marseille.

- 4 -

Pendant ce temps, sur la route d'Aix-en-Provence

Je la regarde dans le rétroviseur,
elle est toute calme, elle a baissé la vitre.
Elle ferme les yeux, le nez au vent, comme si elle profitait.
J'avais peur qu'elle crie mais non, elle sourit.
Heureuse de se promener en voiture
loin de Marseille, occupée à chercher le chien.
J'ai suggéré qu'il était peut-être rentré.
Elle a dit tant mieux, sans rien demander d'autre.
C'est une bonne petite et tellement jolie,
avec ses grands yeux confiants,
sa peau nette, pas un poil, pas un bouton,
mais faut pas que j'y pense...
Concentration, la route, les panneaux, la vitesse...
Je suis si nerveux !
Je m'étais promis... Je m'étais juré...
Encore l'ogre, ce salopard !
C'est sa faute aussi,
J'ai bien vu que je lui plaisais
Elle m'a regardé comme si, enfin...

Je dois rester calme, pas m'échauffer.
C'est la première fois que je vais si loin,
pire que dans le parking !
Si je suis honnête, c'est une connerie.
Je vais la ramener,
dire qu'on a perdu le chien, introuvable.
Je rejoindrai Maman, ma petite vie.
Je recommencerai à m'ennuyer, à être triste,
j'essaierai d'éviter les enfants
et quand je me rappellerai ce jour,
je penserai : Ouf, je l'ai échappé belle.
Je serai pas heureux mais soulagé.
Tiens, elle veut un élastique pour attacher ses cheveux.
Je réponds que je me fais pas de couettes.
Elle rigole de bon cœur.
Ses yeux pétillent, ça m'excite...
L'ogre encore, qui ne me lâche pas.
Je le jette par la porte, il rentre par la fenêtre.
Ta gueule, salopard !
— J'ai chaud !
C'est elle qui dit ça. Sûrement pour...
Elle serait pas un peu perverse, la petite Martine ?
Je vais lui donner ce qu'elle veut, puisqu'elle le demande.
Mais sans aller trop loin,
l'embrasser seulement comme le garçon l'autre jour,
en mordant à peine sur un coin de la lèvre.
Ça va pas, qu'est-ce que tu racontes !
Arrête ça tout de suite !
C'est bien qu'elle soit à l'arrière,
comme ça je suis moins tenté.
N'empêche que si Maman était là, elle serait furieuse.
Elle me crierait dessus : « Ramène-la !
Ramène-la ! Im-mé-dia-te-ment ! »
Non, Maman, j'ai pas envie, pas tout de suite
Pour une fois que j'ai l'occasion...

Ce sera peut-être la seule fois de ma vie,
s'il te plaît, laisse-moi en profiter.
Et puis, marre, à la fin !
Marre qu'on me dise quoi faire,
quoi dire, quoi penser...
Puisque je la toucherai pas !
Je vais la rendre intacte, pas déflorée, pas abîmée.
Promis, on fait juste un petit tour...
Je profite de sa présence, chastement.
Qu'est-ce qu'il m'a dit déjà ?
Sur la gauche, avant le carrefour... un embranchement.
Personne sur la route, je l'emmène là où j'ai prévu
et puis je m'en vais.
Un petit baiser, quelques caresses,
je la laisse sur place.
Et je file ni vu ni connu, on me retrouvera jamais.
J'hésite. Je dois me retenir.
Je suis un type bien et un bon fils
qui veut faire plaisir à sa maman.
Mais pourquoi pas à moi-même ?
Et à la petite puisqu'elle a l'air d'aimer ça.
Sinon, elle crierait.
Je vais m'arrêter. Je vais réfléchir.
Maman dit toujours de ne rien faire sur un coup de tête.
Je la regarde dans le rétro, la petite Martine,
elle sourit gentiment. C'est beau cette confiance.
Moi, gamin, je me méfiais déjà.
J'aimerais être heureux comme elle.
Sans friture, sans idées noires, sans pensées d'ogre.
Faudrait me soigner, mais qui, comment ?
Faudrait, faudrait, faudrait...
Vous êtes serein vous ? Si oui, levez le doigt !
— Ça va ?
Cette question, elle prouve que je suis gentil.
— Oui, ça va.

Je l'aime tellement avec ses yeux noisette,
son nez retroussé, sa frange...
Oh merde ! J'ai pas vu le dos-d'âne.
Maman serait furax : « Moins vite, bon sang de bois ! »
— Tu t'es cognée ?
— Non.
Elle est mignonne, décidément, calme, pas exigeante.
Par contre, je suis une vraie pile.
Les poils dressés. Tout tendu. Excité.
Faut que je réfléchisse.
Fumer une clope ça va m'aider,
marcher un peu. Souffler... Respirer...
On va se calmer. Mon clignotant, je me gare...
Je descends. Je regarde autour... Personne.
J'ouvre la portière, je rabats le siège,
toujours galant avec les dames, je lui tends la main.
Le pied de Cendrillon sort du carrosse.
Une vraie princesse, si belle, si propre !
Encore un point commun.
Moi non plus j'aime pas me salir.
Très gentleman, j'étale ma veste
Et, façon mousquetaire, je fais ma révérence.
— Si madame veut bien s'asseoir.
Elle est toute fière, elle est flattée, elle rit.
Elle a les dents du bonheur
Elle étale sa robe blanche autour d'elle, en corolle.
On dirait un lys...
C'est bon d'être ici dans la nature, au bout du monde
à ses côtés.
Une bonne odeur de garrigue...
Un ciel bleu, sans nuages,
et l'aigle qui passe comme un présage.
Elle montre sa bague en écartant les doigts.
Qu'est-ce que je disais, exactement comme Martine !
Une bague-fleur, bon marché, en forme de rose.

Bague-rose-bouton-bouton de rose, sexe en bouton...
Faut pas que j'y pense !
— C'est mon papa qui l'a eue à la foire,
en tirant à la carabine.
Une carabine ! J'en ai une moi aussi,
enveloppée dans une serviette de bain, dans le coffre.
Je lui dis seulement que je sais viser.
Elle demande où je tire et si j'ai gagné le gros lot.
Je pense à l'ogre qui vise une cible vivante, affolée.
— Tu m'emmèneras ?
— Où ça ?
— Bah, à la foire !
— Oui, bien sûr...
On est copains. Je dégouline...
Elle tient ses cheveux en queue-de-cheval, dans une main.
Le tissu épouse sa petite poitrine plate.
— T'as quel âge ?
— Huit ans ! Au fait, tu m'as pas dit comment tu t'appelles ?
— Je m'appelle Loïc.
Ça m'a échappé, j'aurais dû mentir, quel con, décidément !
Tiens, elle a un reflet cuivré dans l'œil gauche,
et une canine ébréchée.
Elle me voit la regarder, elle explique en rigolant :
— Papa dit que ça me donne l'air d'une pirate.
— Ah bon ?
— Oui, mais en vrai, il a pas de quoi payer le dentiste...
Elle est futée. Elle a chaud.
Des gouttelettes sur le front et les joues toutes roses.
C'est la chaleur ou l'excitation ?
Je pourrais lui arracher sa robe...
Pour me fabriquer des beaux souvenirs.
Mais ça ne va pas la tête, t'es complètement fou,
si près de la route !
Je tire sur ma clope en continuant de l'observer.

Elle a une écorchure au genou, je pourrais lécher.
Maman faisait ça quand j'étais petit.
Elle parlait des « vertus cicatrisantes de la salive »...
— Ça fait mal ?
— Quoi ?
— Ton bobo.
C'est bien moi, de me faire du souci pour elle.
À l'armée, j'étais soi-disant « pas collectif ».
Foutaises ! Je m'inquiète tout le temps.
La preuve, pour son petit genou...
— Et toi, tu veux pas savoir le mien ?
— Ton tien de quoi ?
— Mon prénom, tu ne veux pas le connaître ?
— Ah non, surtout pas ! Ton âge oui, ton prénom non. Mais je t'appelle « Princesse », c'est bien non ?
Oui, c'est bien. Elle est d'accord.
Elle se penche pour enlever une brindille sur sa robe.
Je regarde sa nuque, ses petites vertèbres pointues.
Ça craquerait comme du verre.
Je suis dingue, je vais finir en taule.
Je vais la ramener, c'est décidé !
Je dirai qu'on l'a cherché mais qu'on l'a pas retrouvé...
Blacky... Blacky, c'est bien pour un chien.
Je ferai l'innocent : « Et vous, vous l'avez vu ?
Non ? Oh, mon pauvre petit toutou ! »
Je ferai l'homme triste... mais bien poli.
Je les remercierai.
Je les féliciterai d'avoir une princesse
si serviable, si bien élevée.
J'ajouterai que, plus tard, son mari sera heureux.
Faites-moi signe quand elle aura grandi.
Si ça se trouve, ils voudront me payer.
Un dédommagement pour l'avoir ramenée.
Mais, grand seigneur, je refuserai.
Je remonterai dans ma voiture.

La petite m'adressera un coucou,
je lui enverrai un bisou.
Ça fait longtemps qu'on est là, à discuter,
au bord de la route ?
Je suis tellement nerveux.
J'ai fumé combien, un, deux... cinq mégots !
J'en peux plus ! Je lui demande si elle a un martinet chez elle.

— Un quoi ?

— Un fouet comme celui des dompteurs dans les cirques.

Elle hausse les épaules. Elle n'est jamais allée au cirque et, chez elle, on n'a pas la télé.

Je m'étonne sincèrement :

— Mais alors, vous faites quoi ?

Elle éclate de rire. Un rire clair
comme celui du Petit Prince.

— Bah, on joue, on danse, on chante.

Elle ajoute, comme si elle était riche de lui :

Avec mon petit frère.

C'est beau comme elle l'a dit et ça fait mal.
Je suis fils unique, tout le temps tout seul...

— Vous vous battez jamais ?

— Oh, sûrement pas, il est plus petit !

— Vous jouez pas aux Indiens ? Il t'attache à un arbre, tu peux plus bouger, tu cries...

Elle dit que non. Un petit non étonné
comme si j'étais bizarre.
Je me suis rapproché. Je lui prends la main,
je la pose sur l'ogre.
Elle la retire vivement, comme si elle se brûlait.
Elle se lève d'un bond, elle veut rentrer à la maison.
Elle a faim. Ses parents lui manquent. Son frère aussi.
Je la tire vers la voiture et je l'installe à l'avant, d'office.
Elle est toute raide. Elle sent si bon...

Le soleil avec une pointe acide.
Souffler, respirer, l'empêcher de pleurer.
Je vais allumer la radio.
Mais non, imbécile, si on parlait de nous !
Y a une chose que je me demande : sa petite culotte,
elle serait pas un peu large, comme sa robe ?
Auquel cas je pourrais glisser... On va y aller.
Ça ne doit pas être loin.
Ah merde...
j'ai raté l'embranchem...
Mais... Mais qu'est-ce qu'il fait, ce con ?
Il freine pas... Putain !

- 5 -

Quelques secondes avant l'accident du carrefour de La Pomme

Sur la nationale 96, Abel Manchet fixe la route, les sourcils froncés. Il est d'une humeur de chien. Secrètement, il maudit sa belle-mère, ses week-ends, sa femme... Ras-le-bol de Garance-sur-Mer ! Il n'en peut plus du lapin chasseur et du mirliton de pommes cuites. Il voudrait manger des huîtres sur la plage. Siroter un petit vin blanc, les doigts de pied en éventail, en regardant passer les gens comme Montand sur les grands boulevards. Seulement voilà, Belle-Môman a besoin d'eux ! Courses, bricolage, feuilles d'impôt... Toujours des corvées, c'est à croire qu'elle les sème !

Et pendant ce temps, que dit sa femme, son épouse, sa moitié, sa compagne ? Rien du tout, ou plutôt si, amen, elle dit amen... Et quand enfin ils sont tranquilles, que fait-elle ? Elle s'inquiète. Elle appelle : « Allô, Maman, ça va ? T'as besoin de quelque chose ? »

Abel râle, bien sûr : n'auront-ils jamais la paix ? Denise plaide que sa mère est vieille, qu'elle est seule « depuis que Papa est parti ». Dans sa barbe, il ronchonne : « Je suis pas l'abbé Pierre, non plus ! » Les deux mains posées sur le volant, le regard fixe, il se promet de mettre en garde son neveu quand il se fiancera. Sa tirade est toute prête : « Mon garçon, ce n'est pas pour te décourager, mais fais gaffe à la mère ! Faut pas qu'elle soit trop grosse ; ta moitié vieillira pareil. Choisis ta femme avec des frères, sinon tu te taperas les corvées. Et si elle est fille unique, un bon conseil : habite loin ou dis tout de suite que la plomberie et la paperasse, c'est pas ton truc. Tant pis pour ton image ! Joue pas au gendre idéal bien gentil, bien poli, sinon tu le paieras toute ta vie. Pareil, si t'aimes pas le mirliton de pommes cuites, cette espèce d'omelette chaude et sucrée, dis-le maintenant. Sinon t'en boufferas été comme hiver, à Garance-sur-Mer ! »

À côté de son époux, Denise Manchet n'a aucune idée de la colère muette qui anime son « petit mari », comme elle l'appelle. Elle est contente d'aller chez sa mère qui aura préparé un repas délicieux. Toujours le même, celui des dimanches de son enfance. Ils seront pouponnés. Elle mettra les pieds sous la table. Tandis qu'à la maison elle trouve toujours un placard à ranger ou du repassage à faire.

Plus les pensées d'Abel bouillonnent, plus il conduit lentement. Histoire de retarder l'arrivée chez la belle-doche.

Devant lui, un camion se traîne.

— Double-le ! ordonne sa femme, qui est pressée de manger.

Il actionne le clignotant, commence à se déporter sur la gauche quand il doit freiner brutalement. Nuage de poussière, bruits de freinage, choc de carrosserie. Un accident vient de se produire, presque sous ses yeux, au carrefour !

Le camion, indifférent, poursuit sa route. Arrivé à la hauteur d'une voiture fumante et cabossée, Abel s'arrête. Il baisse sa vitre et s'inquiète :

— Ça va ? Pas de bobo ?

L'accidenté dégrafe sa ceinture et sort furieux de l'habitacle défoncé. Il fait des grands gestes pour mimer l'accident.

— Un vrai malade, peuchère ! Il grille le stop, j'emboutis sa portière. Je le pousse comme un chasse-neige jusqu'au panneau Sisteron, là-bas. Je crois qu'on va s'arrêter, faire un constat et le voilà qui déboîte comme un furieux, demi-tour, et il repart en sens inverse. J'ai essayé de voir le numéro mais trop tard. Juste le temps de lire 06 à la fin. Vous pourriez le prendre en chasse pour noter la plaque complète ? C'est une voiture grise, banale, une Simca ou une Peugeot.

Trop content de faire l'homme devant sa femme, Abel Manchet s'écrie :

— Mais bien sûr qu'on va le chasser !

À Denise :

— Sors ton crayon !

Sur la RN 8 bis, une petite route sinueuse en direction de Marseille, le fuyard a deux ou trois virages d'avance. Ils n'ont aucun mal à le rejoindre. D'ailleurs, il est arrêté sur le bas-côté, mais ils l'ont vu trop tard pour se garer derrière lui. Abel, qui connaît bien les environs, décide d'aller faire demi-tour une cinquantaine de mètres plus loin. Lorsqu'il repasse devant la voiture, le conducteur grimpe sur le talus en tirant une enfant derrière lui. Elle renâcle, elle pleure… Un père et sa fille ?

Abel descend et traverse.

— Revenez, ne faites pas l'idiot ! Y a pas mort d'homme, juste de la tôle froissée.

Le fuyard disparaît, avalé par les fourrés. Un bruit de branchages agités. Il lance depuis les hauteurs :

— Oui, je viens ! Partez, je sais ce que j'ai à faire !

Véhicule volé ? Conduite en état d'ivresse ? Abel hésite à le poursuivre mais il n'est pas très costaud. Il n'a aucune envie de se faire tabasser. Il se tourne vers sa femme qui, elle aussi, reste prudente. S'il s'agit d'un drogué, d'un gangster ou d'un type soûl, son « petit mari » ne fera pas le poids. Qu'il relève le numéro complet, ce sera déjà très bien.

— Et puis on est pressés, Maman nous attend ! précise-t-elle.

Revenus au carrefour de La Pomme, les Manchet aident à garer le véhicule endommagé. Toujours serviables, ils annoncent qu'ils vont aller à la gendarmerie déclarer l'accident et demander qu'on envoie une dépanneuse. Ils tiennent leur promesse puis, forts d'avoir rempli leur devoir de citoyens, ils reprennent la route de Garance-sur-Mer. Abel est heureux comme tout. Son « héroïsme » l'a galvanisé. Il va pouvoir bouder le mirliton de pommes cuites et déclarer, pour la première fois en vingt-deux ans de mariage, qu'il aime les huîtres, le poisson mayonnaise et une glace à la fraise pour finir, avec une bonne dose de crème chantilly par-dessus.

Finalement, ce lundi de Pentecôte aura été une excellente journée !

- 6 -

Une demi-heure après l'accident

Merde ! Merde ! Merde !
Mais c'est pas possible.
Putain de bagnole, faut que je recule, mais c'est pas vrai.
J'ai un mal de crâne de folie !
J'arrive plus à respirer. Je vais devenir fou.
Je vais m'arracher les cheveux.
C'est pas croyable, qu'est-ce qui m'arrive ?
Faut que je me calme...
Inspire, expire... Recommence...
Oui, c'est ça, parle-toi !
Souffle encore... Et laisse tes cheveux tranquilles !
Putain, mais c'est pas vrai !
Ce con qui m'est rentré dedans... Faut que je réfléchisse.
On roulait. On parlait de quoi, déjà ?
Je ne sais plus...
Je me souviens du choc, du bruit assourdissant.
Ma bagnole en tourbillon, un demi-tour de dingue...
Une voiture qui me poursuit,
l'odeur de caoutchouc brûlé, Bastard qui tangue...

Un pneu crevé ? Je peux plus rouler...
Mon pauvre cœur... Je vais claquer,
un infarctus dans ce trou paumé.
Je tremble comme une feuille,
on voit rien dans ce tunnel...
Je vais reculer, je vais allumer les phares.
Personne va me voir un dimanche, enfin... un lundi.
Dimanche, lundi, c'est pareil.
Une clope, il me faut une clope.
Je dois réfléchir, non, nettoyer, je suis dégueulasse.
Ma chemise, elle est foutue.
Le couteau d'abord. Replier la lame, essuyer le manche.
Le bazarder... Un coup de pied dedans.
Dehors, c'est mieux, dans le tas de tourbe.
Maintenant les fringues.
J'ai de quoi me laver, me changer heureusement.
Mais comment j'ai pu me foutre dans un merdier pareil !
Pose-toi, calme-toi !
« Réfléchis ! » dirait Maman.
Je vais compter jusqu'à dix... tranquillement.
Un. Deux. Trois... Qu'est-ce que c'est glauque !
Et ça pue ! Plein de détritus...
Quatre, cinq... Si quelqu'un arrive,
je m'enfonce dans les galeries, en courant à toute vitesse.
C'est profond, sur des kilomètres.
Le problème c'est Bastard. Ou alors j'emporte la plaque...
Ou je dis qu'on me l'a volée,
mais comment j'ai atterri ici
et comment je rentre à Nice, sans bagnole ?
Je suis coincé, c'est pas vrai d'être aussi con.

Merde, merde, merde !
Je suis tellement nerveux.
J'arrive même pas à ouvrir le coffre.
À tous les coups je vais perdre mon boulot.

Bon, chaque chose en son temps, dirait Maman.
Faut d'abord que je me lave les mains,
après je me change, pantalon compris, il est plein de boue.
Six, sept, huit... qu'est-ce que je vais lui raconter ?
C'est sa faute aussi, toujours sur mon dos,
mais pas là quand j'ai besoin d'elle !
Pourquoi elle est pas venue ?
Elle devrait le savoir, depuis le temps,
ça tourne mal quand je suis tout seul.
Fallait pas me laisser partir.
Dimanche, déjà, j'allais pas bien.
Un long week-end, sans personne,
pendant que les autres s'amusent.
C'est à cause d'elle tout ça, parfois elle me fait chier !
Non, c'est pas bien, c'est pas juste, c'est méchant !
Pardon, Maman !
Et l'assurance... Ils vont me priver de permis.
Comment je ferai pour travailler sans ?
Et les traites de l'appartement, qui va les payer ?
Neuf, dix... Arrête de paniquer !
Tu nettoies tout, tu changes ta roue et tu rentres chez toi,
« ni vu ni connu », comme tu dis souvent.
C'est juste l'aile qui frotte, je la redresse et ça va aller.
Je lui dirai rien. Sinon elle va encore hurler :
« Tu conduis trop vite, tu fais JAMAIS attention ! »
Mais le stop c'est pas moi, c'est l'autre,
l'abruti qui m'est rentré dedans.
S'il a relevé mon numéro d'immatriculation,
je suis foutu !
Mais non, pourquoi ? On fera pas le rapprochement.
À quoi ça tient la vie tout de même,
une fraction de seconde de plus ou de moins...
Pas d'accident, pas de catastrophe.
Une belle chemise comme ça, ça fait mal au cœur.
Ouh là là, j'ai la tremblote, j'arrive même pas à boutonner.

Je vais m'asseoir, enfiler le pantalon.
Maintenant mon peigne,
qu'est-ce que j'ai fait de mon peigne ?
Si j'ai plus d'ordre, c'est la fin des haricots...
Ah, le voilà, nickel.
Qu'est-ce que ça schlingue là-dedans !
Il est quelle heure ? J'ai une faim de loup.
Y a moins de soleil... Non, j'y crois pas, si tard !
Il faut que je me barre.
Un coup d'œil dans le rétro pour voir quelle tête j'ai.
Je respire à nouveau, ça va mieux.
La voix calme. Les mains... qui ne tremblent plus.
Je serais même capable de sourire,
de mener une conversation,
de parler du temps « magnifique » de ces jours-ci.
Bravo, mon pote, sacré sang-froid !
Faut le faire, après un truc pareil.
C'est comme mon demi-tour au carrefour.
Si la roue n'avait pas frotté,
on m'aurait jamais rattrapé...
Parfois, je m'épate
mais faudrait éviter les émotions fortes.
À force, mon cœur va s'user, être vieux avant l'âge.
Bon, je rentre à Nice, je dis rien à Maman.
Samedi, je fais réparer la voiture, sans déclarer l'accident.
Tant pis pour ma paie ! Je demande une avance,
j'échelonne le remboursement.
J'achète moins de cigarettes, moins d'essence,
faut être un homme, faut assumer.
Et voilà, c'est plié. J'ai jamais mis les pieds à Marseille
sauf quand j'étais tout petit. Je suis au courant de rien.
Mais voilà que ça me reprend, l'angoisse...
Faut pas que j'y pense. C'est jamais arrivé, je te dis.
Ça n'a pas pu arriver ! C'est juste un cauchemar.
Tu respires. Tu te concentres sur Bastard,

tu lui parles gentiment.
Voilà, sa roue est changée, l'accident on oublie.
Tu vas la bichonner, pas de secousses, pas de dos-d'âne.
Tu roules mollo pour une fois, comme un papi.
Mais pourquoi elle avance pas ?
Tu boudes ? Allez, avance ! Mieux que ça !
Oh non, me fais pas ce coup-là !
Je te promets : plus de bobo, plus rien.
Arrête de patiner !
Mais qu'est-ce que tu fous, Bastard ?
Avance, j'te dis !
Avance !

- 7 -

Le vélomoteur des Pozzi entre en pétaradant dans la cour de « l'Évêché », le célèbre commissariat central de Marseille. Une véritable institution, au même titre que le 36, quai des Orfèvres, à Paris. L'ancien palais épiscopal qui jouxte la cathédrale de la Major vibre encore des soubresauts de la French Connection, un trafic d'héroïne entre la France et les États-Unis qui a mobilisé les plus grands truands et les plus grands flics.

Parmi eux, le commissaire Branlant, Paul Branlant. Un nom de famille qui lui vaut des moqueries et des sourires en coin depuis l'école primaire. Il en a pris son parti. Il accueille les allusions et les bons mots d'un moulinet de la main qui signifie « Cause toujours ». Un faux signe de lassitude car il a le sens de l'humour. Dans son portefeuille, il conserve une photo anthropométrique de lui-même, prise de face et de profil, comme celles des malfrats. Elle lui rappelle, s'il était tenté de l'oublier, qu'il est fabriqué comme eux de chair et de sang. Il fait bien son boulot. Il traque les voyous. Il les pince, il les malmène. Est-ce une raison pour se prendre au sérieux ? Surtout pas !

Il est opérationnel sur le terrain, galant avec les dames, surtout si ce sont des « putes », et toujours solidaire de ses hommes, qui l'appellent « patron » avec respect. Il a choisi ce métier pour l'action, le risque et l'esprit d'équipe. Il n'est jamais lassé. Il se sent utile et se félicite de « nettoyer la merde pour que le citoyen honnête puisse dormir tranquillement ».

Le sang, les viols, la drogue, les femmes mortes au petit matin tuées par un mari jaloux, la prostitution forcée, la folie, la misère, les enfants arrachés à des parents incapables, sans compter les visions d'horreur d'un attentat, son quotidien est celui des bas-fonds. Il en tire une vision du monde manichéenne. Pour lui, il existe d'un côté les bons, qu'il protège, et de l'autre les méchants, qu'il arrête sans aucun état d'âme.

Sa longue et belle carrière l'a rendu difficile à impressionner. Sauf quand il s'agit d'enfants couverts de bleus. Quand il les voit battus, violés, tués, il lui arrive d'avoir les larmes aux yeux. On l'aime aussi pour ça, le patron, pour son courage et son grand cœur.

Ce lundi de Pentecôte, il est de permanence. Comme d'habitude, la porte de son bureau reste ouverte. Il veut « sentir » le guichet.

*

Il est environ 14 heures quand déboule le vélomoteur des Pozzi, Nino collé à son père comme un bébé des pays chauds dans le dos de sa mère. Marcello laisse tomber l'engin sans le garer. Il brandit la photo de sa fille, crie qu'elle a disparu, parle en désordre de la voiture et du chien…

Au son de sa voix, Branlant saisit l'urgence de la situation. Si ce n'est rien, il faut calmer cet homme. Si c'est grave, il faut l'aider. Le commissaire sort de son bureau, dit au garçon de s'asseoir sur le banc et entraîne le père avec lui. « L'inventeur », dans le vocabulaire policier, est celui qui révèle l'affaire criminelle, tel le mari annonçant la disparition de sa femme. Pour un enquêteur, il est le premier suspect.

Marcello Pozzi doit donc énoncer son nom, sa date de naissance, son lieu de résidence. Préciser qu'il est marié depuis onze ans, avec Marcia, qui est bien la mère de la petite disparue. Ils ne sont pas divorcés, ni même en conflit. Non, il ne se connaît aucun ennemi. Il n'a pas le premier sou d'une rançon. Il travaille dans le bâtiment comme maçon. Quant à sa fille, elle est normale, joyeuse, « belle comme tout ». Aurait-elle des raisons de... quoi ? De fuguer, de fuir la maison volontairement ?

Pozzi ouvre de grands yeux. Mais pourquoi elle ferait ça ? Elle adore ses parents, son frère, sa vie, les quenelles et le gâteau au chocolat. Ce matin, elle en rêvait déjà. Elle est quelque part, accidentée, perdue ou... enlevée. Il prononce le mot sans y croire. Qui pourrait lui vouloir du mal ? Ils n'ont pas d'argent, pas de relations.

Pourtant, elle a suivi un inconnu ce lundi vers 11 h 20, cité Saint-Ange, devant les garages de la place d'Ambre. Eux, les Pozzi, habitent au 22, oui, au 22, rue d'Ambre, précisément au premier étage. Un mobile sexuel ? Marcello ne comprend même pas la question. Sa candeur n'envisage rien de la sorte. Il connaît toutes les duretés de l'existence mais aucune de ses perversités...

Nino, sagement assis, les pieds ballants, les mains posées sur ses cuisses d'oiseau, attend. Quand son père l'appelle, il bondit, au garde-à-vous. Il répète au commissaire ce qu'il a déjà retourné dans sa tête des dizaines de fois. Cette ritournelle de l'horreur ne s'arrêtera plus. Toute sa vie il reverra ces minutes où sa sœur est montée dans la voiture avec une hésitation, en l'interrogeant du regard.

- 8 -

Le lendemain, mardi 4 juin 1974

Les voiles blanches des bateaux de plaisance oscillent sur le Vieux-Port. Des cris de mouette, brefs et stridents, transpercent l'air marin. Le bourdonnement d'un hélicoptère survole la ville, déjà ensoleillée à cette heure matinale. Livia, souriante, grands yeux noisette, dents du bonheur, blouse d'écolière, figure à la une de tous les journaux. Des voitures de police patrouillent dans Marseille avec son signalement. Un mètre vingt et un, de corpulence mince, elle porte une robe blanche et des sandales roses. Elle a des cheveux châtains, un visage ovale, une petite frange. Elle a huit ans.

Comme une nuée d'étourneaux, les journalistes ont fondu sur la cité. Les voitures de presse saturent le quartier des Chartreux, la rue d'Ambre. Ils filment caméra au poing, le buste hors de la portière. Ils tendent leurs micros en forme d'Esquimau. À l'épaule, ils portent des Nagra, ces enregistreurs à bande lourds et volumineux, et autour du cou des appareils photo chargés de pellicules couleur qu'ils doivent rembobiner et remplacer.

À l'Évêché, ni code d'entrée, ni vidéosurveillance, ni contrôle. L'époque est confiante. Les faits-diversiers, les « journaleux » vont et viennent comme chez eux. Une salle leur est même réservée au deuxième étage. Dans cette pièce enfumée dite « le Bocal », ils passent leurs coups de fil, dictent leurs articles, interrogent les témoins, bavardent avec les inspecteurs.

Ce beau monde va et vient dans les escaliers, se croise, se bouscule et se retrouve à L'Annexe, le bistrot du coin. Il est tenu par Christelle et Sylvain qui s'affairent et interpellent : « Salut, Paul ! Un perroquet pour la 5 ! Une blanquette de veau pour la 2 ! » Ils vident les cendriers, servent une bière ou un petit blanc entre deux sandwichs jambon-beurre que flics et localiers avalent en vitesse, avant de replonger dans la fournaise d'une ville sur les dents.

L'inspecteur Jean Fellouz est chargé de l'enquête de voisinage. Pour choisir sa voie, il ne s'est pas posé de questions. Dans sa famille, on est flic de père en fils. Il n'a pas trente ans. C'est un jeune homme frêle, calme et doux, que ses collègues appellent « Jeannot ». Pendant ses loisirs, il entretient ses plantes vertes et peint des visages de Madone en écoutant Presley ou les yéyés : Johnny, Sylvie, Joe Dassin. Parmi les journalistes, il s'est fait un grand copain, Gus Demaison.

- 9 -

Au même moment, à Paris, à la rédaction d'*Histoires vraies*

Le directeur de ce grand hebdomadaire parisien s'appelle Maxime Vurst. Physiquement, il ressemble à un crapaud de conte de fées qui serait déguisé et fumerait le cigare. Car il vit auréolé d'un nuage de fumée âcre qui incommode tout le monde, rédacteurs et visiteurs. On lui a donné un surnom terrible, « Göring », en raison de sa nature despotique et d'une évolution physique spectaculaire. Le mince et beau jeune homme blond aux yeux clairs qu'il était dans sa jeunesse s'est mué en un gros homme excentrique amateur de bagues et de chemises en soie aux couleurs vives.

Passionné par son métier, il y consacre tout son temps. Ses seuls loisirs sont une promenade quotidienne avec Bouledogue, le teckel que sa femme lui a légué en divorçant, et la séance de cinéma qu'il s'accorde, le dimanche après-midi – un film policier de préférence, avec Alain Delon ou Jean Gabin, ses idoles.

Ce personnage extravagant est un grand patron de presse. Il sait renifler l'air du temps. Une qualité indispensable à la tête d'*Histoires vraies*, journal qui met sur le même plan l'anecdotique et le général, le fait divers et le fait de société. D'un côté, l'hebdomadaire raconte. De l'autre, il s'engage. Il s'est battu hier contre le bagne ou les maisons de redressement. Il s'élève aujourd'hui contre l'avortement clandestin et les réseaux de prostitution. Les tirages sont aussi impressionnants que les titres volontairement accrocheurs et les couvertures spectaculaires, en bichromie rouge et noir.

Pour réaliser cet assemblage, Maxime Vurst emploie de grandes plumes et des petites mains. Les premières sont des écrivains, des journalistes, des philosophes qui commentent et analysent les retards, les errances, les avancées du pays. Les secondes traitent de l'intime grâce à des reporters-baroudeurs, souvent motards, qui partent sur le terrain enregistrer leurs impressions à chaud devant un drame, des violences, un cadavre parfois.

À Paris, des rewriters remanient ces textes selon la « charte typiquement *Histoires vraies* ». Une ligne éditoriale que les chefs de rubrique résument ainsi : « Si tu décris une cuisine, demande-toi à quoi ressemble celle de ta voisine. Pas de sexe, pas de sang. On s'arrête au bord du baiser, au bord du crime. C'est au lecteur d'imaginer la suite, à sa façon pudique ou cruelle. Je veux des détails, de la couleur. On écrit comme on filme. On met en son et en lumière. Rendu à 17 heures. »

Derrière son bureau, Maxime Vurst épluche les dépêches. En lisant que la gosse d'une famille d'immigrés italiens vient d'être enlevée dans une cité marseillaise, il comprend immédiatement l'intérêt de cette nouvelle. D'habitude, les ravisseurs s'attaquent à des riches, à des personnalités susceptibles de leur verser une rançon. Qu'ils s'en prennent à de pauvres gens est représentatif d'un tournant qu'il ne faut pas louper.

Il confie l'affaire à l'un de ses meilleurs enquêteurs, un homme de plume et de terrain qui connaît bien Marseille. Drogue, trafics, règlements de comptes, la cité phocéenne, comme on l'appelle dans les journaux, n'est pas une sainte. Gus Demaison s'y rend souvent. Il y a ses entrées, ses informateurs, ses copains flics et localiers... Lui aussi sait renifler une ville, dénicher des infos, une piste, des témoignages utiles. Si bien que, ici comme ailleurs, la police l'écoute et le respecte. On se parle, on échange des tuyaux avec cet empereur d'une profession respectée. Quand on lui demande ce qu'il fait dans la vie, il répond, mi-moqueur, mi-sérieux, qu'il est fait-diversier, « mais attention, un fait-diversier de classe olympique ».

Pourtant, sur cette enquête, Göring estime qu'il ne suffit pas. L'époque se féminise timidement. Le président Giscard, nouvellement élu, annonce la promotion des femmes dans la société, il va en nommer quelques-unes ministres. Maxime Vurst estime que, pour elles, le vent se lève et qu'il convient d'embaucher quelques rédactrices pour traiter des sujets qui les concernent, à savoir les affaires d'enfants, de couple ou de famille, puisque c'est « leur rayon ». Cet enlèvement à Marseille leur revient puisqu'il s'agit d'une petite fille, d'un petit frère, d'un petit chien...

Ce mardi 4 juin, le vaste hall d'*Histoires vraies*, tout en bois, grouille de motards en blouson de cuir et d'intellos à cheveux longs et jeans frangés. Au mur, des dessins, des photos, des affiches, des articles punaisés, des accroches fortes. Et des demi-cloisons qui compartimentent les box des rédacteurs.

Une rewriteuse tape son texte sur une machine à écrire. Un supérieur l'a présentée, de loin, comme étant la petite nouvelle du service. Göring s'est renseigné. Du bout de la salle où il trône, il l'appelle :

— Vous ! crie-t-il.

Les têtes se dressent.

— Vous, la nouvelle ! répète-t-il en désignant Pauline.

La jeune fille redoute ce gros homme autoritaire qui « ne supporte pas les imbéciles ». Quand elle n'est pas à *Histoires vraies*, Pauline milite pour le droit à l'avortement, la justice sociale, l'universalisme qui se moque des religions et de la couleur de peau. Elle croit en un monde meilleur où les humains s'aimeraient, vivraient en paix et mangeraient à leur faim. Elle vénère Trotski sans l'avoir lu. Elle est de gauche aveuglément. Elle est rebelle et repliée, pétrie de doutes, pleine d'ambition. C'est une boule de paradoxes que l'expérience n'a pas encore triés.

— Moi ? fait-elle en pointant son index vers sa poitrine.

— Oui, vous, la petite rousse !

Elle bougonne un « J'arrive » inquiet et, de mauvais poil, bouscule le papier carbone, renverse ses feuilles. Elle approche à reculons, la queue-de-cheval agitée, son petit visage tendu. Elle hésite à franchir la barrière de dépêches et d'articles biffés « à refaire » qui s'amoncellent sur le bureau du chef.

Vurst s'impatiente. Quand elle se tient enfin devant lui, il va droit au but.

— Vous avez du temps ?

— Euh, oui...

— Vous êtes véhiculée ?

— Hum, oui.

— Une voiture ?

— Oui, celle de ma grand-mère. Si elle veut bien me la prêter, j'habite chez elle en ce moment et...

Göring écourte d'un geste impatient.

— On me dit que vous avez une bonne plume et ça compte, mais est-ce que vous savez tirer les vers du nez ?

— C'est-à-dire que...

— Vous êtes futée ?

— Euh...

— Alors ça ira. De toute façon, je n'ai personne d'autre sous la main. Donc, vous partez à Marseille. Une gamine a disparu. Sans doute un enlèvement. Les parents n'ont pas un rond. Immigrés italiens. On va pleurer dans les chaumières...

Il tire une bouffée de son cigare avant d'ajouter :

— Je veux savoir qui, quoi, où, quand, comment, pourquoi on a enlevé cette gosse. Vous y allez, vous furetez, vous photographiez (il extrait un appareil Polaroid d'un tiroir de son bureau), vous prenez des notes et vous téléphonez des scoops. Tous frais payés. Vous verrez avec Demaison comment vous répartir les rôles.

— Demai...

— Il est déjà parti. Vous le trouverez là-bas, cheveux longs et grisonnants, chemise ouverte, toujours un pied dans la porte, c'est une grande gueule. On ne voit que lui, il est inratable.

Pauline, étourdie, est certaine de pouvoir le rater quand même. Elle voudrait demander où on peut le trouver exactement, ajouter qu'elle débute, qu'elle se sent inapte, qu'elle n'a jamais... Mais elle pense à son ambition journalistique, à *Histoires vraies*, à sa chance d'intégrer la rédaction si elle réussit. Elle regarde Göring devant elle, qui pourrait la virer d'un claquement de doigts, et se tait.

Elle doit grimacer mais Vurst est déjà passé à autre chose. Elle tourne les talons, avec la peur au ventre, car elle n'a aucune idée de la façon dont on s'y prend pour… « fureter ».

- 10 -

Gus Demaison est un bel homme – il est grand, fort, charismatique. Ses cheveux grisonnants sont noués en catogan. Il est vêtu d'un jean et d'un blouson de cuir. Il roule en Méhari, une sorte de jeep orange et décapotée. Il a la gouaille d'un titi parisien né à Ménilmontant, mais quand il est à Marseille, il prend un petit accent chantant, par imprégnation. Méthodique, travailleur acharné, il peut planquer pendant des jours, se lever aux aurores, dormir très peu et n'importe où. À l'instar d'un détective, il arpente, chronomètre, trace des lignes sur les cartes routières. Il réfléchit, aussi.

Dans *Histoires vraies*, il a inventé un concept, repris par ses confrères : celui de « tueur à la chaîne ». On l'admire, on le copie, même si ses méthodes sont parfois contestables car il rêve avant tout de scoops et de gloire. Mais on l'aime bien car c'est un brave type qui sait compatir, s'indigner, remuer ciel et terre pour aider.

Quand il arrive sur une enquête, il commence par prendre ses marques, puis il se fond dans la masse ou bien il s'impose et s'incruste. Ce caméléon agit d'instinct et avec rigueur. Il se prend pour un superflic qui aurait la plume d'un Kessel ou d'un Camus.

Arrivé cité Saint-Ange parmi les premiers, il arrête les passants, interroge les voisins. Sa façon de parler copie la leur.

— Et elle est comment, la petite qui a disparu ? Elle joue souvent dehors ? Ah, vous avez demandé un square à la mairie ? Et le maire, il a rien fait ! Elle est partie quand, cette pétition ? Tout le monde a signé. Et les Pozzi, ils ont signé aussi ? On les aime bien dans le quartier ou pas trop ?

On lui répond volontiers :

— La mère, elle est plutôt discrète.

— Lui, c'est le genre sanguin mais droit, honnête et prêt à rendre service.

— Les enfants sont toujours impeccables. On voit que les parents s'en occupent bien.

— Oh, ça oui, des gens sérieux qui font pas de vagues et qui vont à la messe. Tous les dimanches, oui.

— Livia ? Une mignonne gosse. Toujours fourrée avec son petit frère. Et protectrice, avec ça ! C'est drôle, une petite fille qui a l'instinct maternel...

En une heure, Gus Demaison a récolté de quoi écrire plusieurs articles. Parfois, la police s'en agace, lasse d'entendre : « Mais pourquoi vous me demandez ça ? On l'a déjà dit au grand là-bas, avec une queue-de-cheval. »

En faisant le tour du quartier, il tombe sur un homme visiblement aviné qui paraît dormir, enfoui dans un duvet malgré la chaleur. Le journaliste s'assied à côté de lui. Il allume une cigarette. Le vieux émerge de sa torpeur.

— Par ici la musique !

Gus lui tend sa clope et pose le paquet à côté de lui, en évidence, comme une promesse.

— Quel remue-ménage ! Vous habitez le quartier ?

— Habiter, ha, ha ! Disons que je le fréquente de temps à autre...

— La cité Saint-Ange aussi ?

— Moins depuis qu'y a la flicaille. Mais t'es quoi, toi ?

— Journaliste. Elle était comment, la petite qu'on a enlevée ?

— Tu sais que t'as du cul, toi, parce que je...

— Tu la connais !

— Je veux bien te parler, mon gars, mais d'abord... (Il frotte plusieurs fois son pouce contre son index.) Par ici les pépètes.

Gus sourit en plongeant sa main dans sa poche. Il en sort un billet de dix francs et promet plus... si les informations valent le coup.

— Les gens, je les connais pas personnellement. Ici, on me tolère mais on ne m'approche pas. Question d'odeur, si tu vois ce que je veux dire ! Quand je suis d'humeur à mendier, c'est mon bonnet qui s'y colle. Je le place pas trop loin, mais pas trop près non plus. Comme ça on est obligé de le voir sans que j'importune. La manche, c'est tout un art. Remarque, je comprends l'évitement, la misère ça fout la trouille. Surtout ici, quand on la frôle. Un pépin de santé, un accident, elle vous tombe dessus. C'est pour ça que les fauchés donnent plus que les riches, pour éloigner le malheur. Y en a qui me parlent pour savoir comment j'en suis arrivé là. Je leur réponds que c'est la picole, rien que la picole. Ça les rassure. De ce côté-là, ils ne risquent rien...

— Et la petite ?

— Elle, c'est différent, elle me parlait des fois. Une petite curieuse, et toujours fourrée avec son frère, plus renfermé, lui.

— Un bon caractère ?

— Oh oui, rieuse, ouverte.

— Et... ce lundi de Pentecôte, tu l'aurais pas vue, par hasard ?

Gus avance à petits pas pour ne pas brusquer la chance.

— Oh tu sais, reprend le clochard, pour moi, dimanche ou lundi, c'est pareil.

— C'était le premier jour où il a fait beau, un temps d'été...

— Mais oui, je sais bien, je blague ! Vu le foin que ça a fait, tu penses que je m'en souviens, mais faut rallonger l'oseille, mon p'tit gars...

Demaison sort un deuxième billet de dix francs.

— Alors, t'as vu quelque chose ?

— Ouais ! Une bagnole qu'a descendu la rue en pente très lentement, sans faire de bruit. Elle s'est garée près des garages et...

— Et ?

— Un jeune type en est descendu.

— Il était comment ? demande Gus, qui cache mal son excitation.

— Dégourdi, pas comme un vieux, pas de problèmes mécaniques en descendant de voiture, si tu vois ce que je veux dire. Des cheveux entre clairs et foncés, un visage banal, ni beau ni laid...

— Plutôt jeune alors ?

— Oh moi, les âges, tu sais ! Je suis comme les gosses, pour moi on est vieux quand on a les cheveux blancs. Donc oui, jeune.

— Et habillé comment ?

— Costume gris, bien sapé.

— Il était quelle heure ?

— Moi, je compte les heures en petits coups dans le nez. J'en avais bien cinq ou six dans le pif, donc 11 heures ou moins. Il faisait chaud, ça donne soif.

— Et ensuite ?

— Ben, la petite est montée gentiment dans la bagnole. On aurait dit qu'elle le connaissait.

— Il l'a pas forcée ?

— Oh non, pas du tout. Il paraissait même prévenant. Il a rabattu le siège avant, pour qu'elle passe derrière et ils sont partis.

— Elle était de quelle couleur, la voiture ?

— Grise. Elles étaient toutes les deux grises.

— Toutes les deux ?

— Les deux bagnoles.

— C'est la picole, tu vois double ?

— Ha, ha, je vois que monsieur est farceur. Non, y en avait deux, un coupé Peugeot et une Simca 1100 normale.

— Je ne comprends pas bien... Deux voitures, faut m'en dire plus.

— *No problemo* mais va falloir allonger... Plus ton paquet de clopes...

— Tu charries ! dit Gus qui sort encore deux billets de dix francs et les pose avec ses Gitane dans la main tendue. Alors ?

— Y avait une Simca, grise elle aussi, ça doit être la couleur standard pour les bagnoles, faudrait que je les confronte...

— Et elle était où, la Simca ?

— Garée pas loin. Elle observait la Peugeot.

— Tu veux dire que quelqu'un était au volant ?

— Oui, c'est ça !

— La Simca connaissait la Peugeot ou elle la guettait ?

— Ça, je saurais pas dire, mais la Peugeot est arrivée. Et tout de suite derrière, la Simca. Comme si elles étaient ensemble.

— Des complices ?

— Ça, mon vieux, je te répète que j'en sais rien, je suis pas romancier...

— Elles étaient garées où ?

— L'une au pied des garages et l'autre un peu plus loin. Elle paraissait attendre. Le moteur tournait.

— Et après ?

— Après, la Peugeot est repartie et la Simca l'a suivie.

— Mais... elles se connaissaient ?

— Tu radotes, mon pote. J'en sais fichtre rien, je te dis !

— Elles se sont fait des signes ?

— Genre appel de phares ? Non !

— Et les chauffeurs, tu les as vus ?

— Le jeune qu'a fait monter la petite, oui.

— Et l'autre, celui de la Simca ?

— Figure-toi que c'était pas écrit « enlèvement » sur la portière. J'ai pas pris de photo et j'ai pas fait vraiment gaffe. Tout ce que je peux te dire, c'est que c'était pas Bardot au volant, ni Delon. C'était un type comme tout le monde. Peut-être un peu plus balèze que l'autre...

— C'est tout ?

— Ben dis donc, c'est déjà pas mal ! Et pas cher payé !

— Et les flics, ils t'ont interrogé ?

— Tu plaisantes ! Un vieux comme moi qu'a l'air noyé ? Et puis j'aimerais voir ça. Qu'ils s'amènent et je me casse. Aucune envie qu'ils fouillent dans ma vinasse.

— Tu permets que je prenne un souvenir ? demande Gus en levant son Nikon.

— Sûrement pas !

— Même pas contre un gros billet ?

— Quand je dis non, c'est non. Je veux pas d'ennuis, je te dis ! Rien à foutre d'avoir ma trogne dans le journal, allez je me casse !

Il fourre le paquet de clopes dans son sac miteux et balance son couchage sur son épaule.

— Tu sais ce que je préfère dans la vie ? dit le bonhomme.

— Non.

— La liberté. Alors je me tire ailleurs, parce que c'est plus bath ailleurs ! « Batailleur », ha, ha... Allez, bon vent, mon gars, à la revoyure !

- 11 -

Depuis que sa sœur a disparu, Nino s'étouffe. Un asthme l'empêche de respirer. Il se sent tellement coupable ! Ses parents seraient moins malheureux, son père moins fâché si c'était lui qu'on avait pris. La nuit, dans sa chambre, il guette les bruits de la couchette du dessus. Livia va se retourner ou l'appeler : « Tu dors ? » Il dira « Oui ! » pour la faire rire. Il écoute dans le noir… mais personne ne lui parle.

Il revit la sensation de vide à l'estomac, comme un ascenseur qui se décroche, quand ils n'ont plus trouvé la voiture, ni le monsieur, ni sa sœur, volatilisés. Ils étaient là et soudain, plus personne. Son père s'est énervé. Il l'a secoué comme un prunier en lui hurlant ses questions dans l'oreille. « Qu'est-ce que t'as fait, mais qu'est-ce que t'as fait ? Où elle est, ta sœur ? Et pourquoi tu l'as laissée partir ? » Il se revoit courant derrière lui avec ses jambes trop petites. Des géants sortent alors des immeubles en faisant des grands gestes. Ils le grondent avec de grosses voix…

Nino s'endort enfin et c'est lui qui monte dans la voiture grise. Il s'éloigne, agite la main pour dire au revoir. Indifférente, sa sœur continue à jouer. Il n'a pas peur. Il préfère le cauchemar de son rêve à celui de sa vie.

La réalité le réveille en sursaut. Il est trempé de sueur. Au-dessus de sa tête, c'est toujours silencieux. Il se lève, enfile son maillot de la veille, remonte son short sur le ventre et remet les mêmes chaussettes dans ses sandales. Personne ne pense à le changer. Ni à le laver. La disparition de sa sœur a suspendu les habitudes.

Des inconnus envahissent l'appartement. Ils prennent des photos, volent des objets. Certains prennent des notes et posent mille fois la même question : « Il était comment, le monsieur ? Qu'est-ce qu'il a dit ? » Sagement, il répète, un costume gris, une voiture grise, un air gentil, un chien noir. On jouait. Un bouquet... Plus on l'interroge, plus les phrases se dérobent. Finalement, il se contente de mots : « Oui. Non. La voiture ? Grise. Le pantalon ? Gris aussi... »

Il y a quand même un monsieur gentil qui s'assied entre ses parents. Il les prend par les épaules, leur promet de les aider, d'être « toujours là pour eux ». Il leur propose d'enregistrer un message pour le ravisseur. Marcello hoquette dans le micro de Gus : « Je veux seulement qu'on me rende ma fille. » Et Nino a envie de pleurer.

Demaison s'intéresse à lui aussi. Il propose à ses parents de l'emmener prendre l'air. Il lui offre un croissant : « Tu dois avoir faim. » Dans la rue, le petit lui donne la main et fond en larmes quand il lui demande : « Et toi, comment ça va ? » Le journaliste l'enveloppe de ses grands bras : « Ça va aller, gamin. Le méchant a pris ta sœur. On va les retrouver. Et toi, tu n'y pouvais rien... »

L'enfant, serré contre lui, se sent un peu mieux. Gus lui tend son mouchoir à carreaux, en tissu. Nino s'essuie les yeux et se mouche dedans, avant de le rendre à son propriétaire en remerciant poliment. Le journaliste sourit, attendri. Il lui pose des questions sur son école. Le petit frère hausse les épaules. Il ne sait plus parler que de sa sœur. Gus désigne une voiture garée parmi d'autres.

— La voiture du monsieur, elle ressemblait à celle-ci ?

— Oui, répond l'enfant, qui veut faire plaisir.

— J'en étais sûr ! murmure Gus comme s'il avait gagné au bingo.

Pendant ce temps, à L'Annexe, Jeannot constate avec ses collègues.

— On n'a que dalle, aucune piste, on est vraiment dans la merde.

- 12 -

Le dossier Pozzi a été confié à la juge Régine, une petite femme brune aux cheveux courts. Elle avance à pas serrés, les épaules droites, le visage sévère. Elle porte des escarpins à talons plats pour marcher vite et replace (c'est un tic) la perle de son collier au centre de son cou. Même ses robes « façon Courrèges » sont raides avec leur tissu lourd, infroissable, au tombé droit. Elle pose des questions directes, formule des jugements à l'emporte-pièce. Et les ordres donnés à sa greffière, une dame rondelette aussi aimable qu'elle-même est raide, sont souvent un peu secs.

La juge tient au titre de mademoiselle et recadre vivement ceux qui l'appellent « madame ». Au Palais, les esprits taquins se demandent comment elle fait l'amour. Sans doute vite, les chaussures alignées, les vêtements bien pliés. Ces farceurs se trompent. Trop pressée pour prendre un amoureux, elle ne pratique pas. Mais elle voit le mariage comme un dossier à traiter avant ses trente-huit ans. Elle en a trente-quatre.

Elle est arrivée au droit par sa mère, une femme intelligente et bonne élève mais qui, fille aînée, a dû abandonner l'école à onze ans, après son certificat d'études. Pour travailler et financer une partie des études de son frère, promis à un avenir de médecin. Contrariée, aigrie peut-être, elle s'est reportée sur sa fille par esprit de revanche. Elle l'a poussée jusqu'au bac, puis dans les études supérieures.

Son père a laissé faire, comme toujours. Sa mère a parlé pour deux, berçant la future juge de mantras féministes, légitimes sans doute, mais inquiétants pour une adolescente en floraison : « Ne dépends de personne ! On ne peut compter que sur soi-même », « On ne pardonne rien à une femme », « Pour parvenir au même poste qu'un homme, tu dois devenir doublement compétente ».

Sa mère, toujours elle, a choisi le droit parce qu'un oncle (le seul notable de la famille) était clerc de notaire. C'est ainsi que les parents ont nourri pour leur unique enfant les ambitions qu'ils auraient eues pour un fils. En un sens, la juge Régine les a comblés. Mais sans prendre le temps de s'en féliciter. Comme c'est souvent le cas pour les dépositaires des espérances familiales, elle a exigé toujours plus d'elle-même car, au fond, elle n'a qu'un seul souci, l'efficacité.

Son intervention dans l'affaire Pozzi est à son image : rapide, nerveuse, énergique. Elle délivre au commissaire Branlant toutes les commissions rogatoires dont il a besoin. Le mardi vers 16 heures, les enquêteurs découvrent une piste, un sadique qui agresse les enfants dans le quartier des Chartreux. Il s'agirait d'un homme tatoué, cheveux longs, genre hippie, portant de nombreux bijoux : bagues, colliers, bracelets... Un balèze.

Le commissaire Branlant observe qu'à Marseille et ailleurs, les maniaques qui emmerdent les gosses, ce n'est pas ce qui manque. De plus, le costaud avec tatouages et bandeau n'a rien à voir avec la description du ravisseur, le « jeune homme bien mis » dont parle le gosse. Vingt-quatre heures après la disparition de Livia, le patron reconnaît à son tour qu'ils n'ont aucune piste sérieuse. Alors la juge Régine décide de lancer un nouvel appel à témoins.

- 13 -

Trente-six heures après l'enlèvement

Les sonneries de téléphone retentissent partout dans l'Évêché. Les enquêteurs enregistrent les appels qui signalent un voisin, un passant ou même un conjoint suspect...

Dans son salon, devant sa télé, l'accidenté du carrefour de La Pomme constate que tout concorde avec les indications de l'avis de recherche : la date (ce lundi 3 juin) le trajet (une vingtaine de kilomètres de Marseille), la couleur de la voiture (grise), le signalement du chauffard (un homme jeune), l'heure (environ midi). Manque l'enfant, qu'il n'a pas vue dans la voiture qu'il a emboutie. Il appelle les gendarmes.

Abel Manchet, lui, est ennuyé. D'abord, parce qu'il n'a pas signalé la petite fille, la première fois. Le sujet était l'accident, pas l'enlèvement. Ensuite, parce qu'il a entendu l'enfant pleurer et protester derrière son « père » et qu'il n'a rien fait. Et si on l'accusait de non-assistance à personne en danger ? Le mieux serait peut-être de ne pas rappeler la gendarmerie pour signaler la présence d'une petite fille avec le fuyard. Denise est plus réfléchie : « Mais tu te rends compte, si la petite est quelque part et qu'elle meurt à cause de nous ! »

Ce serait terrible, elle a raison. Ils téléphonent en précisant qu'il y avait bien une enfant avec le chauffard de l'accident. Ils taisent en revanche ses pleurs, sa frayeur. Ils la décrivent, au contraire, comme étant « toute calme, parlant d'une voix fluette pour demander à son père où il l'emmenait ». L'enquêteur s'étonne : « Elle a fait savoir qu'il s'agissait de son père ? » Euh, non, enfin ils n'en sont plus très sûrs mais ils ont cru qu'il s'agissait de son papa. Quant à son calme, ils en sont absolument certains, sinon, vous pensez bien qu'ils seraient intervenus...

Un autre témoignage retient l'attention des enquêteurs. C'est celui de M. Gilbert, gardien de la champignonnière de Villers, les jours fériés. « Car il en faut un, les lieux sont si mal fréquentés, surtout le soir et le dimanche. Toutes sortes de couples plus ou moins crapuleux viennent y forniquer... » Le gendarme l'interrompt pour lui demander s'il a quelque chose d'autre à signaler. Oui, ce lundi de Pentecôte, il faisait sa ronde quand un drôle d'individu s'est présenté. Il était environ 17 heures. Il prétendait que sa voiture avait « glissé » au fond d'une galerie. « "Glissé" ! J'ai tout de suite compris qu'il racontait des craques. Les galeries sont tortueuses, par ici. On ne peut pas "glisser" sans taper dans un mur. Or sa voiture était stationnée bien au milieu d'un boyau, à une cinquantaine de mètres de l'entrée. C'est donc lui qui l'avait garée là. »

M. Gilbert demande à l'intrus ce qu'il fait ici. Il répond qu'il est venu pique-niquer. « Pique-niquer ! Devant un tas de tourbe, dans une odeur de pourri ! Faut pas me prendre pour un con. J'ai pensé que l'autre, sa copine ou son copain, avait filé avant que j'arrive. Mais j'ai pas creusé. On avait un gros problème à régler : sortir son véhicule d'une galerie humide avec des roues qui patinent. »

Les deux hommes installent des bouts de bois et des feuillages. Ils poussent l'auto vers la sortie mais ça glisse, le terrain est en pente. Ils doivent appeler le contremaître qui, de mauvaise grâce, va chercher son tracteur, furieux d'être dérangé un jour de congé...

Quand ils extraient la Peugeot, ils constatent que le côté gauche est bien enfoncé. Le type confirme qu'il vient d'avoir un accident. Mystérieux, il ajoute qu'il lui fera « payer ça et le reste », sans préciser de qui il parle. M. Gilbert conclut : « Mon patron et moi, on l'a trouvé vraiment spécial, mais c'étaient pas nos oignons ! Comme il était poli, mon épouse, qui est une brave femme, lui a proposé de prendre le thé pour se remettre de ses émotions. Il a accepté volontiers. Il était calme, souriant. Il semblait soulagé. On a parlé de la région et du beau temps. Il nous a remerciés et il est parti. On lui a fait coucou de la main et on l'a oublié. Jusqu'à ce qu'on entende l'appel à la radio. »

Ces deux témoins ont relevé le numéro d'immatriculation de la Peugeot accidentée. Il s'agit d'un coupé 304 immatriculé 1369 SG 06. Les enquêteurs ne tardent pas à découvrir que son propriétaire s'appelle Loïc Peyrat. Il réside à Nice.

- 14 -

Nice, mercredi 5 juin, résidence de la Corniche-Fleurie

Louise s'assied quelques instants pour regarder les nouvelles à la télévision. Elle est inquiète pour cette petite fille enlevée deux jours auparavant dans un quartier pauvre de Marseille. Elle hoche la tête en caressant son chat.

— Si c'est pas malheureux, une gamine qui disparaît dans la nature ! Pourtant, ses parents ont dû lui dire de pas monter avec un inconnu. Mais on connaît les petits : ils suivent leur idée et ils oublient tout le reste ! Pauvre enfant, pauvres parents. Il fait pitié, le papa, et sa femme, hébétée dans le journal. Mais on doit rester confiants. On a déjà vu des enfants disparaître et réapparaître, choqués mais vivants. Elle est peut-être tombée dans un trou. Tu crois qu'on va la retrouver, mon Mickey ?

Louise Malterre espère de tout son cœur que cette affreuse histoire finira bien. Mickey ronronne sur ses genoux. Elle sourit en le caressant à l'endroit qu'il préfère : sur le sommet du crâne, entre les oreilles. C'est incroyable, la place qu'il occupe dans leur vie. Ils l'ont trouvé près des poubelles du centre commercial, juste en bas. Il miaulait de faim. Ils ont commencé par déposer un bol de lait, de temps en temps, puis le matin et le soir. Finalement, ils l'ont recueilli et Mickey est devenu leur bébé, le troisième membre de la famille.

Louise regarde l'horloge ronde au-dessus du four.

— Il n'est pas encore l'heure de manger, tu dois apprendre à patienter !

Le chat s'immobilise et l'observe, les oreilles dressées. Elle fond en voyant ses beaux yeux verts, en amande, qui la supplient.

— Viens là, mon minou, viens. On va se mettre sur le balcon.

Elle suspend son tablier à fleurs et se regarde au passage dans le miroir de l'entrée. Il a raison, elle devrait perdre un peu de poids. Elle croit l'entendre : « Tu es trop gourmande, M'man ! Tu vas rouler si tu continues. Et ton visage, on dirait la lune... »

Elle sourit en y repensant. Se regarde mieux, rentre son ventre, relève la tête : il exagère, elle n'a pas de double menton, ni les joues tellement rondes. Elle se repoudre le nez, vaporise un peu d'eau de Cologne sur son cou, derrière chaque oreille. Il n'aime pas qu'elle « sente le lait », comme il dit pour la taquiner. Elle se dirige vers la salle de bains, range les couches propres, le coton, le mercurochrome, revient dans le salon, rassemble les jouets épars. C'est fou, le désordre que laissent les enfants. Arrivée dans la cuisine, elle hésite :

— Oh, et puis tant pis !

Elle ouvre un tiroir, celui de droite à côté des couverts, dans lequel elle prélève deux carrés de chocolat aux noisettes. Elle le referme, mais l'ouvre à nouveau.

Le reste de la tablette finit dans la poubelle. Un acte de bravoure. Elle s'en félicite, tout en se reprochant de jeter l'argent par les fenêtres. Ah, la gourmandise, c'est son pire défaut !

Regard panoramique. Tout est rangé, maintenant. Elle va profiter d'un « petit moment pour rien ». Elle s'installe tranquillement sur le balcon, l'endroit de l'appartement qu'elle préfère. Une fois assise dans son fauteuil à bascule, elle noue ses deux mains sur son ventre rebondi et se balance doucement en suivant le vol des oiseaux dans le ciel. Un ciel bleu électrique, clairsemé de nuages fins qui semblent brossés à la va-vite par un peintre pressé.

Louise savoure ce moment de sérénité. Depuis quelques mois, tout s'arrange pour elle, pour eux. Elle a beaucoup bourlingué, voyagé, changé d'activité. Elle se rappelle les premiers temps si difficiles, où elle était un peu pompiste, un peu putain, souvent serveuse... Quelle fatigue ! Enfin, elle a trouvé sa place et le métier de ses rêves, nounou. Pourtant, à cinquante-trois ans passés, elle se sent rouillée, quelquefois. Il faut se lever, se baisser, s'accroupir... C'est très physique ! Mais les bisous, les câlins, elle adore ça. Et leurs visages qui s'illuminent en voyant « Tata » valent toutes les fatigues.

Elle interrompt son va-et-vient pour admirer les fleurs roses qui bourgeonnent et s'épanouissent. Comment elles s'appellent, déjà ? Il faudra qu'elle demande à Loïc. Mais décidément, elle a la bougeotte. Dès qu'elle s'arrête trop longtemps, son bon moral la fuit, les soucis la reprennent...

Elle quitte son fauteuil qui poursuit sans elle son oscillation paisible. Contrarié, Mickey atterrit souplement sur les dalles. Elle arrache une tige sèche, empile les catalogues sur la table basse, tâte le linge sur l'étendoir.

Il est encore humide. Elle retourne à la cuisine pour boire un verre d'eau, regrette le chocolat... Agir lui rend des forces.

— Tant qu'on a la santé, tout va, hein, mon Mickey !

Dans la cuisine, elle avale mécaniquement un bout de pain et reprend l'inventaire de ses bonheurs présents. C'est la première fois qu'elle s'installe quelque part. Fini la bougeotte. Elle est heureuse avec Ursula pour voisine et le soleil du Sud qui lui tient chaud. Ce qui la soulage, surtout, c'est le travail de Loïc. Enfin, il est indépendant ! Tant qu'il était à sa charge, elle faisait face sans se poser de questions. Mais maintenant qu'il est un homme, elle mesure combien elle s'inquiétait de devoir l'élever seule, et sur tous les plans : scolaire, moral, financier...

— Et si j'étais tombée malade, qu'est-ce qu'il serait devenu ?

Mickey l'observe, perplexe.

— Enfin, j'arrive au bout. Il est adulte, presque majeur, bien portant, bien élevé, embauché. On peut dormir sur nos deux oreilles, mon chat, et enfin profiter !

Un coup de sonnette la fait sursauter. Qui cela peut-il être ? Elle pense à celui qu'elle appelle « l'Affreux ». Mais non, tant d'eau a coulé sous les ponts. C'est sans doute Loïc qui a oublié ses clés. Elle regarde sa montre : non, il est trop tôt. Alors Ursula qui a besoin de quelque chose. C'est merveilleux que toutes les deux s'entendent si bien malgré leur différence d'âge...

Louise regarde par l'œilleton qu'elle a fait poser dès leur arrivée, comme dans chacun de ses précédents logements. Elle aperçoit deux hommes.

— Qui est là ?

Son cœur cogne dans sa poitrine.

— Gendarmerie nationale !

Elle tremble un peu lorsqu'elle entrebâille la porte retenue par la chaînette de sécurité. Ils font passer une carte barrée de tricolore.

— Nous sommes bien chez Loïc Peyrat ?

— Oui.

— Est-il possible de lui parler ?

— Non, il n'est pas encore rentré du travail. C'est pour quoi ? Il lui est arrivé quelque chose ?

— Juste un accrochage au volant.

— Ah, c'est bien lui ! s'écrie Louise. Je lui dis tout le temps qu'il roule comme un fou. Il a toujours eu des accidents, même en trottinette... Vous voulez entrer, peut-être...

— On ne va pas vous déranger. On l'attendra en bas...

Mais quand Louise est lancée... Elle ouvre la porte et continue :

— Et à vélo, et maintenant en voiture ! Une fois, il a même perdu connaissance après un choc à la tête, il saignait de partout. J'hésitais à lui offrir sa voiture. Sans son travail, je l'aurais jamais achetée, sa Little Bastard, comme il l'appelle... Comme la Porsche de James Dean, enfin moi je n'y connais rien, et qu'il se compare à...

Saisissant qu'elle s'égare, Louise se reprend.

— Il n'y a pas de blessés au moins ? demande-t-elle.

— Non, non, pas de blessés. Que des dégâts matériels.

— Ah, ouf ! Vous m'avez fait peur. Et c'est arrivé quand ?

— Ce lundi de Pentecôte.

— Ce lundi... Ah bon ! Mais ça s'est passé où ?

— Près de Marseille.

— Si loin ! Mais il n'a pas parlé de Marseille. Vous êtes sûr que c'est lui ?

— Justement, c'est ce que nous voulons vérifier.

— Et sa voiture, elle est dans quel état ? Parce qu'il en a besoin pour son travail.

— On va voir tout ça, madame, c'est pour ça qu'on est là.

— Je vous offre quelque chose à boire ? insiste la brave femme.

— Non, merci. Nous allons l'attendre en bas.

Louise referme la porte sur les deux hommes. Elle respire mal. Elle n'a pas confiance en Loïc. Il a prouvé qu'il était capable de faire de très, très grosses bêtises, comme conduire sans être assuré. Elle allume le téléviseur pour se distraire quand elle entend des bruits de pas dans l'escalier. Elle reconnaîtrait entre mille cette manière d'attaquer le sol par le talon. La clé tourne dans la serrure. C'est lui, c'est Loïc, son merveilleux garçon qui lui fait encore des misères.

— Salut, M'man !

Avec sa peau bronzée, ses dents blanches, sa silhouette mince, elle le trouve encore plus beau que d'habitude. Il porte sa chemise blanche à rayures bleues... Elle voudrait le presser de questions mais il n'aime pas qu'elle « l'agresse ». Sur la pointe des pieds, elle demande s'il a vu les gendarmes, en bas de l'immeuble.

— Oui, oui...

— Tu as eu un accident ?

— Mais non, un accrochage, rien de grave... dit-il, agacé.

— Pourquoi tu ne m'as rien dit ?

— Eh bien, justement, parce que ce n'était rien de grave.

— Tout de même, des gendarmes qui viennent t'arrêter...

— Ils ne viennent pas m'arrêter mais m'interroger. T'inquiète, M'man, je suis là dans une heure. Tu m'attends pour dîner ? ajoute-t-il plus gentiment.

— Bien sûr !
— Tu me raconteras le début du film ?
— Évidemment.
— Tu ne termines pas la petite danseuse sans moi…
— Le puzzle ? Bien sûr que non !
— Alors tu vois, tout est comme d'habitude, tout va bien.
Il l'embrasse à nouveau, en la serrant fort.
— Tu vas me manquer.
— Pour une heure ?
— Oui, même pour une heure.
— Dis donc, comment elles s'appellent, déjà, les fleurs de la terrasse, celles que tu as plantées ?
— Des dipladénias.
— Ah oui, dit Louise en se frappant le front, des dipladénias. À tout à l'heure, mon Loïc, à tout à l'heure.
Et elle referme la porte d'entrée avec un petit signe de la main. Mickey vient se frotter contre ses jambes en miaulant.
— Mais oui, mon chat, ne t'inquiète pas, tu connais notre Loïc, il fait des siennes et il revient toujours.

*

À l'Évêché, enquêteurs et journalistes ont hâte de voir le « mis en cause » dans l'affaire Pozzi. Le long de la rampe qui mène aux étages, ils forment une sorte de haie d'honneur. Ils l'imaginent avec un air de brute, le regard torve et inquiétant… Mais c'est un jeune homme timide et distingué qui descend de la voiture des gendarmes, un bourge, diront certains. Il lève ses poignets menottés devant son visage et baisse les yeux pour se protéger des curieux. Il porte une seyante chemise blanche à rayures bleues, un pantalon de lin beige. Derrière ses lunettes à large monture, comme le veut la mode du moment, il paraît beau et doux. Avec des baskets aux pieds et des livres sous le bras, il serait un étudiant sur un campus. Plus étonnant encore, il est jeune, très jeune même. C'est un gamin au visage d'ange et aux cheveux bouclés.

Tandis qu'il monte l'escalier et passe au greffe, le commissaire Branlant et son équipe font le point. Contre Loïc Peyrat, ils n'ont rien de factuel. Rien qui le relie directement à la fillette. Ils n'ont pas de corps. Une idée très vague du ravisseur, d'après la seule description du petit frère. Ils savent seulement que le jeune homme qu'ils viennent d'interpeller est responsable d'un accident qui a eu lieu à vingt-cinq kilomètres de Marseille, à une heure compatible avec l'enlèvement, et qu'ensuite son comportement a été bizarre. Soit quasiment rien.

Il va falloir jouer fin. Et aller vite. Car chaque minute compte. L'enfant est peut-être en vie. Comment aborder ce garçon pour l'amener à cracher ? On décide, dans un premier temps, de l'écouter parler librement avec bienveillance, sans l'interrompre. Dans le jargon des enquêteurs, cette première audition de mise en confiance s'appelle un « PV de chique ».

Ils choisissent une pièce servant d'habitude à l'interrogatoire des enfants. Ni caméras, ni micros visibles. Une glace sans tain sur le côté, des jouets, des livres d'images. Le cadre relève plus de l'école maternelle que du commissariat. Pour les mêmes raisons, l'officier de police qui retranscrit l'audition est installé dans une salle adjacente.

L'interpellé ignore que plusieurs enquêteurs l'observent en prenant des notes. On le fait asseoir devant une petite table sur laquelle attendent deux verres d'eau, un cendrier, des cigarettes. On lui dit qu'il peut boire et fumer. On va lui apporter un café.

Pour mener ce premier interrogatoire, Jean Fellouz est désigné. Il n'a rien d'intimidant, il est jeune comme Peyrat, a le même look d'étudiant. Sa mission est d'établir une sorte de copinage progressif avec l'auditionné. Il procédera sans évoquer directement l'affaire, en évitant les mots « enlèvement », « disparition », « assassinat ».

Puis, après quelques minutes, quand il le sentira, il tutoiera Peyrat comme s'il éprouvait pour lui une réelle sympathie.

- 15 -

Mercredi 5 juin, 21 heures, première audition

Ils sont venus me chercher chez moi
alors que je rentrais du travail.
J'ai dit : « Bonjour, messieurs. C'est pour quoi ? »
avec un grand sourire, sans me démonter, bravo l'artiste !
Ils m'ont parlé de l'accident du lundi de Pentecôte.
J'ai pensé dire qu'on m'avait volé Bastard.
Mais alors qu'est-ce qu'elle faisait dans mon garage ?
Je me suis retenu à temps.
J'ai répondu que oui, en effet, j'étais au volant.
Ils ont dit que justement,
c'était à ce propos qu'ils me convoquaient.
Je me suis détendu et voilà,
je vais répondre à leurs questions, avec sang-froid.
Maman dit souvent que la vie est bien faite,
elle nous montre de quoi on est capable.
Eh bien, moi, en ce moment, je suis calme.
Émotif d'habitude, mais là, non.
J'ai l'impression d'être dans un film.
Moi dans le rôle principal.

Je suis Delon chez Melville, un dur à cuire.
Je vais pas cracher le morceau.
Les flics sont des acteurs...
D'ailleurs, il revient tout le temps, ce dédoublement.
Je me regarde faire, je me regarde vivre...
De l'extérieur, en étendant les jambes.
Bon, pour l'instant, je suis tout seul.
Ils sont pas pressés de m'interroger, apparemment...
Et tous ces jouets qui traînent par terre, c'est bizarre, on se croirait à la maison.
Enfin quelqu'un entre. Je suis moins serein soudain.
J'ai le cœur qui s'emballe.
Il sourit. Il est jeune, sympa, bonne tête.
— Bonjour ! Je suis l'inspecteur Jean Fellouz.
Il me tend la main. La politesse, ça j'apprécie.
En bras de chemise comme moi. Plutôt bien sapé.
J'aurais pensé le contraire, jean crado, cheveux sales ou alors blouson de cuir... comme quoi, Maman a raison : faut se méfier des idées toutes faites.
Il sort ses clopes, m'en offre une.
Eh bien, on sait recevoir dans la police !
Je suis né le 6 avril 1954 à Marseille
mais j'y suis pas revenu depuis.
J'ai vingt ans, c'est ça. Encore mineur, oui.
J'aurais voté Giscard pour qu'elle passe à dix-huit.
La majorité, oui...
J'habite au 61, rue de la Corniche-Fleurie, à Nice
dans la résidence du même nom.
Mais je fais remarquer qu'ils le savent déjà
puisqu'ils sont venus me chercher...
« C'est pour ne pas se tromper », dit l'inspecteur.
Ah, d'accord !
Est-ce que j'habite chez mes parents ?
Ma mère seulement. Ils sont divorcés.
Je suis libéré des obligations militaires.

J'ai fait mon service en Allemagne.
J'ai devancé l'appel. Je voulais être débarrassé
et maintenant je travaille, oui,
comme dépanneur-électricien depuis quatre mois,
confirmé dans mon poste depuis une semaine.
Ça se passe bien, bon patron, bons collègues.
Oh non, j'ai jamais eu affaire à la police !
C'est mon premier contact...
On rigole tous les deux. Il a le sens de l'humour,
c'est rare pour un policier. Mais pourquoi je pense ça ?
J'en sais rien du tout. J'en ai jamais croisé.
Maman a raison. Elle déteste les préjugés.
Elle prétend que ça ferme les portes au lieu de les ouvrir.
Mon enfance ? Tout à fait banale,
l'école, les potes, le sport.
Non, pas d'incident particulier... on a juste déménagé souvent.

— C'est-à-dire ?
— Presque tous les ans.
— Pourquoi ?
— Je vois pas le rapport avec l'accident !

Il en convient. Il sourit.
On va se faire la bise si ça continue
(et voilà, je déconne, je peux pas m'en empêcher).
Mes parents... Ça fait bizarre de dire « mes parents ».
On est partis quand j'avais trois ans.

— On ?

Il commence à m'énerver.

— Maman et moi.
— À cause de ?
— À cause de rien.

J'ai dit ça très vite.

— Et votre père ?
— Je le connais pas !
— Un beau-père ?

— Pas de beau-père non plus.
— De la famille ?
— Ils sont tous morts.
— De quoi ?
— De boisson ou de problèmes cardiaques.
Mais pourquoi on parle d'eux ?
C'est bien joli de discuter mais je travaille, moi, demain.
— L'accident ? Oh, c'est simple. Je venais d'Aix-en-Provence. Ma bagnole a calé au milieu du carrefour. Le type n'a pas su freiner, il m'est rentré dedans. J'ai eu la peur de ma vie. J'ai pensé à l'assurance, à mon boulot que je risquais de perdre. J'ai pas réfléchi, au lieu de faire un constat, je suis reparti, un réflexe idiot.
— Et après ?
— L'aile frottait contre mon pneu. Ça sentait le caoutchouc. Je me suis arrêté sur le bas-côté.
— Et ?
J'aime pas son regard. Trop de curiosité, trop d'appétit.
Comme le pêcheur quand le poisson mord...

- 16 -

Nice, jeudi 6 juin 1974, 6 heures du matin

Louise n'a pas dormi. Elle marche de long en large, suivie de près par Mickey. Son fils n'est pas rentré. Ça fait douze heures qu'elle l'attend. Sa voiture est dans le garage, elle a vérifié. Donc il n'a pas eu d'accident, c'est déjà ça, mais où est-il ? À moins que ce ne soit l'un de ces évanouissements ? Elle vérifie l'heure sans arrêt. Elle voudrait téléphoner au commissariat mais elle n'a pas le numéro, ni d'annuaire sous la main. Elle pourrait aller voir Ursula… Les bébés vont arriver. Que dire aux parents ? Rien, c'est le mieux. Qu'en pense Mickey ? Elle l'interroge du regard. Il répond par un miaulement.

— Oui, tu as raison, on ne va rien leur dire.

Soudain, on sonne à la porte. Elle sursaute, regarde à travers l'œilleton. Elle aperçoit deux hommes en civil et une tripotée d'autres derrière eux. C'est quoi, cette histoire de fous ? Elle défait la chaînette…

— Madame Peyrat ?

— Non, moi c'est Malterre, Louise Malterre. Peyrat, c'est mon fils.

Comme la première fois, celui qui semble être le chef lui présente une carte barrée de tricolore.

— Loïc n'est pas avec vous ?

— On l'a emmené à Marseille.

— À Marseille !

— Nous allons procéder à une perquisition...

— Une perquis...

Louise esquisse un drôle de pas de danse qui, en même temps, les autorise à entrer et leur barre la route. Elle s'en aperçoit, s'écarte en s'excusant mais s'interpose de nouveau.

— Mais mon fils, il va bien ?

— Oui, ne vous inquiétez pas...

Ils sont drôles. Ils l'affolent tout en lui disant de ne pas s'en faire.

Ils enfilent des gants. Ils tâtent le haut des placards, ouvrent les tiroirs, fouillent jusqu'au fond, laissent du désordre, qui va ranger ? Louise les suit, un peu sonnée. Elle entend du bruit dans la chambre de Loïc. Par la porte entrouverte, elle les voit embarquer un exemplaire des *Martine*. Des seringues. Tiens, il a des seringues, mais pour quoi faire ? Il est malade ? Elle est gênée, trop indiscrète. Habituellement, elle n'entre jamais chez lui.

Ils ont terminé. Ils demandent à examiner la voiture. Louise attrape les clés dans le vide-poches de l'entrée. Ils sont tellement nombreux qu'ils descendent à pied. Elle essaie d'ouvrir la portière. Elle tremble trop. Un policier doit « procéder ». C'est alors qu'elle constate les dégâts.

— Oh là là, mais tout le côté est enfoncé ! Comment on va payer les réparations ? Il était en tort, vous êtes sûr ? Parce qu'il conduit vite mais bien. Heureusement qu'il lui est rien arrivé. On m'a dit qu'il n'y avait pas de blessés, c'est sûr ?

— Mais oui, ne vous inquiétez pas...

— Ça fait quand même beaucoup de monde pour un petit accident !

On lui dit qu'elle va devoir les suivre à Marseille. Ils doivent l'auditionner... Louise proteste. Elle ne peut pas laisser les enfants. Elle n'a pas prévenu les parents. Il faut qu'elle s'organise. C'est un vrai souci. Louise remonte chez elle et, très embarrassée, sonne à la porte d'Ursula, qui se réveille à peine. La jeune femme a l'âge d'être sa fille. Elle l'écoute, comprend, accepte volontiers de la dépanner.

De retour dans son appartement, Louise constate le bazar qui s'étale par terre, les placards ouverts. Elle va dans la chambre de Loïc, attrape quelques vêtements qu'elle fourre dans un sac de voyage. Revenue dans la cuisine, elle tartine des tranches de pain de mie avec du beurre, un peu de moutarde et de la mortadelle qu'elle est heureuse de trouver dans le frigo. Au moins, son fils pourra manger correctement. Quant à Mickey, pas question de le laisser tout seul. Ursula ne va pas en plus s'occuper du chat ! Et puis Loïc sera content de le voir.

Dans l'action, elle retrouve un peu d'énergie. Elle commence à ranger. Le policier qui l'accompagne suggère qu'il est temps d'y aller...

Un peu plus tard, à l'Évêché, les enquêteurs consignent les objets saisis chez Loïc Peyrat et dans sa voiture. Certains sont sans importance, d'autres plus significatifs : une paire de jumelles dans leur étui, une flasque d'alcool vide, une carabine vingt-deux long rifle enveloppée dans une serviette de bain, une boîte de balles, une seringue en plastique usagée, des ampoules étiquetées « sulfate de strychnine », des seringues neuves, des bonbons, deux cheveux, un pantalon de couleur sombre, un couteau de marque

Opinel, quatre lanières de cuir entrelacées à une extrémité…

Loïc Peyrat est de plus en plus suspect. Les policiers durcissent le ton. Si Livia est vivante, ils doivent la retrouver, et vite.

- 17 -

Jeudi 6 juin, 10 h 15, deuxième audition

On m'a trimballé toute la matinée,
un docteur m'a examiné sous toutes les coutures.
Enfin, je suppose que c'était un docteur
à cause de sa blouse blanche.
J'étais tout nu, c'était gênant. On a le droit de faire ça ?
Ensuite, je me suis rhabillé et on m'a aligné
avec d'autres types contre un mur
avec un chiffre autour du cou.
On était six. Des policiers, j'imagine.
J'ai vu ça dans les films.
Et puis on m'a ramené ici.
Escorté par des journalistes qui me photographiaient
en me bombardant de questions.
Ça aussi je l'ai vu dans des films.
Je baissais la tête à cause des flashs.
J'avais honte pour Maman.
On m'a changé de pièce.
Celle-ci est sinistre, minuscule, sans fenêtre.
Avec ce type dans un coin, devant une machine à écrire

éclairée par une loupiote.
Il regarde ses mains comme si j'étais pas là.
J'ose pas lui parler.
Pas d'eau, pas de clopes.
J'ai tellement envie d'en griller une.
Ils vont me garder longtemps ?
Je suis sale. Je pue. Je m'incommode moi-même.
Je voudrais me raser, prendre une douche.
Et ces putains de menottes, j'ai la peau toute rouge.
Un type entre en trombe. C'est qui, lui ?
Pas l'air commode. Il jette un dossier sur la table,
avec en travers « Loïc Peyrat » en gros caractères.
Ça fait drôle de lire mon nom.
Tutoiement direct, sans présentations.
Faut pas de préjugés mais lui, avec ses jeans,
sa moustache, son air négligé,
on dirait un flic de cinéma.
Il s'assied sans me regarder. Décidément, quel malpoli !
Ah, je comprends, il veut m'intimider.
Le coup du gentil flic/méchant flic.
Je me laisserai pas faire.
Tout de même, je bois pas d'habitude mais là
j'aurais besoin d'un petit verre.
Je commence à dégouliner.
On ne traite pas les gens comme ça !
Le week-end de la Pentecôte ?
Mon emploi du temps, minute par minute ?

— Je l'ai déjà donné !

— Eh bien, tu répètes. Le dimanche, tu pars de chez toi à quelle heure ?

L'autre flic tape ma déposition avec deux doigts.

— J'ai quitté Nice après le déjeuner.

— Quelle heure il était ?

— Environ 14 heures.

— T'étais seul ?

— Oui. J'ai proposé à ma mère de venir mais elle trouve que je conduis trop vite. Je crois qu'elle voulait plutôt être tranquille. Parfois elle dit blanc, elle pense noir...

— Tu pars de Nice vers 14 heures et tu prends quelle route ?

Il s'en fout complètement de la psychologie de ma mère.
J'insiste pas.

— Je me suis baladé dans l'arrière-pays.

— Quel trajet exactement ?

— Je me souviens plus dans le détail.

— Mais si, tu vas voir...

Il ouvre mon dossier, prend une carte routière,
sort un crayon de sa poche et me tend l'ensemble.

— Tiens, maintenant tu traces exactement ton périple.

Je dois avoir la gueule de l'élève qui sèche.

— Et tu montres pile où tu t'es arrêté.

J'obéis, approximativement. Il insiste.

— Quels cafés ? Quelles rues ?

— Qu'est-ce que j'en sais ! Quand on traîne, on note pas. Je sais plus !

D'habitude, je bois de l'eau minérale et du jus d'orange.
Mais, de temps en temps, je prends une bonne cuite.
J'ai dormi dans ma voiture, une sacrée biture.
À Salernes, oui, j'étais tout seul.
Je vous l'ai dit, ma mère a pas voulu venir.
Non, personne d'autre...
Le lendemain matin, le lundi de Pentecôte,
c'est exact, j'étais à Aix.
Quel circuit ? Normal, la cathédrale, les petites places.
J'arrive au carrefour que vous connaissez,
là on se rentre dedans.
Oui, je venais d'Aix. Comment ça, pas possible ?

Il me montre la RN en précisant 96.

— La RN 96 va de Toulon à Aix, puis à Nice. Sauf que toi, tu étais sur la RN 8 bis, ici. Et elle vient d'où, la RN 8 bis ?

Je réponds pas.

— De Marseille ! Donc tu venais de Marseille.

Je vais plus dire un mot. Ils n'auront rien contre moi.

Il me fout la trouille, le méchant flic.

Il est du genre à me taper sur la tête avec un bottin.

— Ah non, je proteste, j'ai pas grillé le stop ! J'ai démarré la seconde enclenchée et j'ai calé au milieu du carrefour... Après j'ai eu peur, les dégâts, l'assurance, encore un peu d'alcool dans le sang. J'ai même pas réfléchi. Je suis reparti en sens inverse...

— Donc vers Marseille.

— Non, enfin je sais plus. Ça s'est passé tellement vite. Ça sentait le caoutchouc dans la voiture. Le pneu frottait contre l'aile. J'ai dû me garer sur le bas-côté.

— Après trois virages ?

— Oui, sûrement. Là, j'ai vu qu'un type me suivait. J'avais pas envie de m'expliquer, à cause de l'assurance. Je suis monté vers les fourrés.

— Seul ?

— Bah oui, seul, évidemment ! Avec qui j'aurais pu être ?

— Vas-y, détaille...

— Le type m'a dit de revenir. Je lui ai répondu de partir, que j'allais redescendre. Il a disparu. J'ai repris le volant en cherchant un endroit pour changer ma roue. J'ai vu un sentier avec une barrière marquée « Propriété privée ». Je me suis arrêté. Je l'ai levée. J'ai continué à rouler. J'ai aperçu une sorte de galerie, je me suis garé dedans. Oui, en espérant qu'on me retrouve pas, à cause de l'assurance. Je suis pas riche, ma mère non plus. J'ai eu peur de perdre ma voiture, mon emploi. Je viens à peine d'être embauché...

— Tu te fous vraiment de ma gueule !

Qu'est-ce qu'il a ? Qu'est-ce que j'ai dit ?

Il se lève. Il me tourne autour.

Il répète en me criant dans l'oreille :

— Tu te fous de ma gueule !

Il sort. L'autre arrête de taper. Je dégouline.

Ma chemise est trempée sous les aisselles.

C'est dégueulasse...

Le méchant revient. Il n'a pas été long.

Il a les mains chargées. Il dépose plein d'affaires sur la table.

— Voilà ce qu'on a trouvé chez toi et dans ta voiture. Tu vois les deux cheveux dans le sachet ? Il y en a un ondulé qui doit être à toi. Mais l'autre, châtain, raide, il est à qui ?

— Qu'est-ce que j'en sais !

— La petite qui a été enlevée, elle a les cheveux châtains et raides, justement. Elle est où ?

— Ah, c'est pour ça que vous me cuisinez !

— Et ça, c'est quoi ?

— Un paquet de bonbons.

— Tout à l'heure, t'as déclaré... Je lis ta déposition : « Je n'aime pas le sucre. Je n'en mange jamais. » Alors c'est pour qui, les bonbons ?

J'ai envie de pleurer.

— Et ce pantalon bleu marine, tu le reconnais ? Il est bien à toi ?

— Oui.

— Tu vois ces taches ? C'est quoi à ton avis ?

— De la boue.

— Non, c'est du sang !

— Vous l'avez trouvé où ?

— Dans le coffre de ta voiture.
— Vous avez fouillé chez moi ?
— Oui, ça s'appelle une perquisition... Et maintenant, elle est où, la petite ?

- 18 -

La juge Régine est résolue à ne pas perdre de temps. Aucun lien direct entre l'accident du carrefour de La Pomme et l'enlèvement de Livia Pozzi n'est établi, mais elle n'a pas d'autre piste, alors elle décide de lancer une battue, sans attendre. Quelques heures plus tard, sous un soleil de plomb, une cinquantaine de gendarmes en uniforme beige progressent le long de la RN 8 bis. Lentement, méthodiquement, ils cherchent un indice. Ce pourrait être l'un de ces petits trésors que conservent les fillettes, un ruban, une barrette, ou encore un échantillon de vêtement...

Le ratissage des deux kilomètres du carrefour à la champignonnière ne donne rien. Alors la juge ordonne d'« avancer dans la végétation ». Comme un seul homme, les militaires qui forment une longue colonne montent sur le talus. Une fois dans les fourrés, ils inspectent chaque recoin de verdure. À l'aide d'une badine, ils soulèvent les mousses, écartent les branchages, fouillent les abords des chênes, repoussent les argéras, ces sortes de ronces aux épines pointues que l'on trouve en Provence.

Le gendarme Gérard Benefro procède de même, en priant le ciel : pourvu que l'enfant soit vivante ! Pourvu qu'on la retrouve. Il n'a pas d'eau. La chaleur est terrible. Il s'arrête un instant pour s'éponger le front lorsqu'une tache rose attire son attention. Il remet vivement son mouchoir dans sa poche. Avec sa baguette, il dégage les broussailles et tombe sur une sandale, une sandale d'enfant. Son cœur s'emballe. Il avance encore et marche sur quelque chose de mou. Une odeur abominable lui saute au nez. Il manque vomir. Il lui faut du renfort, il s'écrie : « Camarades, j'ai trouvé quelque chose ! »

Sa découverte déclenche un ballet de photos, d'inspections, de relevés. L'équipe technique s'affaire tandis que les premières constatations révèlent que le corps a été traîné sur une dizaine de mètres, puis installé dans un creux de terrain et dissimulé sous des ronces. Les gendarmes relèvent aussi une gourmette située à environ trois mètres du corps. Une gourmette d'homme, en argent. La plaque n'indique aucun prénom.

*

Pendant ce temps, les Pozzi continuent d'espérer. Marcello se tient raide et muet. Selon lui, quand on est un homme, on ne s'effondre pas. On reste digne et on souffre en silence. Marcia aimerait mieux qu'il s'en prenne à elle : « Tu m'as désobéi ! Tu les as laissés dehors ! Je t'avais dit de les garder à la maison ! Et pourquoi t'as pas bougé quand Nino a parlé du chien ? » Attaquée, elle pourrait se défendre, répéter les raisons qu'elle se donne. Au lieu de ça, elle rumine cet instant maudit où elle a accordé quelques minutes de plus à ses enfants, pour un bouquet.

Elle s'en veut mais sans pour autant croire au pire. Dieu, la vie ne peuvent pas leur faire ça. Et puis c'est rare, les enlèvements d'enfants. Et, quand ça arrive, comme a dit le journaliste à queue-de-cheval, c'est chez les riches. Sa petite est sûrement quelque part, perdue, accidentée peut-être mais vivante, et on va la retrouver.

Marcello est du même avis.

Ce qu'ils ignorent, c'est que derrière leur porte quelqu'un hésite à sonner. C'est le commissaire Branlant, en personne. Immobile, le front baissé, il réfléchit. Quels mots choisir, comment leur apprendre qu'une découverte vient d'être faite sans les assommer, ni leur donner de faux espoir ? Il aurait pu déléguer cette mission pénible mais il fait partie de ces personnes rares qui ont tous les courages, physiques et humains. En outre, il s'est pris d'affection pour cette famille fragile et si seule. Il admire leur dignité et regrette, à cet instant, que la loi oblige un parent à identifier le corps de son enfant mort. En tant que chef de famille, Marcello se portera volontaire, sans doute. Il aime tant protéger Marcia...

Le commissaire interrompt le repas des Pozzi, attablés et en silence. Les voisins, les amis sont partis déjeuner. De même les charlatans avec leurs cartes, leurs pendules, leurs boules de cristal... et les journalistes, pour un temps repus du spectacle d'une famille hagarde. Marcia a les yeux dans le vague. Nino picore, tête baissée. L'assiette de Marcello est intacte. Il s'est précipité pour lui ouvrir la porte.

Branlant s'excuse de les déranger et le prend à part. Il a du mal à entrer dans le vif du sujet. Il parle des gendarmes et de la police qui, cette fois, ont travaillé main dans la main.

— Ils ont inspecté chaque centimètre carré de talus menant du carrefour de La Pomme à la champignonnière.

— La champi...

— ... gnonnière, l'endroit où l'on cultive des champignons...

— Oui ?

— C'est là que l'homme, vous savez, celui qui a eu un accident, est allé après...

— Ma fille, elle a eu un accident ?

Branlant jette un coup d'œil à Marcia, qui tend l'oreille en triturant sa mie de pain. Nino lui aussi a levé les yeux. Sa maman lui caresse les cheveux d'un geste absent. Le commissaire poursuit en chuchotant :

— Je voudrais vous emmener sur place. Certains détails paraissent... concordants avec notre histoire...

Pozzi ne comprend rien à ces mots compliqués mais il est prêt à suivre le commissaire partout où il voudra. Il a confiance en cet homme mûr, plein d'autorité, qui s'adresse à lui d'une voix calme et douce. Il fait signe à Marcia qu'il s'absente. Il embrasse Nino. Exceptionnellement, ce n'est pas la peine qu'il vienne. Et comme il le fait toujours quand il sort pour autre chose que le travail, il enfile une veste, malgré la chaleur, mais il oublie d'emporter ses clés.

Au pied de l'immeuble, il monte dans la voiture banalisée, le cœur serré. Les deux hommes roulent sur la voie express sans échanger un mot. Branlant a caché le gyrophare dans la boîte à gants. Il essaie de dédramatiser l'opération policière. Comme si c'était possible, il cherche à lui donner des allures d'escapade insignifiante.

Marcello est pâle, amaigri, épuisé. Quand Marcia n'est pas là, il devient faible et son dos s'affaisse. Il s'abandonne dans le siège passager. Le commissaire, lui, est raidi par l'appréhension des minutes à venir. Il ne sait pas quoi dire. Le long de la nationale, les gendarmes se sont repliés. Ils n'ont plus rien à chercher. Assemblés par petits groupes, ils attendent eux aussi, avec le cœur serré.

Sans laisser paraître ses émotions, la juge Régine continue de donner des ordres. Seule la petite perle qu'elle porte au cou, sans cesse malmenée et redressée, traduit sa nervosité. Gus Demaison et quelques journalistes ont été autorisés à prendre des photos. « Des photos respectueuses », a précisé la juge.

Dans l'ambulance qui abrite le corps, le médecin légiste nettoie les plaies, chasse les insectes nécrophages... Il ramène une mèche de cheveux sur le front blême pour masquer les racines qui se décollent. Il remonte la couverture sous le menton pour cacher les « boutonnières », ces marques des coups de couteau qui, entre autres, ont sectionné la carotide. Autrement dit, il saupoudre un peu d'humanité sur une scène d'horreur.

Le père s'agrippe au bras du commissaire, les jambes flageolantes. Quand sa femme n'est pas là, l'angoisse le submerge. Branlant le conduit jusqu'à l'ambulance en balbutiant quelques mots : « On va... rapide... Je suis tellement... » Il ne termine aucune de ses phrases.

Arrivé devant le véhicule, il tient le père encore plus fermement. Marcello hésite à monter à l'intérieur, il détourne la tête. Il cherche alentour, dans le ciel et les arbres, la force de regarder ce qu'on veut lui faire voir. Quand il croit l'avoir trouvée, il jette un œil vers la forme et... aussitôt son corps se relâche, sa respiration repart, son cœur se calme. Car ce n'est pas elle ! Ce n'est pas Livia ! Ce n'est pas sa fille !

Oh, bien sûr, le spectacle est macabre. Mais il pourrait danser, embrasser les gendarmes, crier de bonheur et sauter de joie sur la route déserte. Sa petite n'a pas ce visage gris, lunaire, boursouflé, ces yeux bridés, cette pommette droite enfoncée, cette lèvre rentrée, ces croûtes de sang partout. Cette extraterrestre n'a rien de commun avec sa fée aux joues roses, aux grands yeux espiègles, aux dents du bonheur. D'ailleurs, elle portait, quand elle a disparu, une jolie robe blanche bien nette. Or cette poupée de glaise, pour ce qu'il en voit, gît dans un sac informe, déchiré, de couleur terre…

Tellement soulagé, il est prêt à partir, quand quelqu'un a l'idée bouleversante de soulever la couverture. On invite Marcello à jeter un nouveau coup d'œil. Sa bouche s'ouvre et se ferme comme celle d'un poisson dans un aquarium. Son corps est cloué sur place, statufié.

Et soudain, il se met à bouger, agité par un tremblement intérieur, irrégulier. Il est pris de mouvements sporadiques d'abord, puis de plus en plus réguliers et violents. Sa gorge émet des sons bizarres, des feulements essoufflés. Ses mains battent l'air, à la recherche de prises invisibles.

Marcello Pozzi vient de reconnaître une cerise brodée sur un bout de tissu rougi, et une sandale rose au pied fin d'une princesse. Le père cassé en deux, le buste à l'horizontale, se met à tournoyer sur lui-même. Son regard fouille le sol. Il a l'air d'un pauvre fou. Comme un mauvais acteur de tragédie, il s'enquiert, la voix chevrotante : « Où est-elle ? Où est-elle ? » Autour de lui, on s'étonne : de quoi parle-t-il ? On met du temps à comprendre qu'il cherche… l'autre sandale, comme s'il en allait de sa vie. Il la lui faut, tout de suite, immédiatement ! Pour rendre à sa fille un semblant d'intégrité.

Et puis un sursaut. Brutalement, il se redresse et se met à hurler. Un hurlement terrifiant, inédit, celui d'un homme blessé comme une bête, celui d'un homme blessé à mort.

Gus cesse de mitrailler. La perle de la juge retombe sur son cou. Les oiseaux arrêtent de chanter. Les gendarmes et la nature se taisent. Jamais ils n'oublieront ce cri d'épouvante. Ainsi apprennent-ils que le cadavre de l'enfant est bien celui de feu Livia Pozzi, huit ans pour l'éternité.

*

Le commissaire Branlant rentre à l'Évêché, encore choqué. Il ne peut oublier le regard plein d'effroi de la petite morte. Ni le père anéanti, incapable de marcher, lui tombant dans les bras. Il l'a porté jusqu'à la voiture. On lui a fait une piqûre. Il l'a reconduit chez lui. Il a vu la mère se lacérer le visage de douleur et s'écrouler à son tour. Il a caressé les cheveux du petit frère qui sanglotait dans un coin.

Il les a quittés, trempé de leur chagrin jusqu'à l'os, et maintenant c'est la colère qui l'empoigne. Il pense à ses petits-enfants : si un putain de malade s'en prenait à eux, il le tuerait. C'est dire qu'il aborde Peyrat les tripes retournées. Avec la ferme intention de le faire avouer. Par tous les moyens !

- 19 -

Jeudi, 16 heures, troisième audition

Combien de temps ils vont me retenir ?
J'entends du bruit derrière la porte.
Jean Fellouz, lui au moins, il était sympa.
C'est qui, celui-là ? Une baraque à cheveux blancs et pas l'air commode.
Ras-le-bol, encore un nouveau.
Pourquoi il me regarde comme ça ?
Je lui ai rien fait, je le connais même pas.
Il se présente, commissaire Branlant.
Ha, ha, super nom !
Si Richepin était là, on se marrerait bien.
Il annonce qu'on a retrouvé la petite dans la garrigue.
Je sursaute intérieurement. J'espérais...

— Son cadavre... Elle est morte...

Je hausse les épaules.

— Qu'est-ce que j'y peux ? J'ai rien à voir avec tout ça. Je suis pas concerné.

— Ah oui, pas concerné !

Il s'étrangle, le vieux.

— On l'a retrouvée là où tu t'es arrêté. Là où tu t'es enfui dans les fourrés... Et on a retrouvé un cheveu d'enfant dans ta voiture...

— Ah bon, un cheveu d'enfant c'est pas comme un cheveu d'adulte ?

Je l'ai mouché. Il serre les poings.

Il va me défoncer la gueule.

Il me crie sous le nez :

— Alors, qu'est-ce que t'en dis ?

— Rien du tout. Jamais vu cette gosse. Jamais foutu les pieds à Marseille.

Il prend mes mains.

Aïe ! Ça va pas, la tête ? Ça fait mal !

— Et tes mains, pourquoi elles sont rouges ? Et gonflées ? Et pleines de petits trous, comme des piqûres de ronces. Des ronces qui cachaient le corps !

— Aïe, mais vous me faites mal ! Je les ai arrachées pour mettre sous mes roues, dans la champignonnière...

— Comment tu sais que c'est une champignonnière ?

— Bah, ça puait le champignon.

Il me tape sur les doigts.

— Vous êtes complètement malade !

Il me fait peur, ce type...

— Et pourquoi j'aurais fait ça ?

C'est sorti tout seul. Oui, pourquoi j'aurais fait ça ?

— Parce que t'es un maniaque, un pervers, un de ces types auquel il faudrait couper les couilles !

— Et puis quoi encore ? J'ai jamais fait de mal à personne.

— Et les seringues et la strychnine qu'on a trouvé dans ton armoire, c'est pas pour faire du mal ?

— On les a piquées dans les réserves militaires pour s'amuser...

— Ah oui, du poison, c'est amusant ! Et le fouet qu'on a trouvé dans ton coffre ?

— Quel fouet ?
Il me sort une photo. Je fais celui qu'est soulagé.
Je rigole ouvertement.

— Ah, ça ! C'est pas un fouet, c'est un scoubidou.

— Un scoubidou... en cuir... avec des lanières d'un mètre de long ! Tu nous prends vraiment pour des cons !

— Je vous jure que c'est vrai. On s'emmerdait tellement à l'armée qu'on s'entraînait pour passer le temps. C'était à celui qui irait le plus vite pour en fabriquer un...

— Et pourquoi t'avais des bonbons dans ta boîte à gants ? Et les seringues, c'est pour quoi faire ? T'es un malade mental. Et c'est pas difficile à prouver avec l'attirail qu'on a trouvé dans ta chambre et dans ta bagnole. Tu veux que je te dise, t'es cuit !
Je vais me taire. Je dis plus un mot.
Il peut bien gueuler, il aura rien.
Que dalle, pas la queue d'un, pour parler comme Richepin.

— Et le pantalon, hein, le pantalon ?
Il me souffle son haleine.
Beurk, il pue le renfermé et le tabac brun.
J'en ai tellement marre de sa gueule,
je pourrais dire n'importe quoi pour qu'il se taise.
En plus, je suis crevé. J'ai pas vraiment mangé depuis hier.
À force de clopes et de café,
j'ai mal au cœur et faim à la fois.

— On a des preuves contre toi. Le sang sur le pantalon, c'est le même groupe que celui de la petite.

— Ah oui, quel groupe ?

— A+.

— Moi aussi je suis A+.
Baisé, le vieux ! L'heure tourne.
Bientôt la fin de la garde à vue...
Je suis content d'avoir lu tous ces polars.
Va falloir me relâcher, les gars...

Je me redresse sur ma chaise.
Je le regarde dans les yeux en pensant :
T'es pas près de me coincer, pauvre mec.
On dirait qu'il m'a entendu. Il sort en claquant la porte.
Demain matin, je serai à la maison
en train de caresser Mickey...
Et d'embrasser Maman.
On sablera le champagne. J'en peux plus d'être ici.
J'ai hâte de retrouver ma chambre, mon lit,
des draps propres.
Et Maman. Elle me manque tellement...
Ils sont tous sortis. Je comprends pas à quoi ils jouent...
En tout cas, ça me servira de leçon.
Au volant, j'irai mollo et les enfants,
à distance, le plus loin possible.
Ils me font faire que des conneries.
Aussi dangereux que les adultes, finalement.
Oh tiens, c'est Jeannot ! Je me redresse, je souris.

— Salut Jeannot ! Je suis trop content de te voir.

Il me tend un sandwich enveloppé
dans une serviette en papier
et une bière fraîche !

— Je t'ai apporté de quoi becqueter. Tu dois avoir les crocs.

— Oh, c'est rien de le dire ! Merci, t'es un... frère. Pardon, je blague. Quand je suis nerveux, je peux pas m'en empêcher.

Le tutoiement est venu tout seul.
C'est bon d'avoir un copain.

— Comment ça va, mon pote ?

— On me torture, surtout l'armoire à glace à cheveux blancs.

— Ah, le commissaire Branlant, ça c'est sûr, il est pas commode.

— Il m'a tordu les mains. Il torture pour obtenir des aveux, non ?

Jeannot approuve.

— J'en étais sûr. C'est un dingue, ce type ! Il me fiche une sacrée trouille.

— Je vais te faire une confidence, on le craint aussi. Il est dur avec tout le monde…

— Ah, je le savais ! Ça se voit dans son regard ! Eh bien, je te plains. Moi, j'ai un bon patron. Du moment qu'on fait son travail, il est sympa. Pas du genre à donner des tapes dans le dos mais correct et juste…

— Ouais, c'est comme les prévenus, y en a des sympas et d'autres pas du tout.

Il dit ça en me posant la main sur l'épaule.

Décidément, j'adore ce type.

Si on s'était rencontrés dans le civil,

on serait devenus amis.

— Tu sais, Loïc, il n'y a qu'à toi que je peux le dire, mais le type qui a enlevé la fille, en un sens, je le comprends… Je connais bien les gamines, faut pas croire qu'elles sont blanc-bleu. Elles remontent leurs petites robes…

Mais pourquoi il me parle de ça ?

Faudrait pas que j'oublie qu'il est flic.

Je ne moufte pas, et il continue…

— Elles se penchent en avant pour qu'on voie leur petite culotte. Après, elles disent que les hommes sont des vieux cochons mais elles les cherchent quand même un peu. Pas toutes, bien sûr, mais certaines…

Je reste sur mes gardes.

— La petite qui a été enlevée, elle a peut-être tenté l'assassin. Alors lui, forcément, il a perdu les pédales. C'est irrésistible, une peau toute neuve, une âme toute pure. Ça lui est arrivé à lui, mais ça aurait pu arriver à d'autres…

Je le regarde dans les yeux
pour voir ce qu'il a derrière la tête.
Le flic zombie sous sa loupiote a arrêté de taper.
On ne retranscrit pas ce genre de conversation
dans un procès-verbal.

— La Livia, je suis presque sûr qu'elle l'a émoustillé. Je ne sais pas comment mais elle l'a un peu cherché et c'est connu, les hommes sont pas de bois… C'est comme Martine dans les albums…

— Ah, toi aussi tu trouves !

Là, j'ai pas pu m'empêcher de réagir.
Je finissais par croire que j'avais l'esprit mal tourné.
Il est d'accord, Jeannot, les petites Martine sont pas neutres.
On est faits pour s'entendre, lui et moi.
On pourrait se revoir quand le cauchemar sera fini.

— Et Livia, elle était comme Martine… Intéressée par les hommes…

Là, je jubile. T'es perspicace, mon Jeannot ! J'en rajoute pas.
J'oublie pas qui t'es et je me méfie :
c'est peut-être un piège.

— Sans l'accident, elle serait encore en vie, la petite Martine…

— Martine ?

— Oh, pardon, Livia. Et toi, t'as simplement fait ce qu'elle voulait.

*

Un peu plus tard, Gus et Jean Fellouz se retrouvent à L'Annexe, accoudés au comptoir, devant un verre de vin rouge. Jeannot dit qu'il est rincé. Cette fausse complicité avec Peyrat, ça l'a épuisé et ça l'écœure.

— Si par malheur il n'avoue pas, il faudra le relâcher et je l'aurais rendu encore plus dangereux… Tu connais les albums *Martine à l'école, Martine à la ferme, Martine à la plage...*

— Oui, mes filles en lisaient quand elles étaient petites.

— Eh bien, on en a trouvé une collection dans sa chambre... De la matière à branlette, certainement. Je suis rentré dans son jeu : *Elle est tentante, la petite Martine ! Elle allume, la petite Martine, avec ses poses et son air vicelard.* Je me dégoûtais moi-même. Si on le libère à la fin de la garde à vue, il ira chasser les « petites putes » en toute bonne conscience. Avec l'aval de son copain flic !

— Un autre canon ? demande Gus.

— Non, va falloir que j'y retourne...

— Et alors, il a mordu ?

— Pas vraiment. J'ai cru qu'il allait se mettre à table mais non. C'est incroyable ce qu'il est résistant ! On croit le tenir et il file entre les doigts comme une anguille. C'est un drôle de type, roublard d'un côté, naïf de l'autre. Par moments, il oublie que je suis flic. Il m'appelle Jeannot, on se tutoie et brusquement il se ressaisit, sur ses gardes. Il est déroutant, pas antipathique d'ailleurs. Pas con mais pas vraiment intelligent non plus. Sinon il dirait qu'on lui a volé sa voiture et qu'il s'est retrouvé assommé dans la champignonnière. Parce que si c'est lui qui conduisait au moment de l'accident, c'est lui le coupable. Y a pas d'autre hypothèse, mais tant qu'on n'a pas les aveux, on n'a pas grand-chose. Que de fortes présomptions. Aucune preuve, rien de concret qui le relie au crime. En l'état, devant une cour d'assises, avec un bon avocat, c'est le non-lieu.

— Et vous allez faire quoi, maintenant, continuer à le brosser dans le sens du poil ?

— Non, on a épuisé le filon, mais quand je suis parti, Branlant avait une idée : Denise Manchet...

— La femme témoin de l'accident ?

— C'est ça, oui. Le patron est en train de la briefer. Elle va le reconnaître formellement mais à la manière d'une maman car le seul vrai point faible de ce type, c'est sa mère. Bon, j'avale mon café en vitesse et on croise les doigts pour qu'il craque !

- 20 -

Jeudi, 17 h 30, quatrième audition

Les gentils, les méchants, ils se relaient
mais je lâche rien.
Je suis excellent pour un suspect débutant !
Quand je vais reprendre le boulot, je serai invincible.
Comme quoi, Maman a raison :
les épreuves, ça forge le caractère.
Je me demande si on l'a prévenue.
Mais oui, forcément, je suis bête. La perquisition...
Faudrait que je l'appelle, la pauvre...
Je vais demander : Je peux téléphoner ?
J'ai crié. Je suis tellement nerveux.
Si on me touchait par-derrière sans prévenir,
je ferais un bond de deux mètres.
Le pire, c'est d'être seul dans une pièce vide.
Où il est passé, Jeannot ? Qu'est-ce qu'ils mijotent ?
Ils vont encore me tomber dessus.
J'ai l'impression qu'on me regarde dans mon dos...
Y a sûrement des micros, des caméras...
Ohé ! Y a quelqu'un ? Ils sont tous morts ou quoi ?

Je vais ouvrir la porte.
Si ça se trouve, c'est possible :
je me lève et je m'en vais.
Ni vu ni connu, personne ne m'arrête.
J'en peux plus d'être ici.
On est le jour ou la nuit ? Il est quelle heure ?
Ah, j'entends des bruits.
Ohé… je suis là !
Je crie. Comme si Branlant m'avait oublié !
Heureusement que j'ai le sens de l'humour.
Mais… C'est qui, celle-là ? Je l'ai jamais croisée.
Elle a pas l'air d'un flic.
Et beaucoup trop maquillée pour une vieille,
mais blonde comme Maman, ça j'aime bien…
Je vais n'en faire qu'une bouchée.
Parce que, faut pas croire, j'ai du succès avec les femmes.
Plus on leur résiste plus elles s'accrochent.
Qu'est-ce qu'elle fait ?
Pourquoi elle s'approche ? Pas si près !
Elle s'est aspergée de parfum au muguet.
C'est fort, ça pue.
Hé, on n'a pas gardé les cochons ensemble !
Elle me met une main sur l'épaule.
Je me dégage. Pourquoi elle fait ça ?
J'aime pas le contact, je me recule…
Elle insiste. Elle m'appelle « mon petit » tout doucement.
De la guimauve, maintenant !
Je préfère encore Branlant, ha ha…
Écartez-vous, madame, on est dans un commissariat,
pas dans une boîte de nuit…
C'est ce que je pense mais faut rester poli,
elle pourrait être ma mère.
— Mon petit…
Merde, je déteste les gentillesses.

Ça me ramollit, ça me donne envie de pleurer.

— Je vous ai vu monter sur la colline...

Je me suis levé d'un bond, j'ai le cœur qui chavire.

Elle insiste :

— Je vous ai vu monter sur la colline, avec l'enfant. C'était moi dans la voiture en bas. On vous suivait, mon mari et moi. Je vous ai vu avec la petite fille. Je suis formelle. Je suis désolée...

J'ai les yeux qui me piquent. Je deviens tout mou.

Je préfère qu'on me gueule dessus,

je vais me trouver mal.

Je me redresse, je me cale dans ma chaise

pour pas tomber.

Un verre d'eau. Faut que je respire.

Elle me prend par les épaules.

Me touchez pas !

Je me dégage, elle insiste :

— Mon petit, soyez courageux !

J'ai plus de force. Je vais craquer.

Je suis tellement fatigué.

Je m'effondre. Je peux pas m'en empêcher.

Ça y est, je sanglote, je pleure tout ce que je sais.

Le commissaire vient d'entrer et Jeannot aussi.

Je les vois comme derrière un rideau de pluie.

Je me cache le visage. J'en peux plus.

Je m'écroule. Je tombe dans un trou.

Je sens la main de Jeannot sur mon épaule.

Il m'appelle « mon pote ».

— C'est fini, mon pote... Elle t'a reconnu...

— Mais...

— Je sais bien que tu voulais pas faire de mal mais maintenant, il faut que tu t'expliques pour qu'on comprenne bien ce qui t'est arrivé.

Je chiale encore plus fort, comme un bébé.

— Ça va te faire du bien, tu verras. Tu seras libéré. Tu pourras aller dormir et ta mère sera fière de toi. C'est courageux, d'assumer…

Je peux plus me retenir. Jeannot continue :

— Sans l'accident, ça ne se serait jamais passé…

— Bien sûr que non. Sans ce type qui m'est rentré dedans… Je te jure, Jeannot, que je voulais pas lui faire de mal. J'allais la ramener chez elle…

Le type à la machine à écrire est revenu.
Je l'entends taper sur les touches.
Quand j'arrête de parler, il s'arrête aussi.
Le commissaire s'est mis en retrait.
Jeannot, face à moi, a sorti des clopes, des bières.
Je vois qu'il me comprend. Il a de la peine pour moi.
Et il sait bien, lui, que c'est le hasard…

— Je vous en supplie, dites rien à Maman. Jeannot, promets-moi !

J'ai de la morve qui me coule du nez.
Il me tend un mouchoir…

— Tu veux bien tout reprendre depuis le début, mon pote ?

— Depuis samedi ?

— Oui, c'est ça, depuis samedi…

— Mais vous direz rien à Maman ?

— Elle n'est pas obligée de tout savoir.

Je dessine les garages, la rue qui monte, le muret.
J'ai envie de faire plaisir.
Je mets une croix pour montrer où je me suis garé.
Voilà, c'est fini. Je vérifie. J'ai rien oublié.
Jeannot me demande si je peux dater et signer.

— Mais bien sûr, pas de problème…

J'espère qu'on lui donnera de l'avancement.
Et qu'avec moi les juges seront sympas.
Je suis de bonne volonté.
Il me reste à poser une question pas facile.

Je crains la réponse.

— Dis, Jeannot...

— Oui, mon pote ?

— Je vais prendre combien pour ça ?

- 21 -

Pauline, la jeune recrue d'*Histoires vraies*, est enfin arrivée à Marseille. Il a fallu qu'elle négocie avec Mamie qui avait besoin de sa voiture. Qu'elle termine le rewriting des reportages en cours. Puis qu'elle parte à l'aube et passe dix heures sur la nationale 7, les mains crispées sur le volant, coincée entre les camions. Elle déteste conduire, si bien qu'elle a pesté tout le long du trajet : « La route des vacances, la route du soleil, tu parles ! »

Arrivée à destination, elle n'a qu'une envie : trouver l'adresse de son hôtel et dormir ! Cependant, il faut qu'elle voie Gus Demaison, qu'elle prenne ses directives. Elle demande à des passants le chemin de l'hôtel de police. On met du temps à comprendre qu'elle parle de l'Évêché. Une fois là-bas, il est difficile de se garer. Elle maudit Göring, Marseille, le journalisme.

Une fois dans le commissariat, elle s'étonne qu'il soit si facile d'entrer et de circuler dans les étages. Elle demande où se passe l'affaire Pozzi. On lui indique un hall, devant une série de bureaux fermés. Elle cherche Gus du regard, ne voit personne qui lui ressemble.

Alors elle s'assied sur un banc, à côté d'une petite dame effacée qui porte un cabas sur ses genoux, une caisse à chat posée à ses pieds. Elle a les yeux dans le vague. La même impassibilité qu'à un arrêt de bus. Son visage n'exprime rien d'autre que l'attente.

Pauline prend place en émettant un borborygme timide qui signifie à la fois « s'il vous plaît », « bonjour » et « merci de me laisser m'asseoir près de vous ». La douce dame s'écarte en esquissant un sourire de bienvenue. Elles sont deux maintenant à regarder fixement la porte du bureau du... commissaire Branlant, puisque c'est le nom indiqué sur la plaque.

Par gentillesse plus que par intérêt, la jeune fille demande :

— C'est un chat ?

— Oui, il s'appelle Mickey, répond la dame.

— Ah, comme la souris ? C'est rigolo.

— Oui, on trouvait ça drôle, mon fils et moi.

— Alors, c'est un garçon.

— Mon fils ?

— Non, le chat...

— Oui.

— Il est calme malgré le va-et-vient... On l'entend pas miauler.

— Je lui ai parlé avant de venir, dit la dame sérieusement.

Pauline la regarde, étonnée.

— Mais non, je suis comme mon fils, j'aime bien blaguer... Je lui parle souvent, à mon chat, mais pas au point de lui apprendre la politesse.

La journaliste sourit, mais elle se sent trop fatiguée pour continuer la conversation. Bientôt, elle pique du nez sur son banc. Sa tête se pose sur l'épaule de sa voisine qui l'accueille gentiment, heureuse d'être utile. Un bruit de voix les fait sursauter. Comme un médecin dans une salle d'attente, c'est un colosse aux cheveux blancs qui appelle d'une voix forte :

— Madame Peyrat !

La petite dame à côté d'elle se lève, embarrassée de tout son barda.

— C'est moi, dit-elle. Mais je m'appelle Malterre, Louise Malterre. Peyrat, c'est mon fils...

Et elle disparaît dans le bureau du commissaire, suivie par les micros qui soudain se tendent : « Madame Peyrat ! Madame Peyrat ! »

Pauline comprend qu'elle vient de louper une sérieuse occasion de faire ses preuves. C'est alors que Gus fait son entrée. Il est plus grand que les autres, un peu plus mûr, un peu plus large. Il porte une chemise ouverte sur un torse bronzé. En effet, on ne voit que lui.

Pauline se précipite, la main tendue, pour se présenter.

— Bonjour, je suis Pauline Esper, pour *Histoires vraies*. C'est Gö... Maxime Vurst qui m'envoie.

— Ah oui, répond Gus en la déshabillant du regard.

Ce grand bavard n'ajoute rien. Il mate, il évalue, il apprécie.

Pauline aime se sentir jolie dans le regard des hommes mais brièvement, comme on rend un hommage discret. L'insistance gourmande de Gus Demaison la met mal à l'aise. Son féminisme réagit vivement. Elle n'est pas qu'un corps. Elle n'est pas une proie. Rebelle, elle lâche :

— C'est bête, j'étais avec la mère de Peyrat...

— Formidable ! s'enthousiasme Gus, qui renoue aussitôt avec l'enquête. C'est toujours bon d'interroger les parents d'un prévenu. Ils sont sous le choc. Ils déballent tout. Comment est-elle ? Qu'est-ce qu'elle t'a raconté ?

— Rien.

— Comment ça, « rien » !

— Enfin si, on a parlé de son chat. Il s'appelle Mickey, comme la souris... dit Pauline en commençant à rire.

— Le chat, c'est une bonne entrée en matière ! Et ensuite ?

— Eh bien, justement, d'abord je ne savais pas que c'était la mère de Peyrat... Et ensuite... Je me suis endormie...

— Endormie ! répète Gus, incrédule. Non mais, tu plaisantes ?

— C'est-à-dire que j'ai beaucoup roulé, je suis complètement...

— Qu'est-ce que tu racontes ? Je m'en tape de ton bulletin de santé !

Il est fâché. Tout le monde les regarde. Il pourrait la prendre à part mais il enfonce le clou, tout fort.

— Quand on bosse, on se fout du sommeil et de la fatigue. T'avais une occasion en or et tu l'as loupée.

Il ajoute, menaçant :

— C'est pas comme ça que tu vas réussir dans le métier, c'est moi qui te le dis...

Au lieu de se soumettre, Pauline décide de l'affronter et prend un air mutin.

— Justement, vous pourriez m'apprendre, lance-t-elle sans se démonter.

Gus hausse les sourcils. Il détaille les taches de rousseur, la queue-de-cheval aussi mobile que le regard est doré. Une mignonnerie d'écureuil. Il se radoucit, bougonne :

— Je suis pas là pour biberonner !

Elle sent qu'il est dompté. Il hésite. Il n'a pas que ça à faire, mais si elle est nulle, il sera pénalisé, lui aussi. Il ne peut pas être à Nice et à Marseille en même temps. Ils ne seront pas trop de deux... Il se décide.

— Viens, dit-il, on va aller dans le Bocal, c'est là où tout le monde se retrouve, flics, journalistes, témoins.

J'espère que tu ne crains pas la fumée. Un vrai brouillard, tout le monde clope. Je vais te donner quelques ficelles mais t'as intérêt à piger vite parce que j'aime pas me répéter…

Gus a dit vrai : trop de monde, trop de tabac. Il salue les uns et les autres sans présenter Pauline. Ils s'installent dans un coin, une petite table à l'écart réservée aux interviews exclusives, aux reporters qui rédigent leur papier. Il se penche vers elle.

— Qu'est-ce que tu veux savoir ?

— Bah… tout !

— Ah oui, t'es vraiment en couche-culotte !

— Je débute mais je suis rapide.

— T'as intérêt, sinon tu rentres à Paris.

Pauline n'a plus sommeil. Elle est tout ouïe.

— Pour *Histoires vraies*, le plus important, c'est l'image. Pas de photo, pas de sujet. Alors tu montres une fenêtre de l'Évêché, par exemple. Tu l'entoures en rouge et tu légendes : « C'est là que Peyrat est interrogé »… Tu cherches des documents, des photos de famille et tu les empruntes ou tu les achètes (on a un budget), comme ça tu coupes l'herbe sous le pied de la concurrence. Pas besoin que l'image soit bonne. Il faut qu'elle soit frappante et le flou peut faire plus vrai. Donc, tu ne t'embarrasses pas de technique. T'as un appareil photo ?

— Un Polaroid.

— Ça suffira. Ensuite, il faut être clair avec ce qu'on cherche. On n'est pas là pour reprendre bêtement les infos de tout le monde. On veut de l'inédit, du révélateur, du sensationnel, mais comment procéder ? Écoute bien, on fait circuler l'info. On révèle ce qu'on apprend. Exemple, on dit aux Pozzi ce qu'on sait sur Peyrat. Quand je dégote un témoin, je vais le dire aux flics. Tu piges ?

— Oui, c'est très clair.

— Et l'inédit, ce sera aussi la façon dont ils réagissent à ce que tu présentes. Le mieux, c'est une photo de la victime que tu montres aux parents pour qu'ils sachent ce qui est vraiment arrivé...

— Mais c'est horrible ! proteste Pauline, dégoûtée.

— Si tu te pinces le nez, tu ne seras jamais bonne... Cela dit, tu n'as pas tort, on doit travailler avec humanité. Tu soutiens, tu consoles, tu prends parti. Tu te glisses dans leur moule, leurs états d'âme. Tu pleures avec eux. Autrement dit, tu leur apportes ce qu'ils veulent. Pense à ça pour les interviews. Avec une bourgeoise, t'es bourgeoise. Un gauchiste, tu lis Mao. Un flic, tu sais qu'il fait un sale boulot, mal payé, mal compris et pourtant, sans lui ce serait le bordel, etc. Conclusion, tu entres dans la logique du personnage et, quand il est ferré, tu poses la question qui tue.

— La question qui tue ?

— Celle qui dérange. Celle qu'il va détester et... qui donnera à nouveau de l'inédit et...

— Du sensationnel.

- 22 -

Louise Malterre est à peine entrée dans le bureau du commissaire Branlant qu'elle parle déjà de méprise et de l'urgence qu'il y a à relâcher son enfant.

— Mais enfin, monsieur l'agent, vous le retenez depuis trop longtemps. Pour un simple accident et sans blessés, c'est exagéré ! Son patron l'attend. On a besoin de lui là-bas. Il a été confirmé dans son emploi la semaine dernière...

— Je comprends bien, madame Malterre, mais nous n'avons pas fini d'interroger Loïc. C'est en relation avec l'affaire de la petite fille enlevée, Livia Pozzi.

— Liv... Je ne vois pas le rapport...

— On a retrouvé la fillette.

— Oui, j'ai entendu ça à la radio. D'ailleurs, j'ai pas bien compris ce qui lui est arrivé. On l'a retrouvée où ?

— Près de Marseille.

— Ah, bah, vous voyez, on habite Nice.

— Mais votre fils était à Marseille, le jour de l'enlèvement.

— Ah ça, ce n'est pas possible, il m'a parlé de Salernes et d'Aix, donc vous faites erreur, monsieur l'agent.

— Pas agent, commissaire...

— Oh oui, pardon, je ne suis pas habituée au vocabulaire...

— Ce lundi de Pentecôte, on l'a vu à Marseille, répète le commissaire. Il est soupçonné d'avoir enlevé et assassiné la petite fille...

— Enlevé... Assassiné... C'est horrible ! Pauvre enfant, pauvres parents. Ça ne devrait pas arriver, des choses pareilles. Je les plains de tout mon cœur... mais ça n'a rien à voir avec mon fils.

— Et pourtant il est suspect.

— Suspect... répète la mère comme si elle ne comprenait pas le mot. Ah, oui, mais non... vous faites fausse route. Je ne sais pas qui a pu vous donner une idée pareille mais vous vous trompez. J'ai presque envie de rire tellement c'est idiot. Mon fils a dû vous dire ce que je fais comme travail. Je suis nourrice. Alors, des petites filles, y en a plein la maison ! Et d'ailleurs...

— Oui ?

— Pourquoi il aurait fait ça ? Une si jolie petite fille...

— Il n'empêche, madame Malterre, nous avons toutes les raisons de...

— Pardonnez-moi, monsieur l'age... commissaire, je ne peux pas vous laisser croire quelque chose de faux. Il n'y a qu'un détraqué pour faire ça. Or mon fils est tout à fait normal. Je l'ai vu grandir chaque jour de sa vie. Quand il était à l'armée, on s'écrivait trois fois par semaine. Je le connais mieux que personne. Je sais que mon Loïc est absolument incapable de... Vous voyez, je ne peux même pas prononcer le mot, et une enfant en plus ! Alors ce serait bien de me le rendre tout de suite. On ne peut pas se permettre qu'il perde son poste...

— Madame Malterre, pardon d'insister mais votre fils ne pourra pas reprendre son travail et...

Il prend le ton du médecin annonçant une maladie grave.

— Il a avoué.

— Avoué ! Comment ça ? Il peut pas avouer ce qu'il n'a pas fait. Puisque je vous dis que c'est une erreur ! s'exclame Louise, soudain péremptoire.

— Il va vous le dire lui-même, annonce le commissaire Branlant calmement. Mais avant cela, je voudrais vous poser quelques questions sur ce fameux week-end de la Pentecôte. Que s'est-il passé, le dimanche ?

Louise sort un mouchoir de son sac pour s'essuyer le front. Dans sa caisse, Mickey commence à miauler.

— Est-ce que je peux le faire sortir ? Mon pauvre minou, il étouffe là-dedans.

Sans attendre la réponse, elle libère le chat qui se met à explorer la pièce.

— Alors, madame Malterre, ce dimanche...

— C'est-à-dire que, le matin, je voyais bien qu'il s'ennuyait... Mais j'avais beaucoup à faire. Les enfants, c'est salissant, vous savez. Ils laissent du désordre, des traces de doigts. Loïc et moi, on aime la propreté. D'ailleurs, je lui ai apporté de quoi se changer...

— Alors, ce dimanche...

— Oui, comme je disais, j'ai commencé à nettoyer bien dans les coins.

— Et Loïc, pendant ce temps ?

— Il était dans sa chambre. Il devait lire puisque je n'entendais pas sa musique.

— Il avait parlé d'une promenade en voiture ?

— Oui, il aime beaucoup conduire sa Little Bastard, c'est le nom qu'il donne à sa voiture. Il voulait qu'on aille jusqu'à Gênes mais c'était cher et j'ai passé l'âge de dormir à la belle étoile. Il me restait du ménage à faire. On a les traites à payer. J'ai préféré rester à Nice. Maintenant, je regrette. On n'aurait pas tous ces ennuis. Il le dit souvent : Dès que t'es pas là...

— Le lundi, à quelle heure est-il rentré ?

— Vers 20 heures, avant le film mais après le repas : j'avais déjà mangé.

— Comment était-il ?

— Comme d'habitude et même souriant. Je lui ai demandé comment ça c'était passé. Il m'a répondu « Bien, bien », à la Loïc, sans s'étendre. Je n'ai pas creusé. Il est grand et il n'aime pas que je fasse ma curieuse.

— Rien ne vous a frappé ?

— Oh si, il avait très faim. Alors, je lui ai préparé un steak-purée. C'était pas assez. Il a demandé des tomates à la provençale, avec des œufs cassés dessus. Il mangeait comme quatre... Mais il n'a pas pris de dessert. Il en prend rarement. Il n'est pas sucré du tout. On s'est mis devant le film, avec John Wayne, je crois. Un western en tout cas. Avant, je lui ai demandé s'il avait du linge à me donner, pour faire tourner une machine.

— Justement, avez-vous remarqué quelque chose d'inhabituel concernant son linge ?

— Eh bien, pour quelqu'un qui avait dormi dans la voiture, il ne sentait pas mauvais. Il faut dire que mon Loïc ne sent jamais mauvais, même quand il va courir.

— Sur le linge, des taches, une déchirure ?

— Rien du tout ! C'était un peu gris au col et aux poignets, j'ai même pas eu besoin de frotter. Le lendemain, j'ai tout mis au soleil sur l'étendoir du balcon et voilà. Vous savez tout. Je peux emmener Loïc, maintenant ?

Le commissaire s'étonne :

— Mais non, madame Malterre, ni aujourd'hui ni demain. Nous allons le garder... Je vous l'ai dit, il est accusé de...

— Mais comment ça ! Je raconte quoi, à son patron ? On a besoin de sa paie pour les traites. Alors donnez-moi au moins son chéquier, j'ai la procuration.

Le commissaire se lève, lui pose la main sur l'épaule.

— On va aller le voir. Il est dans le bureau d'à côté, il vous expliquera la situation...

— Il pourra manger le sandwich à la mortadelle comme il aime ?

— Bien sûr.

Louise se met à courir après son chat, qui se cache dans les coins. Enfin, elle l'attrape. En passant devant le commissaire, elle glisse, sur le ton de la confidence :

— Vous savez, monsieur l'agent, être la maman de Loïc Peyrat, c'est encore ce que je fais de mieux.

- 23 -

Une bouffée d'amour la saisit. Son fils, son petit Dieu, accablé, sur cette chaise, tête basse, les mains gonflées. Mais qu'est-ce qui se passe ? Lui toujours si droit, si net ! Elle se précipite. Elle est son phare, son recours depuis qu'il est tout petit. Elle sait comment le protéger, lui redonner le moral, le sauver. Quand il la verra, il va s'illuminer, reprendre espoir. Elle l'appelle doucement :

— Loïc, mon chéri ?

Il lève des yeux rougis et hagards. Il a une blessure sous l'œil, comme si on l'avait frappé. Ses montures de lunettes tiennent par du scotch. Son chéri, son petit...

— Mais qu'est-ce qu'ils t'ont fait ?

Elle a crié. Elle s'affole. Il faut qu'elle l'emmène loin d'ici. Elle va faire comme autrefois quand la vie devenait trop difficile, elle va le prendre sous son aile et s'enfuir vers un lieu où les gens sont aimables. Elle l'attrape. Il résiste.

— Ils t'ont torturé ? Ils t'ont torturé, c'est ça ?

Loïc se met à pleurer.

— C'est moi, Maman. C'est forcément moi. La dame m'a vu avec l'enfant.

— Comment ça !

— J'ai tout avoué, l'enlèvement, le couteau...

— Mais enfin, ce n'est pas possible...

— Je te jure que je ne voulais pas. J'ai tout fait pour m'en empêcher. J'ai résisté, je te jure, j'ai résisté de toutes mes forces. Je ne suis pas un salaud, M'man. Tu me connais, tu le sais, toi, je ne suis pas un salaud !

— Mais bien sûr, bien sûr que non...

Elle approche son visage du sien. Elle lui caresse les cheveux.

— On va arranger ça. Ça s'arrange toujours...

Elle fouille dans son cabas.

— Mais d'abord, tu dois reprendre des forces. Sans énergie, on ne peut rien faire. Je t'ai apporté un sandwich comme tu aimes, avec du pain de mie et de la mortadelle. Heureusement que j'en avais dans le frigo. Et un thermos de café. Je t'ai amené Mickey aussi, regarde ! On va pas se laisser faire, mon Loïc. On va se défendre...

Des objectifs s'infiltrent et saisissent l'image de la mère et du fils enlacés. Elle se lève et leur claque la porte au nez.

— Tu vois, mon Loïc, on va se battre !

- 24 -

Lorsqu'elle ressort du commissariat, Louise est happée. Les reporters la mitraillent et la pressent de questions. Elle lève les bras pour se protéger des flashs. Gus s'en mêle. Il joue des coudes, écarte ses confrères.

— Poussez-vous, laissez-la respirer !

Pauline comprend qu'il faut saisir l'occasion et... la caisse du chat.

— Je vais vous aider, donnez-moi Mickey.

Lorsqu'elle entend « Mickey », Louise lève les yeux et reconnaît sa jeune voisine de banc. Elle lui sourit. Enfin un visage familier ! Gus connaît bien la léthargie des familles de victime ou d'accusé. Elles sont bouleversées, démunies, en manque d'informations. N'ayant jamais eu affaire à la police, elles ignorent son fonctionnement et les arcanes de la justice. C'est le moment de prendre les choses en main.

Sans lui laisser le temps de réfléchir, Gus propose à Mme Malterre d'aller boire un café pour qu'ils se remettent de leurs émotions, dans un endroit tranquille, loin de l'Évêché. En même temps, il écarte ses confrères en disant « Plus tard, plus tard... », comme s'il était l'ordonnateur de ses déclarations. Pauline comprend qu'elle doit courir chercher sa voiture et les attendre devant l'hôtel de police. Elle commence à saisir la « mécanique » dont parle Gus. Être plus réactif que les autres, écarter la concurrence, s'approprier les témoins, faire circuler l'information entre les uns et les autres...

Lorsqu'ils sont attablés, la journaliste demande doucement :

— Et Loïc... comment va-t-il ?

— Fatigué ! répond Louise. Il a besoin de se raser et de prendre une bonne douche. Heureusement qu'on s'est vus. Ça lui a fait du bien. Il a pleuré un bon coup et il s'est calmé. Quand il était petit, il était déjà comme ça. Une vraie fontaine. Après, ça allait mieux.

— Et... Enfin, il a avoué...

— Avoué quoi ?

— L'enlèvement et...

— Oh ça, c'est ce qu'on dit ! J'ai bien vu sa blessure sous l'œil, ses lunettes cassées. Va falloir éclaircir tout ça.

— Éclaircir ?

— Vous ne pensez tout de même pas qu'il est coupable, s'indigne Louise. Ce... enfin cet acte est celui d'un fou, or mon fils est normal, absolument normal. J'ai confiance en la justice, on va s'en rendre compte mais faut pas qu'on tarde, à cause de son travail. Vous croyez qu'il pourra reprendre lundi ?

Pauline lance un coup d'œil à Gus, qui se racle la gorge.

— Désolé, Louise, mais je crois que ce serait un peu prématuré. Les enquêteurs ont besoin de faire des vérifications. La juge d'instruction va vouloir l'entendre...

— La juge ?

— Mais oui… la juge Régine, qui est en charge du dossier. La machine est lancée, c'est pourquoi la priorité, c'est de lui trouver un bon avocat.

Louise s'étonne :

— Un avocat ! Mais pour quoi faire ?

— Vous savez, quand on est dans les pattes de la police, on ne peut rien obtenir sans conseil.

— Mais un avocat, ça coûte cher, je n'ai pas d'argent…

— J'en connais un qui ne vous demandera rien.

— Il travaillerait gratuitement ? Ça n'arrive jamais !

— Disons que c'est un échange de bons procédés, explique Gus. Les avocats n'ont pas le droit de faire leur propre publicité, mais ils ont besoin de se faire connaître. Or, l'affaire de la petite Pozzi est déjà très médiatisée…

— Et ça fera une bonne publicité aux avocats, comme une belle vitrine dans un magasin.

Gus s'étonne qu'elle ait compris si vite.

— Oui, Louise, c'est exactement ça !

— Bon, mais je dois prévenir Ursula, ma petite voisine. Je suis bien embêtée de lui demander encore ce service. J'ai un principe dans la vie : ne rien prendre sans donner. Or c'est tout le temps moi qui demande en ce moment… Et les parents commencent à rouspéter. La Tata, c'est moi, pas Ursula. D'ailleurs, elle ferait une mignonne petite femme pour mon Loïc. Ils sont sortis ensemble, je crois…

— Ah oui ? demande Gus, qui flaire le bon sujet.

Louise revient à l'avocat.

— Et vous pensez à qui, comme avocat ?

— Maître Pierre Le Callet, c'est le meilleur. Je l'ai déjà contacté ; dans ce genre de situation, on doit faire vite. Si vous êtes d'accord, il peut nous recevoir, mais je ne suis pas certain qu'il vous plaira.

— Ah bon, pourquoi ça ? C'est un beau métier, la justice. Et ils parlent bien, les avocats. C'est important, l'éloquence...

Ils remontent en voiture. Pauline prend le volant, même si elle a du mal à contenir des bâillements de fatigue. Gus la guide à travers les beaux quartiers de Marseille.

— Oh, dit Louise, émerveillée, on se croirait sur les Champs-Élysées.

— Je ne suis pas sûr que la comparaison plairait aux Marseillais... lâche le journaliste, amusé.

Dans le quartier du Prado, ils tournent dans une cour pavée, une entrée d'hôtel particulier.

— C'est ici !

Louise descend de voiture. Elle s'apprête à emmener son chat.

— Laissons-le ! conseille Demaison. Nous n'en avons pas pour longtemps.

Louise soulève la caisse pour expliquer à Mickey qu'elle ne l'abandonne pas.

— À tout à l'heure, mon minou. Pour te récompenser, ce soir je te donnerai du Ronron et des croquettes.

Le chat, qui comprend tout, pousse un petit miaulement plaintif.

— C'est promis, lui assure Louise en le quittant à regret.

*

Un vestibule majestueux. Des lustres allumés en plein jour, des plafonds hauts, des meubles en bois massif, cirés comme s'ils étaient vernis. Louise ouvre de grands yeux. Elle n'a vu tant de faste que dans les châteaux.

— C'est presque Versailles ! Ils sont si riches, les avocats ?

— Pas tous, chuchote Gus.

Une secrétaire, tout sourire, en chignon, petite robe noire, escarpins neufs, s'avance vers eux.

— Que puis-je pour vous ? demande-t-elle aimablement.

— Nous voudrions voir maître Le Callet. Je suis Gus Demaison. J'ai pris rendez-vous tout à l'heure, un peu à la dernière minute, en urgence. On m'a dit qu'exceptionnellement, il n'avait pas d'audience aujourd'hui...

— Oui, en effet, mais vous êtes en avance, je vais voir s'il peut vous recevoir tout de suite.

La secrétaire les fait pénétrer dans une deuxième salle, moins vaste mais tout aussi luxueuse.

— Des pièces, y en a combien comme ça ? souffle Louise.

— Des tas, répond Gus, complice.

Elle hésite à s'installer dans un profond fauteuil en cuir fin, couleur camel.

— Si je m'assieds là-dedans, comment je vais en sortir ? Faudra un treuil...

— Je vous aiderai, promet Pauline en pouffant.

Une belle voix grave qui filtre par une porte entrouverte attire leur attention. Les deux curieuses tendent l'oreille. Est-ce un cours magistral ?

— Dans un procès d'assises, il y a trois vérités, martèle le professeur. Celle des enquêteurs. Celle des juges. Et la nôtre. Trois points de vue qui divergent. Notre rôle est de défendre notre propre vision des faits. Mais cette « vision des faits », comment l'établir ? Traçons une ligne qui représente la vérité. Cette vision, je peux la placer un peu au-dessus ou un peu en dessous. Minimiser certains éléments, en gonfler d'autres sans trop m'écarter de cette ligne préalable. On ne peut pas transformer un coupable en innocent... Certains confrères prétendent le contraire. Moi pas. Une trop grande distance avec la vérité, et vous devenez inaudible pour les jurés. Le problème est d'en convaincre le client. Il supplie généralement pour qu'on le présente comme une oie blanche. Alors, ou je le convaincs d'adopter une ligne de défense acceptable, ou je refuse le dossier. C'est une question d'éthique.

— Il est drôlement intelligent, admire Louise. Je comprends tout ce qu'il dit.

— C'est notre avocat, souffle Gus. Je suis content que vous l'appréciiez. Et encore, vous ne l'avez pas vu.

La belle voix poursuit :

— Un dernier mot : quand on a de la bouteille, on utilise certains outils. Rebondir sur une phrase, par exemple : « Vous dites, monsieur le procureur, que ce garçon est coupable, mais de quoi exactement ? » Et là on glisse son point de vue...

La secrétaire ose passer une tête dans la salle de réunion. Elle sait que Pierre Le Callet déteste être en retard, or l'heure tourne.

— Je termine, Caroline, je termine avec les nouveaux collaborateurs, indique la belle voix. Qu'on patiente deux minutes ! Dernière chose, soulignez toujours le déséquilibre d'un dossier « instruit cent pour cent à charge et zéro à décharge ». Allez, bonne chance, chers amis, et au travail !

Un brouhaha, des raclements de chaise sur le parquet. Des jeunes gens en costume-cravate commencent à sortir de la salle, leurs notes sous le bras.

— Qu'est-ce qu'ils sont jeunes, constate Louise. L'âge de Loïc.

Caroline vient les chercher pour les introduire.

— Maître Le Callet vous attend.

*

Gus avance dans la pièce d'un pas décidé. Il tend une main amicale.

— Merci de nous recevoir si vite, Pierre...

— Toujours disponible pour toi, mon cher Gus. Qu'est-ce qui t'amène ?

Les deux hommes se connaissent bien. Ils ont souvent travaillé ensemble. Les journalistes s'appuient sur les avocats pour étoffer leurs articles. Et, réciproquement, la presse fait la promotion des « ténors du barreau ».

— Tu as sans doute entendu parler de l'affaire Pozzi, commence le fait-diversier.

— Oui, bien sûr, c'est terrible.

— Le fils de Mme Malterre (il désigne Louise à ses côtés) est suspecté. Il lui faut un bon avocat. J'ai tout de suite pensé à toi...

Ils continuent d'échanger mais Louise n'écoute plus. Elle étudie l'avocat et n'en revient pas. Ce costume beige impeccablement coupé. Cette chemise à carreaux discrets, la cravate assortie, les chaussettes en fil et les mocassins à pompons... À part Giscard, elle n'a jamais vu un homme d'une telle élégance. Et ce physique ! Maître Le Callet n'est pas très grand mais il est mince. Son nez un peu fort donne de la personnalité à ses traits réguliers. Ses cheveux grisonnants sont longs, comme le veut la mode, et ses mains sont si soignées qu'on les dirait manucurées. Un sourire à tomber, des dents parfaitement blanches. Et des yeux en coucher de soleil, les plus beaux. Louise se parle à elle-même et regrette que Loïc ne soit pas là pour l'admirer. Si tu le voyais, une classe folle ! Oh, mon chéri, il te plairait...

— Madame Malterre ?

— Oui ? répond Louise en rougissant.

— Maître Le Callet propose de confier votre affaire à l'une de ses collaboratrices, maître Cyrille Katz. Bien sûr, ils travailleront main dans la main, qu'en pensez-vous ?

Louise bredouille qu'elle... Oui... De toute façon, qu'importe, puisque son fils est innocent.

Pierre Le Callet sourit avec indulgence, il saura la guider et demande l'autorisation de s'éclipser quelques minutes. Malgré l'heure tardive, Caroline, sa secrétaire, est présente, fidèle au poste. Elle ne part jamais avant son patron. Il passe devant elle en la saluant et s'enfonce dans les couloirs pour rejoindre le dernier bureau sur la gauche. Comme il s'y attendait, Cyrille est là, studieuse et affairée.

C'est une jeune femme frêle et brune au visage allongé. Elle est trop mince, son nez et son menton sont trop présents, son front trop haut, mais elle a deux atouts exceptionnels : un sourire radieux et un regard de biche d'une grande bonté. Pierre s'est pris d'affection pour elle dès leur première rencontre, quand elle est venue solliciter un stage. Par la suite, son sérieux et son enthousiasme l'ont convaincu de la garder. Pour l'instant, audiences de procédure, plaidoiries de quatre sous, courses au palais... elle fait surtout la plonge, mais Pierre Le Callet pense qu'elle mérite mieux. D'ailleurs, si elle continue à faire ses preuves, il fera d'elle une associée, dans quelques années. Elle pourra développer au sein du cabinet sa propre clientèle. Elle a donc de l'avenir et il est heureux de lui proposer un présent à sa mesure.

Quand elle l'entend, Cyrille se lève vivement. Elle a tant d'admiration et de respect pour son mentor. Il est le père qu'elle aurait aimé avoir. Il l'éblouit par son brio, sa culture, son énergie, ces kilomètres de vers qu'il restitue le matin devant la machine à café. Sa mémoire est phénoménale. Il peut citer un extrait de procès-verbal, le nom d'un témoin. Il n'oublie rien, ni la loi ni la jurisprudence. Elle l'écoute et s'instruit, si fière d'être en robe noire à ses côtés, à la table des avocats. Et c'est bien volontiers qu'elle avoue : « Je lui dois tout. »

Le Callet s'assied d'une demi-fesse sur son bureau.

— Nous avons dans nos locaux la mère de Loïc Peyrat, le suspect numéro un dans l'affaire de la petite fille enlevée, Livia Pozzi. Un copain journaliste est venu nous solliciter mais je ne souhaite pas apparaître en première ligne, ni moi ni le cabinet. Nous sommes trop bien implantés à Marseille. Notre clientèle bourgeoise nous reprocherait de défendre un « monstre », un « tueur d'enfant ». Tandis qu'on ne vous connaît pas encore. Cela vous protégera des reproches, des questions et des lettres d'insultes. Je propose de vous mettre en avant le temps de l'instruction. J'apparaîtrai au procès pour vous soutenir. Je sais à quel point vous aimez le pénal. Vous êtes faite pour ça. C'est une occasion unique de vous faire un nom et sans trop de difficultés car il a tout avoué...

Cyrille est tentée d'accepter bien sûr, mais aura-t-elle les reins assez solides ? C'est une telle responsabilité !

— Ce dossier est une chance qui ne se refuse pas ! assène Le Callet.

— D'accord, dit Cyrille, tremblante.

— Bravo ! applaudit l'avocat, content que ce problème soit réglé. Je vous fais commettre d'office.

Il s'arrête, la regarde dans les yeux et conclut avec satisfaction, en lui tapant sur l'épaule :

— C'est ce que j'aime chez vous, maître Katz, vous avez des couilles !

- 25 -

Louise meurt de faim et Pauline tombe de sommeil. Gus décide de les inviter à dîner sur notes de frais puis de les installer dans un bon hôtel. Mais Louise ne pense qu'aux enfants et à son chat.

— Je ne peux pas abuser d'Ursula, et Mickey n'a rien mangé...

— Ne vous inquiétez pas. On donnera un pourboire à la réception et Mickey sera nourri comme un prince. Quant à Ursula, on lui expliquera l'arrestation, l'inculpation, elle comprendra... On peut même faire mieux. On dort ici et, demain, on part à l'aube. Vous serez à l'accueil des bébés. Ils arrivent à quelle heure ?

— Le premier, à 7 h 30...

— Eh bien, nous y serons. Et on passera la journée avec vous pour vous aider.

— Vous feriez ça ?

— Bien sûr que nous ferions ça ! C'est ça, l'amitié ! dit Gus avec enthousiasme.

Pauline opine en souriant.

Louise, rassurée, avale son repas de bon appétit. Les journalistes semblent confiants. Le Callet et son cabinet sont excellents. Pauline, quant à elle, peut enfin aller se reposer. Et le lendemain matin, tout le monde est sur pied.

— C'était la fatigue, et toutes ces émotions... J'ai dormi comme un bébé ! dit Louise.

Devant un bon petit déjeuner, ils parlent de l'avocate, maître comment, déjà ?

— Katz, intervient Pauline. Ça veut dire « chat », en allemand.

— Ah, alors elle va bien s'entendre avec mon Loïc. Il aime tellement son Mickey ! C'est lui qui l'a recueilli, vous savez... Katz-chat-Mickey, ça va coller.

Les deux journalistes se regardent, un peu surpris par les raccourcis de Mme Malterre, qui ne remarque rien.

— Et les avocats, à vous, ils vous ont plu ? l'interroge Demaison.

— Oh oui, maître Le Callet, on voit que c'est quelqu'un d'important. Il parle bien, il a de la classe... Si j'étais née dans son milieu, c'est un homme comme lui qui m'aurait plu.

— Et elle ?

— J'ai bien compris que c'est mieux pour Loïc de rester discret, derrière un avocat moins connu, mais tout de même, elle a l'air d'une gamine. Et puis cette petite voix. Je me demande comment elle fait dans une cour d'assises, alors que son patron, lui, on l'entend de loin...

— Tout se travaille, dit Gus. Faites-leur confiance.

Pendant qu'ils avalent leurs croissants, Pauline remarque à quel point cette petite dame polie est excentrique. Elle porte la même robe à grosses fleurs vives que la veille, avec de la dentelle au col et aux manches, à laquelle viennent s'ajouter un foulard en mousseline, des souliers plats et un peu trop de maquillage. Elle est rondelette, drôlement attifée.

Comme si elle l'entendait penser, Louise explique :

— Mon fils est très classique mais moi je suis un peu bohème. J'ai toujours aimé les déguisements, la gaieté, les robes longues... Costumière de théâtre, ça m'aurait plu.

— Ah, vous êtes artiste !

— Peut-être un peu, maintenant que vous le dites...

Dans la voiture qui les emmène à Nice, les journalistes voudraient pouvoir noter ses propos et l'enregistrer. Ils n'osent pas poser de questions cruciales. Alors ils parlent de la Provence, du temps exceptionnel de ces derniers jours, du bon air, des chats en général et de Mickey en particulier.

Ils arrivent à la Corniche-Fleurie vers 7 h 15, comme prévu. Gus est frappé par la parenté entre cette résidence et la cité des Chartreux. On y retrouve les mêmes immeubles hauts et sans charme, vite construits après-guerre pour loger les rapatriés d'Algérie. Les deux différences notables sont le supermarché face au grand ensemble et un espace vert avec toboggan et bac à sable. Ici, les petits ne jouent pas dans la rue...

— C'est un critère pour les parents. Quand il fait beau, je descends les bébés pour le goûter. On parle entre nounous. Je me suis fait des amies...

Gus a sorti son appareil. Il photographie la balançoire, le portique, imaginant déjà une légende : « De sa fenêtre, l'assassin regardait les enfants jouer. »

Les journalistes suivent Mme Malterre dans son immeuble. Les mêmes marches en ciment que rue d'Ambre. Louise soupire :

— Ah, cet ascenseur, toujours en panne !

Sur le palier, devant sa porte, elle ressent une bouffée d'angoisse. Elle croit entendre les pas de Loïc. Quand reviendra-t-il chez eux ?

— Je vous fais entrer et je vais voir Ursula. Elle est tellement serviable. Il faut que je pense à lui faire un très beau cadeau...

*

Les journalistes découvrent un salon blanc qui tranche avec le goût psychédélique des années 1970. L'époque couvre les murs de motifs géométriques aux couleurs explosives. Ici, le mobilier est minimaliste : une table et quatre chaises, un canapé beige, une télé. Au mur, des puzzles collés en guise de tableaux. Au sol, une moquette marron...

— C'est très difficile à entretenir, constate Louise lorsqu'elle revient. On pourrait croire qu'on ne voit pas les taches sur du foncé. C'est tout le contraire. Et les poils de Mickey, n'en parlons pas ! Ah, vous regardez les puzzles. Ça nous détend d'être assis, l'un à côté de l'autre, à chercher des pièces. Même si on procède différemment, Loïc et moi. Je fais des petits tas de couleur. Lui aligne les pièces côte à côte, comme sur un rail. Il dit qu'ainsi, il voit mieux les formes. Et moi, mieux les couleurs. Mais c'est lui qui doit avoir raison. Il est plus intelligent que moi...

— Il était bon à l'école, votre garçon ? demande Gus.

— Pas trop, comme souvent les enfants très doués. Il s'ennuyait en classe. Pourtant, dès qu'il s'en donnait la peine, son bulletin remontait !

— C'est sobre, constate Pauline.

— On aime le propre, Loïc et moi. Ici, on s'est tout de suite sentis bien. Soixante mètres carrés, un balcon, le parc et cet hypermarché en bas, tellement commode. Mon endroit préféré, c'est la terrasse, assise là, dans mon fauteuil à bascule. C'est ici que je rêve à des voyages. J'aimerais tellement voir le monde. Il y a de si belles choses : le Taj Mahal, l'Alhambra… Je les ai connus par la télé. Mais la ville qui nous fait vraiment rêver, Loïc et moi, c'est San Francisco. Le Golden Gate. Un pont rouge, ça doit être quelque chose !

Elle les invite à venir voir ses bacs où s'épanouissent les géraniums et les dipladénias. Elle est heureuse d'avoir retenu leur nom.

— C'est Loïc qui s'occupe des fleurs. Il est très méticuleux, vous savez.

— Vous permettez que je les prenne en photo ? propose Demaison qui appuie déjà sur le déclencheur.

— Vous pourriez attendre que je vous dise oui !

— Ah, pardon, répond Gus, faussement désolé.

— Maintenant, vous avez ma permission, annonce Louise, moqueuse.

Puis, réfléchissant :

— Mais vous allez en faire quoi, de ces photos ?

— Montrer où vit Loïc, les jouets des enfants, le chat, les puzzles…

— Qui ça peut intéresser ?

— Mais tout le monde…

— Tout le monde, vraiment ?

— Oui, intervient Pauline, c'est le cadre de vie d'un innocent.

Gus l'observe ; décidément, la môme pige vite.

— C'est vrai, vous avez raison, acquiesce Louise. On a une petite vie banale avec du travail, des enfants, des loisirs… Dites surtout ça, que mon fils est normal. Vous voyez bien qu'il ne peut pas avoir commis un… j'arrive même pas à prononcer le mot. Vous voulez voir quoi d'autre ?

— Des photos, des souvenirs si vous avez…

— Mais bien sûr que j'ai ça, confirme Louise, empressée.

Elle trottine vers l'entrée. Elle a enlevé son manteau, enfilé un tablier et des chaussons, mais gardé son foulard sur la tête. Elle ouvre le premier tiroir de la commode en pin et revient avec une boîte à biscuits en fer-blanc. Le couvercle usé représente des oies et une diligence noire, au loin.

— Et les enfants, ils n'arrivent pas ? demande Pauline.

— J'ai appelé les parents à l'hôtel. Je suis trop fatiguée pour garder des petits. Ils ont été compréhensifs. Il faut dire que je ne compte pas mes heures. Ils étaient au courant pour Loïc...

Le menton de Louise se met à trembloter.

Les journalistes hésitent à remuer le couteau dans la plaie. La réaction des parents, du voisinage ferait un bon angle pour un article. Gus préfère continuer la séance photo.

— Vous pourriez enlever votre tablier et votre foulard, pour qu'on vous voie mieux ?

— Le tablier je veux bien, mais le foulard, non. J'ai pas eu le temps de faire ma mise en plis et j'ai les cheveux comme des paillons.

— Des paillons ?

— Comme de la paille, si vous préférez. C'est l'ammoniaque qu'on met dans les colorations...

— Je vois, dit Pauline.

Gus toussote.

— Et si vous nous montriez ce qu'elle contient, cette boîte en fer-blanc...

— Rien de très original, dit Louise en étalant sur la table de la salle à manger des photos de son fils à tous les âges.

Loïc bébé, allongé nu sur un « nuage ». Loïc garçonnet posant à côté de sa maman. Loïc avec son premier cartable à la main. Et, plus récemment, Loïc en uniforme, à l'armée.

— Il est beau, mon fils ! constate Louise.

— Ça oui, dit Pauline, des boucles claires, la peau mate.

— Pas comme moi, dit Louise, un vrai cachet d'aspirine.

— Vous devez être fière !

— Surtout quand il était bébé. J'en étais folle. Je lui faisais des bisous partout. C'est pour ça que je suis devenue nounou, je crois, pour les bisous...

Louise Malterre continue à parler des bébés, et enchaîne sur les hommes, qu'elle n'apprécie guère.

— Entre mon père qui était porté sur la boisson et d'autres qui ne se gênent pas pour mettre les mains aux fesses, je comprends les femmes qui râlent... Où j'en étais ?

— À la naissance de Loïc...

Louise progresse lentement dans l'histoire de son fils. Elle se rappelle tous les détails, à quel âge il a marché, dit ses premiers mots, et lesquels. Elle évoque encore sa scolarité moyenne mais ses bonnes rédactions, puis son service militaire et son côté rebelle, antimilitariste... Elle digresse sans cesse, livre ses considérations sur la vie. Elle pourrait parler des heures. Et soudain, Pauline comprend que le moment est venu de poser la question qui tue.

— Et son père, vous n'en dites rien ?

- 26 -

Gus farfouille dans les photos étalées sur la table. Il trouve ce qu'il cherche : celle d'un homme qui tient Loïc, petit garçon, par la main. Il paraît grand et est bien habillé mais... à la place du visage se trouve une forme évidée. La tête a été découpée.

— C'est lui, là ?

— Oh, je croyais les avoir toutes brûlées... dit Louise, contrariée.

— C'est le papa de votre fils ? insiste Gus.

— J'évite d'en parler, répond Louise, sur la défensive. Les mauvais souvenirs, ça fait vieillir les artères. Je l'ai toujours dit à Loïc : quand le passé fait mal, on tourne la page et on regarde vers l'avenir. Positivement. Il faut toujours être positif...

— Le père, c'est un si mauvais souvenir ? demande Pauline gentiment.

— Je vous répète que j'ai horreur du malheur. Loïc prétend que j'ai l'art de transformer le plomb en or. Je garde l'or, je jette le plomb... Si tout le monde faisait comme ça, les Français seraient moins râleurs, hein, mon Mickey...

Le chat saute sur ses genoux et commence à ronronner dès qu'elle le caresse entre les oreilles.

— Et puis, Loïc et moi, on s'est bien amusés.

— Amusés ?

Louise ne répond pas tout de suite. Elle réfléchit.

— Vous voulez vraiment tout savoir ?

— Oui, ça nous aiderait à comprendre Loïc, dit Gus avec conviction.

— Alors, je prendrais bien un petit apéritif, pas vous ? Je sais bien qu'il est très tôt mais exceptionnellement, après toutes ces émotions... Qu'est-ce que je vous sers ?

— Qu'est-ce que vous avez ?

— Du whisky pour les invités et, pour moi, un peu de porto. Je m'en sers « un doigt » de temps en temps, comme on dit dans le beau monde. Tiens, encore une qualité de mon fils. Il ne boit presque jamais d'alcool. Ça lui coupe les pattes pour courir. À l'époque où tout le monde fume du... comment ça s'appelle, déjà ?

— Du haschisch.

— C'est ça, du haschich... Encore une preuve de son équilibre, non ? Il est très sain... de corps et d'esprit.

— Oui, évidemment, approuve Pauline.

— Alors, porto ou whisky ?

— C'est moi qui vais servir, dit Gus, laissez-moi faire le galant.

Louise essuie les verres avant de les disposer sur la table. Ils se rasseyent.

— Top ! Top ! Pas plein, dit-elle pour l'arrêter, sinon je vais être pompette.

Après quelques gorgées, elle commence à se détendre. Elle s'allonge sur sa chaise, jambes étirées, les mains croisées sur le ventre. Elle est prête à parler.

— Il était beau, Philippe. Tiens, ça fait des années que j'ai pas prononcé son nom. Une histoire banale, comme dans la chanson de Piaf. Il était mince... il était beau, il sentait bon le sable chaud... Je ne suis pas du genre sainte-nitouche, je me suis pas fait prier pour céder. Comme je dis souvent, le plaisir c'est toujours bon à prendre mais, sans cette pilule dont on parle maintenant, il fallait faire attention à pas me mettre enceinte.

— C'était le premier ?

— Oh non ! J'avais du tempérament, et pourquoi je ne serais pas aussi libre qu'un homme ? Il n'était pas mon premier amoureux mais il a été ma première passion...

— Et puis est arrivé ce qui ne devait pas arriver, dit Gus, qui parle d'expérience, une grossesse non désirée ?

— Oh non, vous n'y êtes pas, monsieur Gus. On s'est fréquentés un petit bout de temps sans faire de projets et ça m'allait très bien. D'après moi, il existe deux sortes de gens : les explorateurs et les plan-plan. Moi je voulais connaître des hommes et voir le monde. Tandis que lui rêvait de fonder une famille. Mais on sait bien qu'avoir un enfant, pour un homme, c'est plus facile que pour une femme. Pour nous, fini la liberté, coincée à la maison, un puis deux, puis trois gosses, non merci ! Mais je l'avais dans la peau, alors j'ai accepté de vivre avec lui pour ne pas le perdre.

— Vous vous êtes mariés ?

— Ah non, fallait pas exagérer ! Et heureusement car dès qu'on a vécu ensemble dans sa jolie maison, j'ai étouffé. Il était tout le temps sur mon dos à me dire ce que je devais faire, pas faire. J'ai toujours eu besoin d'air et mon côté sauvage, indépendant ne lui convenait pas du tout. J'allais le quitter quand je suis tombée enceinte, mais j'allais pas pleurer. Un enfant n'est jamais une catastrophe. Au fil des semaines, j'ai été de plus en plus contente. On préparait la chambre, les petits habits. J'avais l'intuition que ce serait un garçon. Je ne sais plus qui a eu l'idée de l'appeler Loïc, mais c'était bien choisi. Ça veut dire « Louis » en breton. Louis comme un roi, et Loïc, c'était le Petit Prince. Je l'aimais tellement, vous ne pouvez pas savoir. Je n'arrivais pas à le quitter des yeux. C'est là que ça a dérapé entre Philippe et moi. Il est devenu jaloux. Il aurait pu partager, donner le biberon et changer les langes, je ne vois pas de meilleur moyen pour se rapprocher. Au lieu de ça, il était de plus en plus agressif.

— Agressif ! Comment ? s'inquiète Pauline.

— Viens, Mickey, viens me voir, c'est l'heure de manger, tu dois avoir faim !

- 27 -

Gus et Pauline se penchent l'un vers l'autre pour chuchoter pendant que Louise s'affaire dans la cuisine.

— Le pauvre gars, elle l'a mis de côté, dit Gus.

— Je dirais plutôt la pauvre Louise, avoir un bébé d'un homme qu'on n'aime plus, rectifie Pauline.

En la voyant revenir dans le salon, ils se redressent précipitamment. Louise a sorti « de quoi grignoter ».

— Comme c'est gentil, vous nous gâtez ! commente le journaliste. Et vous nous aidez beaucoup à comprendre Loïc.

— C'est pas trop pénible de vous souvenir de tout ça ? demande Pauline en pensant à sa grand-mère qui ne parle jamais de la guerre ni des camps.

— Ce sera pénible si vous transformez ce que je dis ou si vous l'utilisez pour salir Loïc, dit-elle en les scrutant de ses grands yeux verts.

Une expression tellement perspicace, soudain, qu'ils ne reconnaissent plus la bonne petite dame qui leur parlait tout à l'heure. Elle est si déroutante…

— Mais j'ai décidé de vous faire confiance, poursuit-elle. J'espère qu'on ne sera pas trahis. Où en étais-je ?

— Loïc vient de naître et Philippe est jaloux... lui rappelle Pauline.

— Oui, c'est ça. Il avait déjà commencé à me donner des ordres... Monsieur voulait être servi. Je ne me laissais pas faire. J'avais vu ma mère servir de bonne à mon père et pour moi c'était hors de question. Je protestais et il criait de plus en plus. Un jour, il s'est énervé plus que d'habitude. Il a pris un couteau de cuisine et... regardez.

Les journalistes approchent pour mieux voir.

— J'ai encore la cicatrice sur le haut de la joue... Je me suis frottée et j'ai vu que j'avais du sang sur les doigts. C'était la première fois qu'il levait la main sur moi, mais ç'a été la fois de trop. J'ai pris mon baluchon, mon gosse sous le bras et j'ai claqué la porte ! J'aime le bonheur et la liberté, vous savez. Pas question de vivre dans une ambiance pareille. Et l'idée que Loïc devienne comme son père m'était insupportable. Les hommes qui tapent leur femme et qui la rabaissent, c'est une honte pour l'humanité. Votre génération a un mot pour eux... des...

— Des phallocrates, lance Pauline.

— Des phallocrates, c'est ça ! Mon fils ne pouvait pas devenir comme lui. Je trouve fondamental de bien traiter les gens ! On peut inventer toutes les fusées du monde et aller sur la lune – en 1969, j'étais derrière mon poste, vous pouvez me croire –, mais si c'est pour faire du mal autour de soi, ça ne vaut rien. Voilà ce que j'ai appris à Loïc.

— Vous avez bien fait ! dit Pauline.

— Et ensuite, que s'est-il passé ? s'inquiète Gus.

— Il s'est mis en travers de ma route. Il ne voulait pas nous laisser partir mais, quand j'ai décidé quelque chose, je vais jusqu'au bout. Philippe hurlait si fort que les voisins sont sortis de chez eux. J'avais tellement honte. Je déteste le scandale. Je cachais ma joue. Philippe s'est penché vers moi. Il a murmuré à mon oreille, c'était pire que s'il avait crié : « Je te retrouverai et tu ne reverras jamais ton fils. » Quand il a dit ça, j'ai eu un coup au cœur. Ne plus voir mon Loïc, j'en serais morte.

— Il avait quel âge quand c'est arrivé ?

— Trois ans.

— Ah, il a donc connu son père...

— Oui, jusqu'à ce jour-là...

— Il ne vous a jamais retrouvés ?

— Si, une fois, au début. J'avais un travail dans une station-service et un logement de fonction, enfin si l'on peut appeler comme ça un deux-pièces miteux au premier étage d'un préfabriqué décrépi. On avait une terrasse, la rivière pas loin. Mais je laissais le parasol et les volets fermés pour faire croire que c'était vacant. Il y avait un garage un peu plus loin et d'autres commerçants. On entendait les bruits de peinture au pistolet et de réparation des moteurs. J'ai toujours aimé l'odeur de l'essence et celle des garages, pas vous ? Ça doit me rappeler mon père... Quand il n'était pas soûl, il était routier.

— Et Philippe...

— Oui, environ trois mois après ma fuite, nouveau coup au cœur. J'étais à la pompe en train de servir un client, j'ai reconnu son auto noire, de l'autre côté de la route. Je me suis mise à trembler comme une feuille. L'essence a débordé. Elle a coulé sur mes mains. Je claquais des dents. J'ai couru chez moi. Je me suis plaquée contre la porte. J'arrivais plus à respirer. Mais il fallait bien que je ressorte quand on appelait pour un plein. Et l'Affreux, je vous ai dit qu'on l'appelait comme ça ? Il était là, assis dans son auto garée à quelques mètres. Même la nuit qui a suivi, j'écartais le rideau en restant dans le noir et je le voyais en train de fumer, avec le bout rouge qui crame, tous phares éteints.

— Et le matin ?

— Toujours là, comme s'il n'avait pas fermé l'œil. À partir de ce moment, je n'ai plus osé promener Loïc. J'avais peur d'une agression. D'autres fois, il était sur le trottoir d'en face, debout contre un réverbère, les mains dans les poches, avec son regard sadique. Ça a duré une quinzaine de jours, il avait sûrement pris des congés.

— Et Loïc, il se rendait compte de quelque chose ?

— Je lui avais appris à se méfier des hommes et même des couples, à ne jamais parler à des inconnus ni monter dans une voiture. Sinon, j'essayais de le protéger mais je sentais qu'il n'était pas bien. Il pleurait facilement. Il avait moins d'appétit. Il ne restait plus sur ses jeux. Comme quoi, la peur est contagieuse. J'en dormais plus. Je me demandais tout le temps : et s'il venait prendre Loïc ? Et s'il défonçait la porte pour me trancher la gorge ? Et s'il prenait une arme dans un dépôt, ça doit être facile dans son métier, il était militaire... Il a bien failli me tuer une fois, pourquoi pas deux ? Je ne pensais qu'à ça...

Et puis, du jour au lendemain, le grand méchant loup a disparu. J'ai recommencé à respirer. J'ai pensé qu'il s'était lassé. Mais quelques jours plus tard, rebelote. En pire. J'ai trouvé un mot dans ma boîte : « Tu ne m'entendras même pas entrer et tu me trouveras au pied de ton lit, en train de ricaner. Tiens-toi prête, je n'en ai pas fini avec toi ! »

— C'est du harcèlement ! s'indigne Pauline.

— Vous n'avez pas prévenu la police ? demande Gus.

— Pour leur dire quoi ? Que le père de mon fils fume dans sa voiture ? Qu'il menace de venir ricaner au pied de mon lit ?

— Ça s'est fini comment ?

— Un matin, je suis montée dans un camion avec un client. Toujours avec mon Loïc et mon baluchon, et on a disparu.

— Ah ! Et c'est tout ?

— Pendant des années, je l'ai vu, l'Affreux, partout. Une voiture noire, un type de dos, des cheveux châtains... et mon cœur s'arrêtait de battre. Alors j'ai déménagé encore et encore. On est allés au nord, au sud, à l'est, à la ville et à la campagne, et même en Belgique. Mais maintenant, j'ai fini d'avoir peur. Loïc est adulte. Il saurait se défendre.

— C'est terrible, dit Gus, sonné.

— Mais non, pas tant que ça. Je vous ai dit que je change le plomb en or, vous vous souvenez ? J'en ai fait un jeu. On était comme les petits cochons fuyant devant le loup. Dès qu'on arrivait quelque part, on construisait une maison, c'est-à-dire qu'on s'équipait : porte blindée, œilleton, verrou, chaînette, mais on mettait de la joie dans tout ça. On jouait à être en cavale, si vous préférez. J'achetais des roses. On organisait des pendaisons de crémaillère. On pique-niquait par terre, sans meubles ni vaisselle, en mangeant avec les doigts... mais en lançant des pétales de rose tout autour de nous. Ils retombaient comme de la neige qui vole. C'était très joyeux. Cette histoire nous a soudés. Et puis, un jour, on a arrêté de jouer à ça.

— Pourquoi ?

— Loïc grandissait...

— Quand était-ce ?

— Quand il a passé le brevet. J'ai brûlé les photos et on a décidé de ne plus en parler.

— On ?

— Moi ou lui, je ne sais plus, mais d'un commun accord. On a fait comme si son père n'existait plus. Comme s'il n'avait jamais existé.

— Loïc n'a pas posé de questions ?

— Loïc ne pose jamais de questions !

Louise devient pensive. Soudain, elle semble si triste. Pauline laisse planer un silence respectueux. Après quelques minutes, elle ose demander doucement :

— Et vous viviez de quoi ?

— On s'en est sortis comme on a pu ! répond la mère, qui retrouve son énergie. J'ai même monté des affaires. Avec un petit pécule, c'était facile dans ces années-là.

— Un petit pécule ?

— Oui, mes parents sont morts tous les deux à quelques semaines d'intervalle. Comme j'étais en fuite, je n'ai pas pu aller...

La journaliste regarde Gus. Elle semble l'interroger : faut-il insister ? Il répond par une question.

— C'est triste, mais dites-moi, chère Louise, on parle, on parle... et on ne se rend pas bien compte de qui est Loïc. On le comprendrait mieux si on voyait sa chambre.

— Ah non, s'écrie Louise. Ça, ce n'est pas possible, c'est son jardin secret. Il déteste que je vienne chez lui et je n'ai pas aimé que la police fouille dans ses affaires. J'ai remis de l'ordre pour quand il reviendra mais sans regarder autour. Je suis très respectueuse, vous savez. Je frappe toujours avant d'entrer.

— Vous avez raison, Louise, et je suis sûre qu'il fait son lit lui-même, dit Pauline.

— Évidemment ! Il sait coudre, faire le ménage et la cuisine comme les filles, et bricoler comme les garçons. Et vous, monsieur Gus ? lance Louise, soudain moqueuse.

— Moi ?

— Oui, qu'est-ce que vous faites dans une maison ?

— Vous allez me prendre pour un attardé, mais quasiment rien. Je ne sais ni cuire un œuf, ni planter un clou...

— Bah, dites donc, elle n'est pas gâtée, votre femme !

— Je n'ai plus de femme. À force de travailler, je les ai toutes découragées... constate Demaison tristement.

— Oh, pauvre monsieur Gus, je suis désolée pour vous ! dit Louise avec gentillesse.

— Écoutez, Louise, arrêtez de m'appeler « monsieur ». J'ai l'impression d'être un archevêque et... montrez-nous plutôt la chambre d'un jeune homme normal.

— Quand les gens sont bizarres, c'est fouillis chez eux, ajoute Pauline la futée. Certains vivent même au milieu des poubelles...

— Le syndrome de Diogène, s'écrie Louise. J'ai lu ça dans *Sélection*.

— Et chez Loïc, c'est tout le contraire ?

La mère hésite, demande encore :

— Vous croyez que ça donnera une belle image de lui ?

— À votre avis ? demande Gus, malin.

Alors Louise prend sa décision.

— Très bien, je vous ouvre ! lance-t-elle promptement.

Ils entrent et elle reste sur le pas de la porte, comme à l'entrée d'un sanctuaire.

⋆

La petite pièce est très claire. Blanche, elle sent encore la peinture. Au mur, des posters de James Dean et de voitures de course. L'ordre est millimétré.

— Dites-moi, il ne serait pas un peu maniaque, votre Loïc ?

— Quelquefois, je lui dis la même chose que vous, monsieur Gus.

— Et qu'est-ce qu'il répond ?

— Il rit en disant qu'il en faut un dans une maison. Parce que moi, j'aime la propreté, mais en vrai, le ménage, ce n'est pas ma priorité. Si je suis en train de jouer avec un bébé, je n'arrête pas sous prétexte qu'il crachouille sur ma blouse. La relation, la joie de vivre, c'est ce qui compte le plus. Pour lui, c'est le contraire, une petite poussière par terre, des traces de doigts sur une vitre... et il va chercher un chiffon.

Gus prend des photos en imaginant une légende : « À quoi pensait Loïc Peyrat, allongé sur son lit ? » Ou « L'assassin qui aimait l'ordre. » Tiens, il s'étonne du couvre-lit.

— C'est vous qui avez tricoté ça ?

— Ce n'est pas du tricot mais du crochet, répond Louise fièrement. Oui, c'est moi, pendant que Loïc était à l'armée. Comme ça, je pensais à lui tous les soirs, en regardant le programme.

— Il a été content ?

— Oh, vous savez, quelquefois mon Loïc est très secret. Pour l'accident, par exemple, il ne m'a rien dit du tout. Il m'a parlé vaguement de l'arrière-pays niçois. En rentrant, il avait faim. Je lui ai sorti un steak et des tomates du frigo, mais je dois radoter...

— Non.

— C'est drôle, avant on ne voyait jamais personne, et maintenant, je sais plus à qui je parle.

— Ben dites donc, c'est de la belle qualité, constate Gus en frôlant les vêtements alignés dans la penderie, rangés par catégories - pantalons, vestes - et par couleurs.

— Ça, c'est sûr. C'est pas lui qu'on verrait avec un jean à franges et des cheveux longs dans le cou, sans vous manquer de respect, monsieur Gus.

Pauline adresse à Louise une mimique de connivence tout en continuant à déplacer les livres de la bibliothèque. Elle commence à savoir fureter...

— Moi, je suis bien qu'en chaussons, à cause de mes oignons, dit Louise.

— Vos oignons ? s'étonne Demaison.

— Ah, non, dit-elle en riant, pas ceux de la cuisine, ceux que j'ai aux pieds...

— Pardon, je n'y étais pas, dit-il, toujours en train de photographier la garde-robe.

— On dirait que votre fils fait attention à tout, admire Pauline, les couleurs, la matière. C'est vous qui lui avez appris ça ?

— Oh non, sûrement pas. Il n'arrête pas de m'enguirlander. Il critique mes robes, mes corsages : ou les fleurs sont trop grosses, ou les couleurs sont pas comme il faut. Et... (Louise pouffe de rire.) Il ne dit jamais que ça me mincit.

— Alors on est deux à avoir des problèmes de tour de taille... constate Gus en tapotant sa bedaine.

Pauline, elle, poursuit son inventaire. Sur le bureau contre le mur, un bloc, un carnet, des crayons bien taillés. On dirait la chambre d'un appartement témoin. C'est si impersonnel, sauf ce pêle-mêle où s'enchevêtrent des photos. Elle les examine une à une.

En sortant de la pièce, Pauline remarque une photo exposée sur la commode de l'entrée.

— Et elle, qui est-ce ? demande-t-elle, d'une voix choquée.

Sans répondre, Louise rabat le cadre vivement et pousse les journalistes sur le palier. La mère, qui semble improviser, a trouvé un prétexte, sonner chez sa petite voisine. Gus, qui n'a pas fini son interview, pousse en avant sa consœur : « Vas-y, toi ! »

Pauline sent son cœur s'emballer. Elle ne sait pas qui elle va rencontrer, ni dans quel moule elle devra se couler. Elle n'a préparé aucune question... Elle remet de l'ordre dans sa frange, sa queue-de-cheval, son jean à pattes d'éléphant. Elle plaque un sourire de représentant de commerce sur son visage. « C'est le meilleur passeport », lui a confirmé Gus.

Celle qui lui ouvre est grande et longue. Elle porte une robe indienne en coton aux motifs turquoise. Elle a des cheveux longs, raides et blonds. Des yeux bleus, immenses, un physique magnifique, à la mode.

— Oui ? dit-elle en les regardant tous les trois.

— Bonjour, Ursula, dit Louise en se détachant du groupe. Je suis désolée de te déranger encore. C'est une période si bouleversée. Merci pour tout ce que tu fais. Ces deux jeunes gens aimeraient te poser quelques questions... sur nous.

— Euh, oui... répond la voisine, surprise.

— Je vous laisse vous débrouiller, ajoute Louise. D'ailleurs, c'est l'heure de mon feuilleton, j'ai pas manqué un seul épisode...

Louise les pousse chez la jeune fille. Gus comprend qu'elle va refermer la porte sur eux.

— C'est quel feuilleton ?

Louise paraît gênée.

— En fait, ce n'est pas vraiment un feuilleton. C'est une émission pour nous, les femmes. On y parle de tout, ça s'appelle...

— *Aujourd'hui madame* !

— Mais oui, dit Louise, admirative.

— Eh bien, vous savez quoi, dit Gus, je vais la regarder avec vous !

Il la suit et Pauline reste seule et désemparée.

— Je... enfin... nous étions chez Mme Malterre et... elle nous a beaucoup parlé de vous, alors on s'est dit...

— Nous ? demande la jeune femme gentiment.

— Gus et moi. Mon collègue, je suis journaliste, annonce Pauline, sans fierté. On voudrait en savoir... ou plutôt... que vous nous aidiez à connaître un peu mieux monsie... Loïc et...

— Ah, désolée, mais je ne parle pas aux journalistes, tranche Ursula.

— Même pour dire du bien ? insiste Pauline, qui retrouve sa vivacité. Je fais relire mes articles... promet-elle sans réfléchir, puisqu'elle n'en a signé aucun.

Ursula hésite.

— S'il vous plaît, la supplie Pauline, qui pense à sa carrière. Loïc a besoin d'aide...

— Bon, d'accord, mais pas longtemps.

L'appartement est coquet. Il sent le musc et l'encens. Du bois, des plantes, des photos de famille, des couleurs chaudes. Une tenture indienne agrafée au mur figure un arbre de vie. Tout est gai, décoré avec goût, à la manière hippie. Des livres partout. C'est un appartement dans lequel Pauline aimerait vivre.

— Vous écrivez ? demande-t-elle.

— Traductrice, je suis franco-allemande, explique Ursula. Mais la lecture, c'est pour le plaisir : je traduis des modes d'emploi, des emballages. Rien de palpitant.

— Un peu comme moi, alors. Je fais surtout du rewriting, la mise en forme de textes qui ne sont pas de moi...

— Ah, OK, dit la voisine, rassurée par ce point commun. Et tu travailles pour quel canard ?

Elle est spontanément passée au tutoiement.

— *Histoires vraies...*

— Connais pas, mais je l'ai vu en kiosque. Des gros titres, du sensationnel, ou je me trompe ?

— Pas seulement. On écrit sur tout : les petites histoires et les grandes questions. On dénonce en ce moment les avortements clandestins et toutes les morts que ça entraîne du côté des femmes, trois mille par an.

— Les avortements clandestins, ça c'est un sujet ! J'anime des groupes de parole exclusivement féminins.

Si tu veux venir un jour… C'est très intéressant. Tu vas aux manifs ?

— Quand je peux, ment de nouveau Pauline.

— « Une femme sans homme, c'est comme un poisson sans bicyclette », ce slogan m'a toujours fait marrer. Bon, qu'est-ce que tu veux savoir ?

— Loïc est interrogé à Marseille pour le meurtre de la petite fille, Livia Pozzi… On aimerait comprendre…

— Y a rien à comprendre ! la coupe Ursula.

— Rien à comprendre ? Qu'est-ce que tu veux dire ? s'étonne Pauline, qui enchaîne à son tour sur le tutoiement.

— Il ne peut pas avoir fait ça !

— Je veux bien te croire…

— Il déteste la violence. C'est un militant pacifiste. Louise en est très fière. Elle a dû te parler de ses rédactions depuis le collège : « Un homme, ça s'empêche… », ou quelque chose comme ça ?

— Non, pas encore.

— Et son attitude avec les enfants, elle est impeccable. Je connais bien tout le monde, ici. Sur le palier, on forme une petite communauté d'entraide, on papote souvent. Personne ne s'est jamais plaint de gestes ou de réactions déplacées. Les gamins lui sautent au cou en l'appelant « Lolo ». Je ne comprends pas pourquoi on l'accuse.

— Décidément, on dirait qu'il est parfait !

— Parfait, je n'aime pas ce terme, mais « normal », équilibré, pas vicieux, ça oui. D'ailleurs, ils sont très marrants, sa mère et lui. Certains jours, on dirait deux gosses… Comme le jour des vingt ans.

— Le jour des vingt ans ? relève Pauline.

— Louise avait confectionné des gâteaux. On a décoré la cage d'escalier avec des ballons, des banderoles. C'était la fête. En bas, Louise avait enrubanné la voiture, comme celle d'une mariée. Le cadeau de ses vingt ans. Les voisins applaudissaient. Elle sait se faire aimer, Louise, elle est tellement liante, gentille, serviable. Loïc était heureux comme un minot au pied du sapin de Noël. À la fin, ils ont dansé un slow tous les deux sur la chanson de Dassin : *Et si tu n'existais pas…*

Pauline sourit, comme si elle voyait la scène, et soudain jaillit la question qui tue.

— C'était pas un peu malsain, la mère et le fils enlacés ?

— Absolument pas ! s'insurge Ursula. J'en étais sûre. Tu es comme les autres, tu cherches la merde. C'est toujours comme ça, avec la presse. Amis par-devant, traîtres par-derrière. Louise et Loïc sont très proches, il n'y a rien d'autre à dire, conclut-elle, fâchée.

Pauline sent qu'elle dégringole dans l'estime de la voisine. Elle hésite mais, perdu pour perdu, elle risque une dernière question indiscrète :

— Louise dit qu'il a été ton petit copain.

- 28 -

Vendredi 7 juin 1974

Marseille se recueille avec les Pozzi. La ville entière se tourne vers l'église des Chartreux, là où Livia a fait sa première communion avec tant de ferveur, quelques mois auparavant. L'enfant assassinée s'est installée dans le cœur de chaque Marseillais. Cette petite fille d'immigrés est devenue plus qu'une enfant du pays, c'est un trésor qu'ils ont cherché pendant trois jours. Ils ont retenu leur souffle en écoutant les nouvelles, en dépliant le journal. Ils ont entendu l'appel déchirant de son père à la radio. Ils ont appris l'assassinat avec effroi. Ils ont imaginé le ravisseur et ils ont crié d'indignation devant le monstre, quand on l'a identifié.

Aujourd'hui, une foule en larmes sème sur son passage des fleurs, des cartes ornées, des doudous et des colliers de coquillages. Ce 7 juin 1974 est un jour de prières, et celles-ci enveloppent la famille Pozzi d'un châle d'amour et de pitié. Le maire lui-même a tenu à payer les frais d'obsèques.

Les parents se soutiennent l'un l'autre. Marcello retient ses cris et Marcia manque défaillir à chaque pas. Des photographes enjambent les murs et les tombes pour shooter leur chagrin. Marseille joue des poings pour écarter ces corbeaux de malheur.

L'école de Livia et Nino a fermé pour la circonstance. Les enfants ont enfilé leurs habits du dimanche. Sages et silencieux, ils se serrent les uns contre les autres, encore choqués par la disparition de leur camarade. Nino porte une chemise, une veste et une cravate filiforme sur son short d'été. Il se tient au bord du trou noir et terreux dans lequel s'enfonce, par à-coups, le cercueil de sa grande sœur. Un cercueil trop blanc, trop court, trop étroit, des dimensions tragiques. Il ne pleure pas. Ils étaient deux. Il est si seul désormais.

- 29 -

Qui aurait pu prévoir que je me retrouverais là,
coincé entre quatre murs.
Les matons, les détenus... Ils me détestent tous !
Je crève de peur à chaque instant, pourtant j'ai l'habitude.
Peur de l'Affreux s'il me retrouvait,
peur des autres, peur d'être nouveau,
peur des sales notes, peur des jugements,
peur des filles, peur du sexe, peur qu'on me surprenne,
peur de l'ogre, donc peur de moi-même.
En prison, c'est pire !
Je claque des dents matin et soir,
dans mon lit, sous la douche, dans la cour.
Toujours sur mes gardes.
Ils veulent me tuer, ils font le signe
du pouce qui tranche la gorge.
Qu'ils le fassent, je m'en fous. Je demande que ça !
Qu'ils cognent, c'est bon, c'est mérité,
allez, vous gênez pas !
Je veux mourir, j'en peux plus.
Je vais me foutre en l'air
Trouver la force...
Enfin !

- 30 -

Maître Cyrille Katz roule à vive allure. Elle craint d'être en retard. Rien de pire qu'une visite écourtée avec un détenu. Quand on est bousculé, on parle trop vite. Les risques de malentendu s'enchaînent. Et l'angoisse de mal faire ralentit les neurones. Aussi prévoit-elle, systématiquement, un quart d'heure d'avance pour se préparer à l'ambiance de la prison.

Insalubrité, promiscuité, violence... On ne fait pas pire que les Baumettes. D'ailleurs, une enquête du ministère de la Santé est en cours. Les premiers éléments sont accablants. Sans compter la haine des détenus entre eux. Les grands voyous ont l'esprit de famille. Leur code d'honneur interdit de toucher aux femmes et aux enfants. Gare aux « pointeurs » qui les violent et les tuent. Pourvu que Peyrat soit en cellule individuelle. Sinon, elle devra saisir l'administration pénitentiaire : le protéger en détention fait partie de ses attributions.

Elle se gare sur le parking, attrape son vieux cartable en cuir. Un cadeau de feu son père en récompense de son diplôme de droit. Elle ne s'en sépare jamais.

Il lui porte chance, comme une médaille miraculeuse. Il l'aide à affronter le fameux premier rendez-vous qu'elle redoute. Car il lui est arrivé d'être récusée avant même d'avoir ouvert la bouche. Certains truands écartent d'emblée une femme, moins capable, selon eux, qu'un homme, qu'un « ténor ». Peyrat n'aura sans doute pas cet aplomb. C'est un novice, mais on ne sait jamais.

Le bruit des grilles, des trousseaux, l'odeur de grotte humide, de Javel et de vieille soupe, le défilé des uniformes, les moisissures au bas des murs. Ce monde dur qui est le sien l'éprouve et l'aiguillonne. La bagarre, elle adore ça. Que certains naissent beaux, riches, dotés et d'autres si démunis lui est insupportable. À ses yeux, toutes les inégalités sont un scandale à réparer. Dans cette généreuse logique, elle considère le vol comme le fruit de la misère. Et le meurtre, comme celui de la détresse. Pour elle, dans les prisons, il n'existe que des gens à plaindre. C'est pourquoi au cabinet, on l'a prédit, elle sera une grande pénaliste.

Son objectif face à Loïc Peyrat ? Sentir si le courant passe, lui inspirer confiance, explorer une piste de défense, évaluer si elle et son client se mettront d'accord et au prix de quelles discussions, de quel rapport de force. Mais dans les premières minutes, se serrer la main, se « respirer » – une expression de son mentor, Le Callet.

Elle est assise devant une petite table en métal au plateau griffé quand paraît Loïc. Elle se lève pour l'accueillir. Il s'assied précipitamment. Elle lui tend une main ferme. Celle de Loïc est moite et molle. Le regard qu'il pose sur elle est indéchiffrable. Ni ouvert, ni hostile, ni suppliant.

Cyrille ne calcule rien. Elle agit intuitivement. Il peut lui arriver de tutoyer, de prendre de haut, d'être autoritaire... Peyrat est un môme. Elle ne veut surtout pas materner, ni lui servir de psy. Il faut que son attitude le rende partie prenante. En le voyant, elle choisit d'être cordiale mais neutre, presque administrative. Autrement dit, il n'est pas question qu'il pleure...

— Bonjour, monsieur Peyrat. Je suis maître Cyrille Katz. Votre mère m'a chargée de votre défense. Je suis là pour vous suivre pendant l'instruction et vous représenter lors de votre procès.

— Mon procès, c'est décidé ?

— Oui, monsieur Peyrat. Vous allez être jugé. On vous accuse d'avoir enlevé et tué une petite fille de huit ans, Livia Pozzi. Vous confirmez ces faits ?

— Je confirme que la petite est bien montée dans ma voiture et que je l'ai emmenée. La suite est floue, mais c'est forcément moi...

— Pourquoi dites-vous « forcément » ?

— Une femme m'a reconnu. Alors, je suis forcément coupable.

— Mais vous l'êtes ou pas ?

— Oui, ça s'est passé, mais je ne m'en souviens pas vraiment.

Cyrille se raidit. Elle peut défendre toutes les causes, même les plus difficiles, à condition qu'elles soient claires.

— Écoutez, monsieur Peyrat, dit-elle doucement, j'ai besoin, pour vous défendre au mieux, que vous soyez précis sur les faits.

— Je ne peux rien vous dire, pleurniche Loïc. De toute façon, à quoi ça sert ? Je suis foutu.

— Que voulez-vous dire ?

Il courbe le dos, les mains entre les jambes, dans une attitude défaitiste. Il répond d'une voix sourde :

— J'ai avoué dans le détail. Une femme m'a reconnu. L'histoire est entendue. Je vais prendre le maximum, rideau.

— Je suis là pour que ce ne soit pas le cas, rectifie son avocate. Rien n'est jamais joué lors d'un procès. C'est pourquoi nous devons travailler main dans la main. Je ne suis pas juge, monsieur Peyrat. Je ne vous condamne pas. Mais j'ai besoin de savoir où se situe la vérité pour me positionner par rapport à elle, un peu au-dessus, un peu en dessous ou de côté... Enfin, vous comprenez ce que je veux dire, monsieur Peyrat.

Loïc baisse la tête, l'air buté.

Cyrille répète qu'elle n'est pas là pour le juger. Elle interroge à nouveau d'une voix douce :

— Est-ce vous qui étiez cité Saint-Ange ?

Il fait un signe de tête difficile à interpréter.

— Est-ce vous, monsieur Peyrat, qui avez enlevé et tué Livia Pozzi ?

— On dit que oui.

L'avocate commence à s'impatienter. Il va être difficile de travailler avec ce garçon. Elle essaie de rester calme.

— Oui, j'ai bien compris ce qu'on dit, mais vous, qu'en pensez-vous ?

— Dans ma situation, maître, on ne pense pas, on subit.

Cyrille Katz regarde sa montre. Elle pressent qu'elle n'obtiendra rien de plus. La demi-heure autorisée est presque écoulée. Le prévenu va devoir retourner en cellule. Ils n'ont pas évoqué les conditions de détention, ni sa mère qui espérait une lettre. L'avocate va aborder ces deux points quand Loïc se lève. Il semble très las. Il lui tend la main sans sourire et gagne la porte.

En le voyant s'éloigner, Cyrille est perplexe. Elle s'attendait à de l'agressivité, à des larmes, mais pas à ce flou. Elle ressort de cette visite sans aucun élément, comme si elle n'avait pas eu lieu. En remontant dans sa voiture, elle se demande comment bâtir une ligne de défense solide sur de l'inconsistance.

- 31 -

Grand prince, Göring leur laisse encore le week-end à Marseille mais ensuite, retour à Paris, on a besoin d'eux. Gus proteste. Sa contre-enquête n'est pas terminée. Il y a le témoignage de son SDF. Nino Pozzi qui n'a pas reconnu Peyrat lors du tapissage. La piste du rôdeur tatoué qui importune les enfants aux alentours des Chartreux. Et cette gourmette dont lui a parlé Jean Fellouz. On l'a retrouvée dans les fourrés, à quelques mètres du corps de Livia recouvert de ronces. Cet endroit n'est pas un lieu de promenade, ni même de passage. Comment cette gourmette a-t-elle atterri dans cette végétation hostile, près du cadavre ?

Gus n'a qu'une hypothèse, la plus plausible : elle appartient à l'assassin. Or, la mère de Peyrat est formelle, Loïc n'a jamais porté de bijoux. Les hippies avec leurs boucles d'oreilles et leurs colliers lui semblent ridicules. Jean Fellouz a confirmé : « Il l'a essayée, elle est trop grande pour lui... Alors, tu connais notre manière de travailler. On ouvre des portes et on les referme. Sur la gourmette, c'est bon, fermez le ban ! »

Mais suivre les pistes abandonnées et fouiller là où personne ne va, c'est une vraie passion pour Demaison. C'est là qu'il trouve le sensationnel et l'inédit. Dans cette perspective, il s'intéresse toujours à cette « malle aux trésors » que sont les scellés. Toute affaire a les siens. Ils sont le fruit des perquisitions : des objets significatifs trouvés sur les scènes de crime ou chez les suspects. Au procès, le greffier en présentera certains aux jurés comme pièces à conviction.

D'après Jean Fellouz, la gourmette n'en fait pas partie. Considérée comme une découverte incidente, elle a été écartée des pièces principales du dossier mais conservée, sans doute, dans les scellés secondaires. Ceux-ci ne sont pas produits aux assises, cependant ils sont gardés le temps de l'enquête et de l'instruction. En attendant leur transfert au greffe, ils demeurent dans la salle dite de « stockage », au sous-sol de l'Évêché.

Dans cette époque bénie pour les faits-diversiers, rien n'est très sécurisé. L'agent de police qui garde les « archives » se sent mis au placard. Il est sollicité toute la journée pour classer, retrouver des documents édités en triple exemplaire. Et le samedi est un jour chargé.

Pour lui inspirer confiance, Gus s'est rasé de près et Pauline, la mignonnette, a enfilé une robe bleu marine passe-partout. Ils arrivent en fin de matinée. Gus prend un air important en sortant sa carte de presse tricolore. Il prétend dénoncer la « paperasse sous laquelle croule l'administration policière ». L'archiviste s'oppose à leur entrée, il n'a pas d'autorisa… Par chance, son téléphone sonne. Gus ne bouge pas mais Pauline s'enfonce dans le capharnaüm, « tout au fond », lui a dit son chef, une porte vitrée qui, en raison des va-et-vient du matin, n'est pas fermée à clé. Son pouls s'accélère comme si elle cambriolait une demeure occupée. Des boîtes s'empilent sur des rayonnages. Elles sont classées par année. Heureusement, les noms sont écrits en gros, au feutre noir.

Elle fouille en se tournant sans cesse vers la porte, l'oreille aux aguets. Enfin, elle découvre, après un moment qui lui semble une éternité, l'intitulé « Pozzi-Peyrat ». Le carton lui semble lourd. Elle arrache le gros scotch qui le scelle, le cœur battant. Elle commence à détester ce métier. Elle ouvre les pans d'emballage et découvre un amas hétéroclite : des moulages en plâtre de traces de pneu, des pierres, un exemplaire de *Martine*, une carabine enveloppée dans une serviette-éponge, une seringue, des boîtes de médicaments et... ce qu'elle cherche enfin, dans une pochette en papier, la fameuse gourmette, quelques traces de terre, des petites rayures. À peine usée. En argent. La plaque est vierge. Aucun nom.

Elle entend du bruit. Des pas se dirigent vers la porte. Elle remballe le tout, referme le carton précipitamment et se redresse, les joues en feu. L'employé ouvre vivement la porte.

— Qu'est-ce que vous foutez là ?

Pauline bredouille. Elle se sent comme une petite fille qu'on va gronder.

Gus apparaît derrière l'archiviste. Il va la défendre... Mais non, il prend un air sévère, les sourcils froncés.

— Où tu étais passée, on te cherchait partout !

Elle va protester quand le journaliste remercie chaleureusement l'archiviste de l'avoir aidé à dénicher sa collègue. Ce faisant, il se dirige vers la sortie. Pauline le suit en courant presque. Tandis que dans leur dos, ils entendent crier : « Sacrés fouille-merde ! »

Une fois dehors, Demaison s'amuse du tour qu'ils ont joué. Il est tout excité.

— Alors, tu l'as trouvée ?

Pauline voudrait le charger de tous les noms, mais à quoi bon. Il la traiterait encore de gamine, de débutante, elle laisse tomber.

— Alors, elle est comment ?

— Pas eu le temps de bien voir...

— Neuve, usée ?

— Un peu de terre...

— Mais neuve ou usée ? insiste son confrère.

— Je n'en sais rien, dit Pauline, encore secouée par sa mésaventure.

— Et bien sûr, tu as une photo...

— Mais non, comment j'aurais pu ? dit la jeune fille, au bord des larmes.

Demaison est déçu, contrarié.

— Alors on n'a rien ! conclut-il.

*

Pauline trouve un prétexte pour rejoindre sa chambre d'hôtel. Elle prend une douche qui n'a aucun effet sur son moral. Elle ne supporte pas la vue de sa robe foncée, qui lui rappelle son échec. Elle téléphone à son recours, à Mamie. Elle a été nulle. Elle n'est pas faite pour ce métier. Elle va démissionner... Sa grand-mère lui rappelle sa vocation, son ambition depuis qu'elle est toute petite. Elle a toujours pensé que, dans la vie comme dans son métier, il s'agit de trouver sa niche, autrement dit l'endroit où l'on se sent bien, à sa place, et si possible en apportant un petit poil de neuf. « Dans votre journal, on parle du meurtre, de l'enquête, du procès, mais pas tellement de ce qui m'intéresse moi, dit la vieille dame. J'aimerais savoir comme on devient assassin. Qu'est-ce qui s'est passé dans leur vie ? Ils ont été des enfants, ils ont eu des parents. Qu'est-ce qui a basculé ? Qu'est-ce qui leur est arrivé de plus ou de moins qu'aux autres ? Je voudrais qu'on me raconte les causes et aussi les conséquences de ces drames. Là, c'est pareil. Le crime lui-même m'intéresse moins que sa périphérie. On pourrait chercher par là... »

Après un moment de réflexion, Pauline juge l'idée formidable. Mais oui, Mamie a raison. L'histoire des gens, des familles, le parcours, le passé d'un criminel, autant d'angles qui plairaient à un « public féminin », pour parler comme Göring. Et concrètement, dans l'affaire Pozzi, de quelle périphérie n'a-t-on pas encore parlé ? La réponse est facile à donner : le père de Loïc. On ne connaît que la version de Louise. Et si l'Affreux n'était pas un si mauvais homme ? Et si la mère l'avait noirci pour s'approprier le fils ? Et si le coup de couteau était une invention ? Tant de questions restent en suspens...

Mais si Philippe Peyrat existe toujours, où le chercher ? À la naissance de Loïc, il vivait à Autrey-sur-Brignoles. Or les Français sont en général sédentaires. Il n'y a que Louise pour vouloir déménager tout le temps. La journaliste commence par l'annuaire du Var. Elle recense plusieurs Peyrat mais un seul Philippe, qui habite... Autrey justement. Pauline sent monter l'excitation. Une autre histoire se met en route. Celle d'un père affectueux dont l'enfant fut volé par une mère abusive. Et si cet homme cherchait son fils depuis toujours ? Et s'il était resté à Autrey pour que Loïc puisse le localiser facilement ?

Un peu tremblante, la jeune journaliste compose le numéro indiqué sur les pages blanches de l'annuaire. On décroche. Une voix de fillette lui répond poliment :

— Oui, bonjour, madame. Oui, il est là. C'est de la part de qui ?

— Pauline Esper, dit-elle, fébrile, sans préciser.

À l'autre bout du combiné, elle entend des bruits de pas. Elle a le trac. Elle n'est sûrement pas la première à l'importuner. Elle a réfléchi à la bonne entrée en matière, sans en trouver...

— Allô ? demande une voix d'homme.

— Vous êtes bien Philippe Peyrat ?

— Euh, oui.

— Le père de Loïc...

— Qui êtes-vous ? dit-on d'une voix plus rude.

— Je suis journaliste.

— Désolé, mais je n'ai rien à dire aux journalistes.

— C'est à propos de votre fils...

— Pour qui travaillez-vous ?

— Pour *Histoires vraies.*

— Je ne lis pas ce genre de magazines. Je vais raccrocher.

— Attendez, monsieur, s'il vous plaît, ça ne prendra que quelques secondes. Louise Malterre prétend que vous avez failli la tuer d'un coup de couteau. J'aimerais vérifier cette information...

— La tuer ? Encore une exagération de sa part. Vous savez, Louise se raconte beaucoup d'histoires.

— Ce coup de couteau, ce serait une invention ?

— Je ne dis pas ça, mais je n'ai jamais « failli la tuer », comme vous dites. J'étais en train de bricoler, on se disputait. Une maladresse et le couteau a ripé.

— Ripé ?

— Dérapé, si vous préférez.

— Dérapé vers son œil ?

— Écoutez, mademoiselle, quand un homme m'emmerde, je lui casse la gueule. Pourquoi ce serait différent avec une femme ? Ceci posé, je vous répète que je n'ai jamais levé la main sur elle, c'était une maladresse. Je n'ai plus rien à vous dire, au revoir, madame.

— Mais vous les avez recherchés ?

— Je ne répondrai pas.

— Et votre fils, vous y pensez, quelquefois ?

— N'insistez pas ! Au revoir, madame.

Bip... Il a raccroché.

Quand elle rapporte à Gus cet entretien, il marmonne qu'elle aurait pu lui en parler avant, mais elle croit lire dans son regard une pointe d'admiration. De retour à Paris, ils vont voir Göring. Ils ont de l'inédit, du sensationnel. Il y a la gourmette et l'interview du père. Éternel sujet de discussion entre journalistes et patrons de presse : le manque de place. Maxime Vurst a une idée fixe, les avortements clandestins, qui enflamment la polémique. Il répond en tirant sur son cigare : « Pas maintenant. On verra plus tard. »

- 32 -

Louise attend depuis trois semaines l'autorisation d'aller voir son fils en prison. Tout lui manque : le son de ses pas, son sourire, sa voix, leurs disputes, sa musique anglaise, son odeur de cigarette. Enfin, elle va l'embrasser ! Ce jour-là, elle se pomponne. Elle enfile sa robe verte, assortie à la couleur de ses yeux – c'est la plus sobre, celle que Loïc préfère. Elle se maquille, un beau rouge à lèvres et du noir sur les cils. Elle choisit une mousseline rose pour protéger ses cheveux. Elle se parfume. Enfin, pour suivre sa devise, qui consiste à « ne pas ajouter du malheur au malheur » – en l'occurrence, être triste dans un endroit sinistre –, elle plaque sur ses lèvres un sourire optimiste.

Elle pensait pénétrer dans l'univers concentrationnaire par une haute et large porte métallique, comme dans les films. L'entrée des familles est plus discrète, plus conviviale qu'elle ne l'imaginait. Dans la queue, elle croise des « jeunes femmes », des enfants. Elle parle à tout le monde, étonnée et heureuse de se lier. Elle dit combien elle a hâte de serrer son fils contre son cœur. Elle clame son innocence. Elle n'est pas la seule. Quand on aime, on minimise les crimes des siens.

Au greffe, elle décline son identité et dépose quelques objets personnels. Elle suit un gardien dans un long couloir. On l'introduit dans une pièce compartimentée, le box 17. Les parois sont défraîchies, taguées de cœurs, de prénoms et d'images porno. La présence d'un hygiaphone avec sa vitre sale, en plexiglas, percée de trous la bouleverse. Ainsi donc, elle ne pourra pas embrasser son petit Dieu. Ni voir ses traits, son expression distinctement. Elle en pleurerait ! Pourra-t-elle même l'entendre, dans le brouhaha qui s'installe ? Et ce tabouret crasseux !

Elle voudrait cracher dessus et frotter avec son mouchoir blanc, mais est-ce bien le moment de faire le ménage ? Pauvre Loïc, comme il doit souffrir dans cette saleté, cette laideur. Elle en a le cœur brisé. Elle se redresse. Elle doit se ressaisir.

Quand il approche, elle a du mal à le reconnaître. Il n'était déjà pas bien épais, il est devenu maigre. Et où sont passées ses boucles et son teint mat ? Ses cheveux sont rasés, sa peau grise. Trois semaines de prison l'ont ravagé.

Il lui adresse un sourire triste. Sois positive, se dit-elle. Elle retrouve son courage. Elle doit en avoir pour deux.

— Alors, mon chéri, je suis tellement contente de te voir. Comment ça se passe ?

Son ton est enjoué et, comme elle a peur des réponses, elle enchaîne les questions :

— Ça va ? Tu manges bien ? Parce que tu as une petite mine...

— Suffisamment.

— J'ai pas pu t'apporter de nourriture, on n'a pas le droit, mais je t'enverrai un colis, comme ça ils pourront vérifier le contenu. Je te mettrai de la confiture pas trop sucrée, à l'orange, celle que tu aimes avec des morceaux d'écorce. Et de la mortadelle sous sachet et de la moutarde, tu as de la moutarde ? Du pain, je sais combien tu aimes ça, mais c'est pas possible, il serait rassis en arrivant...

— Merci, M'man. C'est gentil.

— Tu dors bien ? Tu m'as écrit qu'on t'avait changé de chambre. Tu es tout seul, maintenant ?

— De cellule, Maman, de cellule, pas de chambre.

— Je n'aime pas ce mot, il est triste. Et tu n'es pas malade ? Tu fais un peu d'exercice physique, au moins ?

— Oui, M'man. T'inquiète !

— Tu as vu ton avocate, maître Katz ? Personnellement, je préfère son patron, il est plus connu, on le voit à la télé, tu l'as vu aussi ?

— Non.

— Pour nos finances, ne te fais pas de souci, ça va aller. Tu peux me demander tout ce que tu veux. Je pense à revendre l'appartement...

— Revendre ? Mais tu l'aimes tant. Tu disais que c'est la première fois que tu te sens vraiment chez toi...

— Oh, c'est pas grave. J'en trouverai un autre. Tu me connais, j'ai la bougeotte.

Louise ment. Elle recule le moment de quitter sa terrasse en demi-lune, les enfants, sa chère Ursula... C'est un crève-cœur. Jamais elle ne retrouvera des parents aussi compréhensifs, qui la soutiennent et continuent d'apprécier Loïc.

— Oui, qu'est-ce que je disais ? poursuit Louise. Ah oui, maître Le Callet, il parle très bien. Elle, Cyrille Katz, je ne sais pas quoi en penser. Elle est vraiment très jeune. Mais elle est intelligente, sûrement, pour faire du droit.

— Moi, je la trouve bien.

— Tu n'es pas très bavard, mon fils.

Loïc commence à s'écrouler.
— Je m'en veux tellement, pour toi, pour moi, j'ai tout gâché. On commençait à être heureux et...
— Mais t'en vouloir de quoi, puisque c'était un accident...
— Je te jure, Maman, je ne suis pas un de ces gars qui...
— C'était un accident !
— Je t'entends pas, Maman, parle plus fort.
— Puisque tu n'as rien fait de mal ! crie sa mère.
— Comment ça, rien fait de mal ?
— Écoute, reprend Louise sur un ton solennel, j'ai bien réfléchi, j'ai tourné et retourné l'affaire dans tous les sens et pour moi, c'est évident.
— Qu'est-ce qui est évident ?
— Tu n'as pas pu commettre cette... chose. Y a qu'un détraqué pour faire ça et si tu étais un détraqué, je le saurais... Donc, ce n'est pas toi !
Loïc baisse les yeux.
— Je t'ai souvent dit que tous les bébés sont des anges, poursuit Louise. On voit très tôt les caractères. Il y a les commandeurs qui décident pour tout le monde. Les enfants sages qui deviendront des moutons. Les sociables qui ont besoin d'être entourés, contrairement aux solitaires qui ne se mêlent à personne. Et puis il y a les méchants. Eux, ils arrachent les pattes des mouches. Tu leur dis d'arrêter et ils te fixent... en continuant.
— Y a pas de gentils ?
— J'y viens. Les gentils, on les repère facilement. Ils sont toujours prêts à aider, à consoler, des bonnes pâtes, en somme. Une vraie bénédiction pour l'humanité...
— Et moi, tu me situes où ?
— Toi, mon Loïc, tu as toujours été...
Louise perd ses mots.

— Toi, tu as toujours été... un casse-cou ! s'exclame-t-elle. C'est ton côté garçon, mais c'est le seul, heureusement. Alors, es-tu capable de tuer une petite fille ? Moi, je dis que non.

— Tu dis non, mais les autres pensent oui.

— Il doit y avoir une explication... Et si tu t'étais évanoui ? Tu t'évanouissais souvent quand tu étais petit. Tu tombais d'un coup, sans qu'on sache pourquoi. Et si c'était un autre qui avait fait le mal à ta place et qu'on le confondait avec toi ? Ou une impression de déjà-vu ? Tu vois, il y a des tas d'hypothèses...

Loïc reste impassible.

Un gardien entre dans le parloir et annonce que la demi-heure de visite est écoulée.

Louise colle sa main sur la vitre. Elle approche ses lèvres.

— Bisous, mon fils chéri. Reprends confiance. Tu sais bien qu'on s'en sort toujours. Je ne veux pas que tu sois triste, d'accord ?

— D'accord, Maman.

Il lui envoie un baiser. Elle le regarde s'éloigner. Se laisse envahir par la tristesse.

— Madame, il faut sortir...

Une fois dehors, face au vide, à l'absence, elle se met à pleurer mais s'interrompt aussitôt. D'un geste brusque, elle essuie ses larmes, et se sermonne :

— Allez, Louise, courage ! Ce n'est pas toi la plus à plaindre !

- 33 -

Quatre mois après l'enlèvement de Livia

Ce matin, on m'a « extrait » de la prison
pour la reconstitution.
On m'a assis dans un fourgon avec la juge,
mon avocate, des flics en civil.
On a roulé quand j'ai reconnu la cité,
les immeubles en béton, la rue qui monte,
les garages, le muret…
C'est pas un bon souvenir.
Par ce temps gris, ça donne envie de pleurer.
C'était mieux sous le soleil.
Y a plein de monde, c'est pour moi ?
Ah oui, c'est pour moi.
J'entends les cris, je vois les pancartes :
« Peyrat assassin ! » « Rends-nous Livia ! »
Qu'est-ce qu'ils ont tous à me détester ?
Ils veulent me tuer, vous gênez pas.
Comment ils ont su pour aujourd'hui, à cette heure-ci ?
Les journalistes, encore eux, des vautours !
Oh, misère, le fourgon brinquebale.

J'ai la trouille, si ça continue, on va basculer !
J'en peux plus, je suis fatigué.

— On ne descend pas de voiture ! *dit la juge.*
Je l'aime pas cette femme-là. Aucune humanité.
Elle cherche à me coincer par tous les moyens.

— Vous êtes arrivé par là. Vous avez vu des enfants ramasser des fleurs. Vous vous êtes approché. Vous avez dit « Bonjour, les enfants », je me fie à votre déposition. Vous leur avez demandé s'ils pouvaient vous aider à trouver le petit chien que vous aviez perdu. Vous avez proposé au petit frère d'aller là, vers la droite. Vous avez emmené la fille à l'opposé, vers votre voiture, garée ici, où vous l'avez fait monter. C'est bien cela ?

Je dis oui pendant qu'ils crient encore plus fort :
« Salaud ! Ordure ! Monstre ! »
Ils s'excitent les uns autres. Jusqu'où ça va aller ?
On est secoués comme des pruniers.
Leurs nez appuyés sur la vitre,
La haine de leurs bouches, en gros plan.
On tangue, au bord de chavirer.
Quelqu'un me jette au sol et me cache sous une couverture.
Le fer du plancher, comme une odeur de sang.
C'est sale, c'est gelé, ça pue.
La juge répète :

— On n'a pas le temps, on n'a pas le temps !

Les fous furieux tapent sur le capot.
J'ai tellement peur. Ils vont me lyncher.
On met la sirène, le gyrophare.
Ils s'écartent, on repart, on roule, sauvés !
Je refais surface, je me calme un peu.
Mon avocate m'adresse un sourire gentil.
Finalement, je l'aime bien, maître Katz.
Elle a eu peur, elle aussi...
Elle me tapote la main...
La première fois que je l'ai vue, je l'ai trouvée inquisitrice,

mais elle a un bon fond. Je sens qu'elle me plaint
et qu'elle veut m'aider.
Pas comme la juge, cette pète-sec, qui demande
où je me suis arrêté avec la fille.
Qu'est-ce que j'en sais, moi !
La route, les arbres... La campagne c'est la campagne,
tout se ressemble.
Je me souviens juste que j'ai fumé, beaucoup,
qu'on a parlé de sa bague, de sa dent,
de son petit frère, de son père qui tirait à la foire.
Je suis de bonne volonté...
La juge me coupe : j'ai déjà dit tout ça.
Elle est gonflée : elle pose cent fois les mêmes questions
et je peux pas répéter !
On arrive au carrefour qui s'appelle « La Pomme »,
tiens, je savais pas. Je reconnais le panneau Sisteron.
Si ce con m'était pas rentré dedans...
On me fait descendre.
Le soleil m'éblouit, je manque de lumière dans mon trou.
Aucune circulation, ni dans un sens ni dans l'autre.
On a « sécurisé le périmètre », annonce la juge.
On se croirait dans un film, avant l'échange des espions.
Les arbres, la lavande, qu'est-ce que ça sent bon.
On entend les cigales... J'avais oublié les odeurs, les sons.
Je me plaignais de ma vie, mais maintenant
c'est tellement pire.
Ah non, je proteste !
Puisque je vous dis que j'ai jamais grillé le stop.
Je suis très bon au volant, même à l'armée, on le disait.
Je me suis engagé en seconde et j'ai calé.
Le type m'est rentré dedans.
Mais puisque je vous dis que j'ai pas grillé le stop !
On remonte dans le fourgon,
on s'arrête sur le bas-côté, là où la femme m'a vu.
On saute le fossé, on escalade le talus.

Mais qu'est-ce que c'est que ce truc ?
Une poupée de chiffon, géante, blanche comme la mort.
Ni yeux ni bouche, un mannequin.
Je deviens livide, je vais m'évanouir.
On me la colle dans les bras,
je tremble comme une feuille.
Et ça, c'est quoi ? Un couteau en bois.
Pour mimer le crime !
On me prend en photo. Mon esprit s'embrouille.
La juge crie après moi :
— Allez-y ! Mais allez-y !
Puisque je lui dis que j'ai rien fait.
Je me souviens de rien.
D'accord, j'étais avec la petite,
mais après, c'est le trou noir.
Il y a eu l'accident, j'ai eu peur,
je me suis enfui, je me suis garé et après plus rien,
je me suis réveillé dans la champignonnière.
Qu'est-ce qu'ils ont tous à me regarder ?
C'est plus fort que moi, une crise de nerfs,
des larmes plein les yeux.
Négatif ! Je peux pas mimer ce que j'ai pas fait !
Je me noie dans ma morve.
La juge fait défiler des photos horribles. Elle s'énerve :
— Et ça, c'est pas vous qui avez fait ça ! Et ça !
Cette grosse tête cabossée et ce regard...
Je vais m'évanouir. Je peux pas voir ça.
Puisque je vous dis que c'est pas moi !
Demandez à ma mère : ça ne peut pas être moi !

- 34 -

Dans les semaines qui suivent la disparition de leur fille, les Pozzi se replient sur leur douleur. Marcello est incapable de reprendre le travail. Il contemple la main de sa fille, moulée dans du plâtre quelques mois avant sa disparition. Il est inconsolable comme, devant la pantoufle de vair, le prince ayant perdu sa Cendrillon. Il sait qu'aucune petite main au monde ne lui rendra celle-ci. Ni la main de sa femme, ni celle de son fils, ni celle d'aucune autre petite fille sur terre. Il cherche son odeur, sa peau, ses cheveux à elle. Il voudrait enfouir une dernière fois son nez dans son cou.

Comme il regrette les occasions perdues ! Il aurait dû l'embrasser, lui dire « Je t'aime » tous les jours, tous les matins, tous les soirs, en fermant les yeux pour éprouver contre lui l'existence, la consistance de ce corps chaud, si fin, aux omoplates saillantes, aux petits genoux pointus.

Quant à Marcia... Avant la mort de sa fille, elle s'épanouissait dans son rôle de mère, d'épouse et de ménagère accomplie. Comme si des générations de *mamma* l'encourageaient à s'y sentir bien. Depuis ce lundi de Pentecôte, elle continue de nettoyer le linge, le parquet, les recoins avec acharnement, mais pour passer ses nerfs. Elle traque la saleté comme on cherche les poux, avec application et sans pitié. Elle empoigne éponge et serpillière, se met à genoux, se plie en quatre pour nettoyer, récurer, astiquer du propre. Elle s'épuise moralement, physiquement dans une activité ménagère aussi fébrile qu'inutile puisque son intérieur n'est jamais sale.

Être irréprochable lui est nécessaire, elle s'en veut tellement ! Si elle avait su, elle aurait dit aux enfants de remonter. Sa fille chérie n'aurait pas porté sa belle robe blanche... Si elle avait su, elle n'aurait pas pris de retard, pas préparé de crème anglaise. Si elle avait su, elle n'aurait pas été Marcia et ce lundi de Pentecôte n'aurait pas existé. Mais elle ignorait que des ogres rôdent autour des enfants serviables. Maintenant elle le sait et il est trop tard.

Si son mari, son fils n'étaient pas là, elle s'enfermerait chez elle, dans le noir, à regarder voler les mouches. D'une certaine manière, c'est ce qu'elle fait. Elle laisse Marcello s'occuper de tout. Elle ne pense pas, ne participe à rien. Tout s'en ressent. Ils ne se parlent plus, font moins l'amour et marchent désormais sans se tenir la main. Mais au cœur de cette solitude est née une amitié. Josyane, une maman d'école qui souvent sonne à sa porte pour proposer un thé, un café et même, parfois, un « petit remontant ». Josyane, qui l'écoute et la prend dans ses bras quand le chagrin la submerge. Marcia découvre la solidarité des femmes entre elles. Peu à peu, la gentillesse, les phrases réparatrices de sa nouvelle amie font leur chemin. « On ne peut pas prévoir l'impensable... dit-elle. Tu as fait comme des milliards de mamans : tu as laissé tes enfants jouer dehors... » ; « Bien sûr que le souvenir des morts se dissipe, c'est la loi de la vie » ; « Livia aimerait que tu sois heureuse » ; « Il faut penser à Nino, maintenant, et à toi, aussi. »

Nino, lui, est le petit héros de son école, celui qui a perdu sa sœur chérie. Il souffre d'asthme et de maux de ventre. Il dort mal. Il est intelligent mais trop abîmé pour étudier. Il dérive... Personne ne sait l'aider. Les psys d'alors s'adressent aux fous et lui ne l'est pas.

Valtrello les attend. Au pays, on rêve de les entourer, mais comment pourraient-ils supporter les danses et les tapes dans le dos, les silences gênés et toutes les explications qu'il faudrait donner ? Tout ferait mal, les rires et les larmes. Les Pozzi restent à Marseille, près du cimetière où ils vont tous les jours. Une seule chose leur importe désormais : que leur fille soit vengée. Que l'assassin meure comme il a fait mourir.

- 35 -

Pour la juge Régine, quatre mois après le début de l'instruction, la culpabilité de Peyrat ne fait plus de doute. Elle a les aveux, elle possède les preuves mais, pour le présenter devant une cour d'assises, il reste à établir si l'accusé avait toute sa raison au moment des faits. Elle a mandaté un psychiatre pour l'expertiser, le Dr Lutz.

Celui-ci a interrogé le prévenu longuement, à plusieurs reprises. Sa conclusion est la suivante : le lundi de Pentecôte 1974, la vie de l'accusé s'est emballée d'une manière catastrophique. Sous l'emprise du désir et de la peur, il a enlevé et tué une petite fille. Il l'a fait consciemment même si, émotionnellement parlant, il était dans un état second. Autrement dit, il n'est ni pervers ni psychotique. Même si, parfois, sa personnalité se clive. C'est-à-dire qu'il occulte l'assassin qu'il est devenu et ne voit en lui-même qu'un bon garçon. Le clivage est un mécanisme courant de la psychologie humaine : nous avons tous tendance à nous prendre pour des saints et à oublier nos mauvaises actions. Loïc Peyrat n'est donc pas fou. On ne trouve en lui aucune trace de folie qui expliquerait son geste. Il est responsable de ses actes. Il relève donc de la justice des hommes. Pour la juge, le dossier est clos.

Elle convoque Peyrat pour un ultime entretien récapitulatif. Quand il entre dans la pièce, Loïc n'est plus le jeune homme accablé et contrit qu'elle a reçu la première fois. Encadré de ses deux gardiens, il a beau être menotté, il a la tête haute, et c'est avec assurance qu'il revient sur ses déclarations. Certes, il a signé des aveux. Certes, le couteau trouvé dans le tas de tourbe de la champignonnière lui appartient. Quant au pantalon bleu taché de sang, roulé en boule dans le coffre de sa voiture, affirmatif, c'est bien le sien. Mais, aujourd'hui, quel coup de théâtre ! Il l'affirme et le signe, il n'est coupable de rien. Et il n'en démordra pas. Sa mère a raison, il a été victime d'une impression de déjà-vu. Quand on lui a raconté le crime, il a cru l'avoir vécu mais c'était faux. C'est un autre homme qui a fait le coup, en se servant de lui. Il faut prévenir les journaux, les radios…

Au parloir, devant son fils, Louise pousse un soupir de soulagement : enfin, il reconnaît les faits, il n'est pas coupable ! Elle téléphone à Gus Demaison, qui repense à la Simca, au clochard, à la gourmette reléguée. Son enthousiasme pour l'affaire Pozzi est relancé. Lors d'une conférence de rédaction d'*Histoires vraies*, il l'affirme : c'est le moment de reparler de cette affaire, d'alerter sur une possible erreur judiciaire… Göring rappelle à chacun que la presse se nourrit d'actualité. Or, selon lui, cette histoire est du réchauffé. Il interrompt son meilleur reporter et tranche net : « Les prisons françaises sont bourrées d'assassins qui clament leur innocence, sujet suivant ! »

- 36 -

Si Maman n'avait pas été là,
je serais encore en train d'avouer un crime
que je n'ai pas commis.
Heureusement qu'elle m'a ouvert les yeux !
Tuer une gamine, moi ?
J'en suis totalement incapable.
Je ne ferais pas de mal à une mouche.
Et j'adore les enfants.
C'est elle qui l'affirme et je la crois.
Elle m'a porté dans son ventre.
Elle m'a vu grandir, chaque jour.
Si j'ai cru avoir fait le mal, Maman a raison,
c'est à cause d'une impression de déjà-vu.
On croit dur comme fer qu'on a vécu,
entendu quelque chose...
Et c'est une farce de la mémoire.
On ne peut plus distinguer le vrai du faux.
J'ai avoué sous influence.
À cause de cette dame qui prétend m'avoir reconnu.
Mais elle se trompe.
Elle me confond avec un autre.

Je suis innocent.
Plus les journées passent, plus c'est clair pour moi.
D'ailleurs, on a trouvé une gourmette près du cadavre.
À qui appartient-elle ? Au tueur, forcément,
c'est désert dans ce coin-là.
Il l'a perdue dans la bagarre, sacrée preuve !
Et moi, j'étais où, pendant ce temps-là ?
Dans le cirage, évanoui. Pas étonnant,
petit je m'évanouissais déjà.
En classe, à la piscine, souvent.
Maintenant j'en suis sûr,
ce n'est pas moi, ça ne peut pas être moi.
Quand je le dis à maître Katz,
elle m'écoute avec attention.
Elle ne dit pas que je raconte n'importe quoi.
Elle ne dit pas non plus qu'elle me croit.
Ni qu'elle est contente que je sois innocent
parce que c'est plus facile à défendre qu'un coupable.
Elle répond simplement qu'elle est une femme de dossier
et qu'elle étudie le mien, à fond.
Quand je m'embrouille un peu, elle prend une voix douce.
— Oui, monsieur Peyrat, je vous entends bien,
mais on ne peut pas l'affirmer à l'audience.
Elle m'explique que les juges n'aiment pas
qu'on revienne sur ses aveux,
ni qu'on aille contre des preuves évidentes,
ni qu'on fasse semblant d'avoir tout oublié,
parce que les amnésiques et les non-coupables
c'est la tarte à la crème des tribunaux.
Je réplique que l'homme à la gourmette,
je l'ai pas inventé...
Je vois bien qu'elle tique.
— Il ne faut pas compter dessus, ni trop s'écarter de la vérité...

J'aimerais qu'elle soit plus positive.
Maman propose d'aller voir maître Le Callet en personne.
J'essaie de garder le moral, j'ai confiance...
On va s'en sortir. Maman a raison : on s'en sort toujours !

- 37 -

L'emploi du temps de Pierre Le Callet est serré. Il parcourt la France, enchaîne les audiences, plaide en correctionnelle, plus rarement aux assises. Il a tant de métier que, pour lui, tous les procès se ressemblent. Il s'agit de témoins à déstabiliser, d'une vision des choses à faire valoir. Et de quelques ficelles à replacer, en élevant la voix : « Monsieur le procureur, vous dites que..., mais... Cette instruction est uniquement à charge. Et, sur ce point, le dossier est vide ! » Ses collaborateurs préparent le terrain, s'occupent des détails. Lui vient briller et emporter le morceau. Cyrille s'est inquiétée des proclamations d'innocence de Peyrat. Il a minimisé : « Oh, ça lui passera ! Tu verras, ils commencent tous par là. Il suffit de leur rappeler qu'ils risquent très très gros à nier l'évidence. Je te fais toute confiance pour le ramener à la raison. Et puis, je te rappelle que, dans le prétoire, un avocat est tout-puissant. Aux assises, tu peux dire ce que tu veux. Ton client n'y pourra rien. »

Cyrille se fie à son expérience et note que son mentor l'a tutoyée, comme un seigneur adouberait un chevalier.

Ainsi, il la reconnaît comme faisant partie des leurs... Elle en est si flattée ! Pas question de le décevoir. Elle n'insiste pas et se remet au travail, d'arrache-pied. Ce sera son baptême du feu, son premier grand procès devant la presse et ses confrères. Elle a un trac fou. Peur de son filet de voix, qu'elle développe en chantant *Carmen* et Mireille Mathieu. Sinon, elle lit et relit le dossier. Le soir et le week-end, dans son pyjama à pois, elle marche de long en large, des feuillets à la main.

Elle pense à Le Callet, à sa voix profonde, son panache, son assurance... Elle se souvient en souriant de ses premières leçons de plaidoirie. « Les jurés voient tout, ta confiance en toi et les pellicules sur ta robe. Travaille ton personnage. Tu es l'actrice qui entre en scène. Cherche la cohérence, la sincérité, et retiens ceci : le pire, pour eux, c'est le flou. Il leur faut du solide pour asseoir leur verdict en toute certitude. Notre rôle est de les convaincre que les faits se sont déroulés comme on l'affirme et pas autrement. Quant à l'accusé, il n'est pas le paumé, le pervers que la presse a caricaturé. Il est une personne et un parcours tout en nuances. Enfin, et c'est fondamental, une plaidoirie doit durer vingt minutes, pas plus. Vingt minutes, retiens ça. Au-delà, l'auditoire se fatigue et l'on pense, avec raison, que l'avocat doute de ses arguments. »

Cyrille se revoit, appliquée, buvant ses paroles. « Résumons-nous, finissait-il. Premier point : une plaidoirie courte, des arguments au scalpel, de l'autorité. Deuxième point : la vérité, on s'en fout pourvu qu'on soit crédible. Troisième point, les chaussures : pas de chaussures qui couinent. Imagine, tu t'avances à la barre et on entend *coui, coui*... Mauvaise impression, détournement d'attention, gaffe aux chaussures ! »

Elle se rappelle enfin ses encouragements : « Arrête de t'affoler, avec ton format, ta voix haut perchée et ta bouille de bébé, tu vas attirer la sympathie. C'est très bon, l'humilité... à condition d'être un lion intérieurement. Or, tu es un fauve, Cyrille Katz, comme moi. Nous sommes de la même trempe, tous les deux. Sinon, tu ne serais pas là. » Il lui donne tant de force !

Autour d'elle, dans son bureau, les livres sont rangés en vrac sur les étagères et les dossiers s'entassent entre un reste de sandwich et du café tiédi. Dans un pot, des feutres de toutes les couleurs servent à raturer, souligner les notes qu'elle calligraphie d'une écriture minuscule, souvent illisible.

Dans cette pièce « sert-à-tout », elle s'endort souvent, vaincue par la fatigue. Un gros fauteuil à oreilles tapissé de velours vert accueille ses lectures, ses rêveries et ses tasses de thé chaud. C'est son antre, son refuge. Le seul endroit où elle se sente tout à fait sereine. Elle n'y reçoit jamais. C'est là aussi qu'elle cherche son style d'avocate pénaliste.

Ses confrères masculins ont le verbe haut, l'éloquence forte et le geste appuyé. Comment rivaliser quand on est petite, frêle et sans abattage ? Elle s'entraîne à une autre manière de défendre, rigoureuse, profonde, presque intimiste. Si le protocole ne l'exigeait pas, elle enverrait valser la pompe. Elle plaiderait en tenue de ville et rien ne la distinguerait des jurés.

Elle veut faire oublier la robe, l'apparat. Elle espère avoir suffisamment de poids pour que son apparence n'ait aucune importance. Elle va s'adresser individuellement à chacune des femmes et à chacun des hommes assis à côté des magistrats professionnels, pétrifiés d'avoir à juger quelqu'un sans autre habilitation qu'un statut de citoyen dont ils ont pris conscience d'un coup, en recevant par la poste une convocation.

Elle ne confondra pas salle d'audience et salle de spectacle. Ce qu'elle déposera dans le prétoire, ce sont ses tripes. Pleine de doute et d'ambition, elle a hâte d'en découdre à sa façon. Son authenticité sera son arme. Elle va ridiculiser les effets de manches, les phrases chocs, les citations emphatiques. Fini les clichés remâchés de procès en procès. Elle parlera la langue de tous les jours, quitte à hésiter, à chercher ses mots. Elle pourra même avoir les larmes aux yeux...

Dans la solitude de son bureau, elle creuse ses convictions et... son humanité. Oui, s'humaniser elle-même pour humaniser Loïc Peyrat. Faire ressentir l'étau de la relation mère-fils, l'abandon d'un père, la solitude d'un enfant sans cesse déraciné. D'une certaine façon, elle doit présenter l'assassin comme une victime, mais sans exagérer non plus, pour ne pas faire offense à la petite morte.

Elle va insister sur le père, Philippe Peyrat, qui a tout déclenché. Elle espère le faire venir à la barre. Bien calée dans son fauteuil à oreilles, elle réfléchit. Devra-t-elle s'indigner ouvertement ou se contenter de répéter ses expressions : « Ce coup de couteau était "juste" une maladresse ? »

Elle imagine leur échange dans la salle d'audience.

« Et ensuite, monsieur Peyrat, vous les avez suivis, surveillés. Ils ont eu très peur...

— On ne quitte pas le foyer conjugal sans s'expliquer. Ils méritaient bien une petite leçon, non ? Rien de bien méchant. Je les titillais, c'est tout.

— Vous avez fait plus que les titiller, monsieur Peyrat, vous les avez menacés.

— C'est tellement vieux, tout ça !

— Vous dites qu'"ils" méritaient bien une leçon. Comme si votre petit garçon de trois ans était aussi responsable que sa mère...

— Forcément, ils étaient comme cul et chemise, toujours dans les bras l'un de l'autre.

— Cette "leçon" dont vous parlez consistait à les suivre, à les espionner... Cela s'appelle de l'intimidation, monsieur Peyrat. Ne pensez-vous pas que ce soit terrifiant pour un enfant ? »

Puis elle l'amènera à parler de son fils... Il répétera sans doute : « Mon fils, quel fils ? Je n'ai que des filles. »

Cyrille espère qu'à ce stade, on sera triste pour Loïc petit garçon. Et donc moins sévère pour l'adulte criminel qu'il est devenu.

Tout en préparant cet interrogatoire, elle pense à certains de ses confrères, qui lui demandent comment elle peut défendre une « ordure pareille ». Elle leur répond qu'un homme n'est jamais seulement une ordure. Son côté sombre a pu l'envahir mais il n'est pas que cela...

Elle se sent fatiguée soudain. La noirceur de l'affaire la submerge. Pour se changer les idées, elle ouvre ses fenêtres ou va se promener sur le port. L'air marin lui fait toujours du bien.

*

Des enfants sur leur tricycle, des amoureux main dans la main, des rouleaux d'écume qui refluent sur le sable. Comme elle aime le rythme du ressac, l'odeur de bord de mer, le cri des mouettes, le bourdonnement de la vie. Parfois, elle se demande pourquoi elle passe ses dimanches le nez dans ses dossiers. Pourquoi cette plongée dans le crime, alors qu'elle pourrait flâner avec un fiancé ?

La réponse, elle la connaît. Les courses, le ménage, les banalités... Le quotidien l'ennuie. On l'invite parfois dans des dîners. Elle s'y comporte comme on prendrait l'ascenseur, distraite, sans prêter attention à ce qui arrive, sans retenir un seul mot, entièrement à sa hâte de retourner à son monde étrange et cruel où tout est dur, fort, dérangeant, nourrissant. C'est l'intensité qui l'attire. Dans son métier, il est question de vie ou de mort. Les enjeux sont puissants, les minutes décisives. Elle aime être bousculée, en insécurité. C'est ainsi qu'elle se sent vivante.

De retour chez elle, à la nuit tombée, emplie d'air pur et nourrie du spectacle des familles heureuses, elle a l'esprit encore plus clair. Il faudra, pense-t-elle, exprimer sa compassion à l'égard des Pozzi. Dire son horreur du crime et son angoisse à l'idée que sa propre fille puisse ainsi disparaître de la pire manière (ce sera sa seule concession à la vérité puisqu'elle n'a pas d'enfant).

Ensuite elle entrera dans le vif du sujet en insistant bien sur un point : Loïc a côtoyé des bébés, puisque sa mère est nourrice, mais jamais il n'a eu de comportement ambigu. Les petits l'auraient signalé à leur manière. Ils auraient pleuré, l'auraient tenu à distance. Or ils adoraient leur « Lolo ». Un Lolo qui les respectait.

Cette mise au point faite, faut-il poser publiquement la question ? Faut-il demander : Loïc Peyrat est-il pédophile ? Elle étudie son expression dans le miroir. Quel ton employer ? Quel mot utiliser ? Doit-elle adoucir ce terme trop cru et parler, de manière plus elliptique, « d'attirance envers les enfants » ? Elle va appeler à la barre le Dr Lutz, l'expert psychiatre qui l'a examiné, et lui faire expliciter ce qu'il entend par les mots « immaturité sexuelle », concernant Peyrat. Comme si la croissance de ce très jeune homme n'était pas terminée. D'après le médecin, sa sexualité aurait pu mûrir au contact des jeunes filles de son âge, mais ses déménagements fréquents l'ont rendu timide et l'ont empêché de les fréquenter. Son besoin d'attachement s'est reporté sur les enfants. C'est avec eux qu'il se sent bien mais sur eux aussi, hélas, qu'il fantasme parfois. Pour le Dr Lutz, sa pédosexualité est accidentelle et transitoire. Sexuellement, il va mûrir, évoluer.

— Écoutez bien ce que nous dit l'expert : « Loïc Peyrat est récupérable. »

« Récupérable », elle répétera le mot deux fois.

Elle relit quelques notes et reprend :

— Ce retard de croissance sexuelle provoque en lui beaucoup d'angoisse et de culpabilité. Il est tiraillé. Sa morale lui interdit de toucher aux « gosses ». Parce que c'est mal. Parce qu'ils sont trop petits pour ça. Sa mère est catégorique sur ce point. D'un autre côté, il est influencé par l'air du temps. Par ces écrivains, ces chanteurs, ces intellectuels qui vantent les « amours plurielles », comme ils disent. Et vont jusqu'à prétendre que leurs jeunes victimes sont consentantes, et heureuses des caresses adultes.

» Est-ce bien ou mal ? Loïc hésite. Il s'approche des enfants. Il les fréquente, sans aller plus loin. Il a trop de scrupules. Il est ce qu'on appelle – écoutez bien cette nuance, mesdames et messieurs les jurés – un « pédophile abstinent ». C'est-à-dire qu'il est attiré par les enfants mais qu'il s'interdit tout passage à l'acte.

Cyrille continue devant sa glace :

— Autrement dit, il n'appartient pas à cette catégorie d'abuseurs qui approchent, touchent et violent sans se soucier des dégâts psychiques qu'ils vont causer. Rien à voir avec ces pédophiles criminels ayant pour seule loi leur bon plaisir.

» Mais alors, si le jeune Loïc Peyrat est un pédophile abstinent, que s'est-il passé, en ce lundi de Pentecôte 1974, pour que ses barrières morales s'écroulent ? Pour qu'il transgresse la loi, lui qui s'en empêche habituellement, de toutes ses forces ?

» Lorsqu'il était à l'armée, Loïc s'est dégagé de l'emprise affective de sa maman. Il s'est émancipé. Il s'est même fait un copain. Ils ont partagé leur chambrée, bu des bières, approché des filles peut-être. Ce copain s'appelle Richepin. Ils ont promis de se revoir plus tard, en France, comme dans les amitiés de vacances. Pour Loïc, c'était une promesse ferme, un engagement. Pour Richepin, une vague possibilité. Loïc lui a téléphoné plusieurs fois mais son seul « ami » ne l'a jamais rappelé.

» Ce lundi de Pentecôte, Loïc prend la mesure de sa solitude. Il a vingt ans. Il possède une automobile. Il peut partir en balade, au bord de la mer. Mais il n'a personne avec qui partager ces moments. Une fois de plus, il n'a que sa mère dans la vie. Or, elle refuse de l'accompagner sous un prétexte fallacieux. Il conduirait trop vite...

» Cette solitude si profonde l'emplit de rage et de chagrin. Il est malheureux. Le dimanche soir, il s'enivre et va de bar en bar, lui qui boit si rarement. Comme si cela ne suffisait pas, il commet une autre transgression. Il y a longtemps qu'il pense à son père. Il connaît son adresse, elle est facile à trouver. Jusqu'ici, il s'est interdit de le contacter. Il sait à quel point sa mère en éprouverait de peine. Que son fils cherche à voir celui qu'elle nomme « l'Affreux », ce serait la pire des trahisons !

» Loïc connaît l'histoire du coup de couteau. Elle lui a montré sa cicatrice. Il se rappelle leur fuite du domicile familial dans la nuit, et ce père espion qui les attendait devant la pompe à essence. Il a encore dans l'oreille les bruits du verrou et de la chaînette qu'elle faisait installer dès qu'ils arrivaient quelque part. Il la revoit, penchée sur lui : « Tu feras bien attention. Ne parle à personne. Ne monte jamais avec un inconnu, même si c'est une femme. Ton père a pu se remarier... »

» Ils n'avaient jamais d'adresse officielle. On leur écrivait « poste restante ». Et puis un jour, Loïc avait une quinzaine d'années, Mme Malterre a organisé une sorte de cérémonie. Elle a pris toutes les photos du père et elle a découpé son visage en décrétant : « On va le faire disparaître. On n'en parlera plus jamais. Il faut chasser les mauvais souvenirs. »

» Cependant, Loïc a besoin de savoir qui est son père. Celui-ci l'a-t-il aimé ? L'a-t-il cherché ? Lui ressemble-t-il ? Et si sa mère lui avait menti sur « l'Affreux » ? Il se sent coupable de l'envisager mais, en ce dimanche de Pentecôte, il lui en veut. Il la rend responsable de sa solitude, de sa dépendance, de sa masculinité qui n'arrive pas à s'épanouir. Alors il décide, sur un coup de tête, pour se venger d'elle peut-être, d'aller voir son père. Ce lundi 3 juin, il franchit le pas.

» Hélas pour la pauvre petite Livia, hélas aussi pour lui, cette entrevue l'abîme encore un peu plus. Il a besoin de s'épancher, mais auprès de qui ? Sa mère jugerait qu'il l'a trahie. Reste Richepin, son seul ami. Celui-ci habite à six cents mètres de la cité Saint-Ange. Il est environ 10 h 30 lorsqu'il se gare devant chez lui. Il monte l'escalier, arrive au troisième étage, cherche l'appartement 306. Il sonne. Il entend du bruit derrière la porte. Quelqu'un regarde à travers l'œilleton et... on n'ouvre pas, mesdames et messieurs les jurés. Il croit même entendre les rires d'un couple qui s'amuse, se moque de lui, de son isolement, de ses malheurs et de son immense besoin d'amitié...

» Il se sent furieux, rejeté, honteux. Il marche dans le quartier, l'esprit agité, lorsqu'il aperçoit des enfants en train de jouer. Ils sont quatre, puis deux. Un garçon et une petite fille avenante. Il s'approche et c'est le drame… Il affirmera qu'il voulait simplement l'emmener faire un tour. Peut-on le croire ? Maintenant que nous connaissons Loïc Peyrat, oui, c'est en effet possible.

» Il est possible qu'il ne distingue pas clairement l'enlèvement d'une « promenade ». C'est à peine croyable, me direz-vous. Et pourtant, n'oublions pas qu'un événement fondateur de son enfance évoque un rapt. Voyez cette mère qui s'enfuit dans la nuit avec son fils dans ses bras. Elle l'arrache à son père, à son foyer, sans lui demander son avis, sans penser que cela puisse constituer un choc. Un traumatisme qu'il rejoue en enlevant Livia. La répétition du préjudice subi, n'est-ce pas un classique du psychisme humain ? On viole parce qu'on a été violé. On devient violent parce qu'on a été battu. Et on enlève parce qu'on a été enlevé…

» Pourtant, au volant de sa voiture, avec Livia à ses côtés, il sait qu'il vient de commettre un acte grave. Il est terriblement nerveux. Il a peur d'être surpris. Il envisage de la ramener cité Saint-Ange, mais il veut lui parler encore. Il aime tant sa compagnie ! Il hésite entre les deux options et s'arrête pour réfléchir et fumer.

S'interrompant un instant, Cyrille imagine le jeune homme et la petite fille, assis l'un à côté de l'autre. La fillette est confiante. Loïc est attiré par elle. Angoissé, il enchaîne cigarette sur cigarette en se rappelant les mises en garde de sa mère. Elle est furieuse contre tous ceux – intellectuels, écrivains, chanteurs – qui vantent leurs aspirations pédophiles. L'avocate insistera sur notre responsabilité collective. « Laisser dire, c'est laisser faire », il faudra le marteler à l'audience. Elle reprend :

— Toujours est-il que Peyrat pourrait abuser de l'enfant. Ils sont loin de tout. La route est déserte.

Personne ne les voit… Il serait facile de s'enfoncer dans les fourrés. Et pourtant, il ne la touche pas. L'expertise l'a confirmé. Il la respecte. Sur ce point, il est très clair : il ne lui fera pas de mal ! Elle remonte en voiture intacte. Voilà pourquoi il a répété tant de fois aux enquêteurs, à sa mère : « Je ne suis pas un salaud. » Et c'est vrai, mesdames et messieurs les jurés, Loïc Peyrat n'est pas un salaud, sinon il aurait abusé de l'enfant…

» Ce point éclairci, une autre question se pose. L'aurait-il ramenée à ses parents sans cet accident au carrefour de La Pomme ? Oui, peut-être… Dans ses dépositions, il affirme qu'il allait le faire. Il s'est même imaginé qu'on l'accueillerait en héros ! En héros… vraiment ? Décidément, ce garçon à la mère si particulière n'a aucun sens des réalités.

» Tel est donc son état d'esprit, son état émotionnel quand il grille le stop. Comme on l'imagine, cet accident déclenche un maelström d'angoisse. Il est pris de panique. L'enlèvement va être découvert. En le voyant avec Livia, on va « penser à mal », comme il dit. Il est terrifié.

» Ce que je veux souligner ici, mesdames et messieurs les jurés, c'est qu'il n'entre dans cette histoire dramatique aucune part de préméditation. À aucun moment Loïc Peyrat ne s'est frotté les mains en pensant, comme un prédateur l'aurait fait : « Tiens, je vais partir à la chasse aux mômes et en voilà une qui fera l'affaire… »

Cyrille interrompt de nouveau sa répétition. La « chasse aux mômes » ! Elle n'est pas certaine que l'expression fasse bonne impression. Il faudra qu'elle y réfléchisse…

Elle reprend :

— Après le choc, il pourrait s'arrêter, établir un constat mais on le verrait avec Livia. Alors, il exécute une manœuvre digne d'un pilote de formule 1 : il contourne l'auto qui vient de lui rentrer dedans et repart en sens inverse. Délit de fuite. Il roule à vive allure. Odeur de caoutchouc, la roue droite frotte contre l'aile. Il s'arrête sur le bas-côté et s'aperçoit qu'il est suivi. Il sort précipitamment de la voiture et prend l'enfant par la main pour l'entraîner vers les fourrés. À ce stade, si les Manchet se contentaient de relever son numéro d'immatriculation, il redescendrait et Livia serait encore vivante. Mais Abel Manchet l'interpelle... Et la fillette, choquée par l'accident, se met à crier. C'est la catastrophe. Loïc sort le couteau qu'il a toujours dans sa poche pour bricoler ou couper sa viande, et il frappe quinze fois. Un seul coup aurait suffi. Cette sauvagerie est le signe même...

Cyrille s'interrompt en pleine envolée. Elle ne doit pas s'attarder sur le crime. Il faut à peine l'évoquer, le frôler. Le père de l'enfant sera dans la salle. Le pauvre homme pourrait s'effondrer et... détourner l'attention des jurés, qui doivent suivre le fil de sa plaidoirie jusqu'au bout. Elle passera rapidement à la conclusion. En s'avançant dans le prétoire, elle s'adressera à chacun...

— Monsieur le procureur vous a dit que ce garçon était coupable, mais est-ce tout à fait exact ?

Elle les laissera réfléchir deux ou trois secondes. Puis elle assènera qu'un meurtre de sang-froid se commet d'une manière précise, chirurgicale. Le meurtrier vise juste et s'en va. Or, Loïc s'acharne, car la véritable responsable de ce drame, mesdames et messieurs les jurés, c'est...

Nouveau suspense.

— ... la panique ! Et la suite le prouve. Les argéras, comme on les appelle en Provence, sont des buissons épineux aux racines profondes, aux épines larges et coupantes. Impossible dans un état normal de les arracher à mains nues. Trop difficile, trop douloureux. Et pourtant, Loïc y parvient ! Pour cacher son acte, un acte qui l'épouvante, il arrache ces ronces pour recouvrir sa honte et le corps de sa petite victime.

» J'ai souvent vu Loïc Peyrat, ces deux dernières années. Quand je l'ai rencontré, il n'était qu'un adolescent. Il n'avait rien à voir avec les trafiquants, les grands voyous qu'il nous arrive de défendre. Il n'avait pas leur morgue. Il était timide et d'une gentillesse courtoise. Il cherchait à collaborer. Il a aidé les enquêteurs à retrouver le couteau. Il a dessiné de lui-même le croquis de la cité Saint-Ange.

» Bien sûr que le crime de Loïc est abominable ! Qui oserait dire le contraire ? Mais d'autres hommes sont bien plus cruels ! Je pense aux violeurs d'enfants, à ceux qui les torturent avec perversité, à ces abuseurs qui les exploitent comme de la viande... Aucune commune mesure entre ces sadiques sans morale et mon client.

Cyrille se demande s'il serait judicieux d'ajouter une formule, une image, une nuance. Elle y réfléchira. En tout cas, elle tient son principal argument : Loïc Peyrat a commis le pire des crimes mais il n'est pas le pire des hommes.

- 38 -

Janvier 1976, deux mois avant le procès

Cyrille Katz est confiante. L'avocate se rend aux Baumettes pour présenter à son client ses arguments, dont elle est très satisfaite. Elle les a mûris, réfléchis pendant des semaines. Sa distinction entre pédophile abstinent et pédophile criminel lui semble imparable. De même que sa démonstration du crime de... panique. Enfin, cette enfance décrite comme solitaire sous l'emprise d'une mère étouffante devrait adoucir les jurés. Au parloir, face à Loïc, elle espère des applaudissements et c'est... la douche écossaise.

Il bondit, absolument furieux. Il lève le poing comme s'il voulait la frapper. Elle ne l'a jamais vu dans cet état. Il hurle : « Si vous touchez à un cheveu de ma mère, je vous récuse immédiatement ! Et, ma parole, vous n'avez toujours rien compris. Puisque je vous dis que je suis innocent ! In-no-cent ! Je vais en parler à maître Le Callet. Gardien ! » appelle-t-il en tapant sur la porte vitrée pour qu'on lui ouvre.

La jeune avocate veut le retenir, se justifier, mais elle perd pied. Elle n'arrive plus à trouver ses mots. Elle s'est repliée sous l'assaut et reste à présent les bras ballants devant ses notes éparses. Elle rentre au cabinet en larmes. Il faut absolument qu'elle voie Le Callet pour lui parler de leur client. Par chance, Caroline lui apprend qu'il n'est pas encore parti en rendez-vous. Décoiffée, chamboulée, les nerfs en pelote, elle fonce dans son bureau et parvient, malgré des propos confus, à lui expliquer la situation.

Elle espère de l'aide, une marque de sympathie. Il rugit, reprenant le vouvoiement :

— Mais enfin, cette histoire n'est toujours pas réglée ?! Qu'est-ce que vous foutez, Katz ! Je croyais que c'était fait depuis longtemps.

La confiance qu'il avait mise en elle semble tomber d'un coup. Elle l'entend penser : Quel imbécile j'ai été de me fier à cette fille ! Elle est idiote, incompétente. Décidément, quelle déception ! J'ai parié sur le mauvais cheval.

Cyrille s'excuse, bafouille. Elle n'a pas l'habitude. Elle aurait dû s'y prendre autrement... Le Callet doit partir. Lui aussi s'en va furieux. La jeune avocate se sent pulvérisée. Elle manque griller un feu rouge en rentrant chez elle. Il faut qu'elle se reprenne, qu'elle réfléchisse.

Assise dans son fauteuil à oreilles, le cartable de son père sur ses genoux, elle écarte l'idée de démissionner. Elle veut rester dans ce grand cabinet d'avocats et elle veut garder cette affaire. Une affaire qu'elle doit gagner en sauvant Peyrat de la peine maximale. Mais d'abord, comment regagner l'estime de son mentor ? Il lui reste une carte à jouer, pour ne pas dire un recours, c'est Louise. Au fond, la jeune avocate admire cette mère courage qui fait tout pour son fils. En trouvant les bons arguments, elle saura la convaincre de renoncer à ses proclamations d'innocence. Elle a tout le week-end pour y parvenir. Il faut qu'elle aille à Nice et qu'elle lui démontre, point par point, ce qui sautera aux yeux des jurés : la culpabilité de Loïc.

Cyrille téléphone à la mère. Elle parle de lui rendre « une petite visite » dans la matinée du lendemain et de lui montrer « des éléments d'enquête ». Louise, fidèle à elle-même, accueille chaleureusement sa demande. Elle est heureuse d'entendre « une voix amie » car, ces jours-ci, elle a le cafard. Elle vient de vendre son appartement. Elle va quitter sa chère Corniche-Fleurie, la mort dans l'âme. Même Mickey ne ronronne plus...

L'avocate prend la route tôt le matin. Elle roule lentement, sans profiter du paysage. Les nouvelles annoncent la mort d'Agatha Christie, la reprise des combats au Liban, un remaniement ministériel du gouvernement Chirac. Elle éteint, agacée. Elle veut rester concentrée. À l'approche de la résidence, l'avocate a les mains moites. Comment Louise va-t-elle réagir ? Elle croit toujours à l'innocence de son enfant chéri. En réalisant qu'il est coupable, va-t-elle s'effondrer, l'agresser ou se faire du mal ? Cyrille redoute une réaction extrême.

La résidence est plus triste en hiver. Les enfants ont déserté le parc et le toboggan. Le ciel jette une lumière froide sur l'alignement monotone des immeubles. Les clients du supermarché sont pressés et emmitouflés. Ils ne s'attardent pas pour discuter. Cyrille se gare près des caddies. En poussant la porte du 61, elle réalise combien il est facile de monter chez Mme Malterre. La presse et les curieux ont dû sonner à sa porte, glisser des messages, mais elle n'en a parlé à personne, surtout pas à son fils.

Louise l'accueille avec un pâle sourire. Elle éteint la télé, qui doit tourner en continu.

— Je ne peux plus supporter le silence. J'ai besoin d'entendre des voix, besoin qu'on me parle. Cette chambre vide à côté, cette absence, c'est tellement triste. Heureusement que j'ai mon petit chat, sinon je ne sais pas ce que je deviendrais. Le temps est si long sans Loïc. On s'écrit presque tous les jours mais je sens qu'il est malheureux. Je n'arrive pas à lui redonner le moral. L'injustice, c'est terrible.

— Que voulez-vous dire ?

— Qu'on ne peut rien faire contre la calomnie. On se bat depuis un an et demi mais personne ne veut entendre. Vous-même, me dit Loïc. Il vous aime bien, là n'est pas la question. Il vous trouve gentille, mais vous le croyez coupable...

— Justement, c'est l'objet de ma visite. Je voudrais vous montrer pourquoi j'ai des doutes. Et pourquoi les jurés en auront aussi.

— Vous voyez, vous partez avec des a priori. C'est ça qui est intolérable. Un avocat, c'est fait pour défendre son client, pas pour l'enfoncer.

— Louise, regardez-moi dans les yeux, et je vous en supplie, croyez-moi quand je vous jure que je veux le bien de Loïc. Je le veux plus que tout au monde en ce moment.

Cyrille regarde autour d'elle. Sur le balcon, les fleurs fanées pendent au bout de leurs tiges séchées. Des miettes traînent sur la table basse. Les jouets ont disparu.

— Vous ne gardez plus d'enfants ?

— Oh, les parents ont été solidaires, au début. Ils m'aimaient bien. Ils appréciaient mon travail. Mais quand ils ont vu l'ampleur que prenait l'affaire, et tous ces gens à l'entrée de l'immeuble, ils ont pris peur. Comme une nouvelle année scolaire commençait, ils ont trouvé d'autres nourrices, sans me le dire en face pour ne pas me faire de peine. Ils ont inventé des excuses :

on leur accordait une place en crèche, ils déménageaient mais, en bas, je vois les petits avec d'autres Tatas. Ils me sautent au cou pour me faire des bisous. J'en pleurerais. Ne dites rien à Loïc, surtout, il pense qu'on nous soutient.

— Mais alors, vous vivez de quoi ?

— J'ai repris mon ancien travail de serveuse. C'est pratique, c'est modulable. Je peux aller voir mon fils plus souvent car, vous n'allez pas me croire, j'ai appris à conduire.

Comme elle dit ça fièrement !

— Formidable !

— Mais j'ai vendu Bastard. Un bon prix d'ailleurs. Quand on a su que c'était la voiture de l'affaire Pozzi, les enchères sont montées. Y a des collectionneurs pour ce genre de souvenirs. Monsieur Gus est venu de Paris pour s'assurer que l'acheteur n'était pas un tordu qui me voulait du mal. Il est très fidèle, vous savez. Il suit la piste de l'homme à la gourmette, enfin quand il a le temps. Son travail l'occupe beaucoup. Il est revenu une fois avec sa petite collègue, Pauline. Ils avaient une enquête dans le coin. Ils s'entendent bien, tous les deux. Il la trouve très douée. Ils seront là pour le procès. Ils viennent exprès pour nous soutenir.

— Exprès ? répète Cyrille, dubitative.

— Oui, exprès ! Ce sont des amis, maintenant. On peut compter sur eux. Il faut dire que j'appréhende la foule et les mauvaises langues. Vous voulez un café ?

— Volontiers, et après on y va...

— Je vais vous le servir avec des pralines roses. C'est moi qui les fais. Loïc se moquait de moi : « Une vraie gourmandise de grand-mère ! » Vous voulez la recette ?

— Non, merci, dit Cyrille, qui retrouve Louise fidèle à elle-même : généreuse, adorable, et à côté de la plaque.

— J'ai commencé à remplir des cartons mais les affaires de Loïc, je n'y arrive pas. C'est dur de renoncer à vivre ici avec lui.

— Je comprends, dit Cyrille distraitement, mais il faut qu'on parte. On a du chemin à faire.

— Où va-t-on exactement ?

— Je voudrais vous montrer les lieux de l'enlèvement, les Chartreux, la cité Saint-Ange. Loïc et vous parlez d'un platane qui « crève les yeux » et que ne montre pas son croquis, celui qui accompagne ses aveux... Et puis la champignonnière. Vous verrez l'endroit où on a retrouvé le couteau, sur les indications de Loïc.

— À quoi bon remuer tout ça ?

— Mais pour aider votre fils, il est en danger de...

— De quoi ? On lui a tout fait...

— Vous ne comprenez pas, Louise, si on ne fait pas quelque chose pour lui, il risque la...

— La... ?

— Vous savez bien, la peine de mort. Je suis désolée...

— La peine de mort, vraiment ! Pour si peu ?

★

Dans la voiture de Cyrille, les deux femmes se taisent. Chacune semble perdue dans ses pensées. La caisse de Mickey est sur les genoux de Louise. Le petit museau du chat cherche l'air, ses oreilles sont à l'affût. Elle n'a pas pu l'abandonner, tout seul, un dimanche. Louise a mis un foulard beige et un manteau marron. Ses tenues ont perdu en gaieté. À moins que ce ne soit l'hiver. Cyrille fixe la route. Elle ne trouve rien à dire. Elle n'a plus qu'un objectif : rallier la mère à sa vision des choses.

Le paysage défile. La circulation est fluide. La radio meuble leur absence de conversation. Voici enfin

Marseille et le quartier des Chartreux, l'église où les enfants Pozzi ont été baptisés, où l'enterrement a été célébré... Les immeubles de la cité Saint-Ange, où quelques espaces verts ont été aménagés depuis le drame.

Louise ouvre de grands yeux. Soudain, elle se penche, croit reconnaître la « rue qui monte » aperçue aux « nouvelles télévisées ». À moins que ce ne soit Gus qui lui ait montré une copie du croquis.

— Et voilà le platane ! s'écrie-t-elle en pointant du doigt l'arbre gigantesque qui masque les immeubles et l'entrée des garages. Mais regardez ! Monsieur Gus a raison : on ne peut pas le manquer. Il crève les yeux. C'est la preuve que le dessin de Loïc est un faux. Il a recopié un schéma qu'on lui tendait, sinon l'arbre serait forcément dessiné, en plein milieu de la page...

Louise est aussi excitée que si elle découvrait un trésor. D'ailleurs, elle remercie l'avocate.

— J'hésitais à venir, mais maintenant que je suis ici, je suis bien contente. Grâce à vous, j'ai sous les yeux la preuve qu'on cherchait. Pas de platane, pas de réalisme, donc reproduction d'un modèle, c'est aussi simple que ça !

L'avocate ne dit rien. Elle attend son heure.

— Venez, on va se ranger devant les garages, à l'endroit exact où Livia est montée dans la voiture du ravisseur. Vous me suivez ?

— Mais oui, bien volontiers, dit Louise avec entrain.

Guillerette, avec sa caisse à chat au bout du bras, elle escorte la jeune femme qui emprunte la « rue qui monte » et s'arrête devant un carré d'herbe verte blanchie par le givre.

— C'est là que les enfants ont cueilli des fleurs pour leur maman, annonce l'avocate. Mme Pozzi les a appelés de cette fenêtre, celle du premier étage. Quant au ravisseur, il est sûrement arrivé par ici, puisqu'il venait d'en bas. Il les a accostés gentiment en leur demandant de l'aide pour retrouver son chien. Il a proposé au petit garçon de partir de ce côté et a emmené la fillette en sens inverse. Faisons comme eux, voulez-vous...

Louise, toujours confiante, accepte de bon gré.

— Et je vous parie que l'homme au chien est un hippie qui porte un bandeau, des colliers et une gourmette...

— Admettons ! Donc, Livia et son ravisseur arrivent par ici. Ils dépassent le muret, et montent dans la voiture. Vous êtes d'accord ?

— Oui, ça tient debout.

— Et que remarquez-vous, Louise ?

Elle hausse les sourcils.

— Je ne sais pas. Que voulez-vous que je remarque ?

— Le platane...

— Oui, quoi, le platane ?

— On le voit en arrivant, mais ensuite il disparaît du champ de vision.

Louise n'a pas l'air de comprendre. Elle regarde autour d'elle.

— Et alors ? demande-t-elle, agacée.

— Eh bien, il n'est pas étonnant qu'il ne figure pas sur le croquis, puisqu'il n'est pas visible sur le trajet que nous venons de faire...

— Mais ça n'a rien à voir ! s'écrie Louise, butée. Vous confondez tout. Loïc a recopié le dessin qui était punaisé sur le mur du commissariat, point final. Pourquoi vous m'embrouillez ?

Quand elles remontent en voiture, l'ambiance est tendue. Elles se dirigent vers la voie express empruntée par le ravisseur et sa victime. Elles filent en direction du carrefour de La Pomme. Louise caresse nerveusement le chat, qu'elle a sorti de sa caisse. Elle ne prête aucune attention à la route, au paysage, comme si elle refusait d'imaginer le parcours d'un meurtrier. Une fois à l'embranchement, Cyrille explique le déroulement de l'accident.

— Loïc a grillé le stop. Malheureusement, une voiture venait de Nice par la gauche. Elle a freiné sur neuf mètres, mais n'a pas pu l'éviter. C'est alors que votre fils a fait une manœuvre d'une habileté incroyable...

— Oh oui, il conduit trop vite mais très bien, comme un pilote.

— Il s'est dégagé de la voiture qui l'avait embouti. Il a contre-braqué et il est reparti de là d'où il venait, donc de Marseille. D'ailleurs, on va faire comme lui. Sous le panneau Sisteron, on coupe la route et on fait demi-tour.

Louise ne dit rien. Elle chatouille le cou de Mickey. Cyrille continue ses explications.

— Une voiture le prend en chasse. Il a deux ou trois virages d'avance. La roue qui frotte sur l'aile est peut-être crevée. Il est obligé de s'arrêter à peu près ici.

Cyrille se gare.

— Faites attention en descendant, il y a un fossé assez profond. On peut facilement tomber et se faire mal.

— Ça n'arrivera pas, dit Louise. Je reste dans la voiture.

— Comment ça, vous ne voulez pas descendre ?

— Non, merci.

— Pourtant, je voudrais vous montrer les argéras, ces ronces...

— Je sais ce que c'est !

— Les mains de Loïc étaient griffées et rougies, or le corps de...

— Ça ne m'intéresse pas, dit la mère. S'il en a arraché, c'était pour sortir de la champignonnière. Vous mélangez tout !

— Je suis désolée de vous contredire, avance Cyrille d'une voix douce, mais pour favoriser l'adhérence des roues, il a utilisé des branches d'ormeau. Rien à voir avec les ajoncs qui recouvraient la petite.

Louise n'écoute plus. Elle s'adresse à son chat :

— Bouche-toi les oreilles, mon minou. On raconte n'importe quoi pour te faire de la peine.

Et s'adressant à l'avocate, fâchée :

— Mais vous, vous êtes dans quel camp, au juste ?

— Dans le vôtre, Louise, et celui de Loïc, n'en doutez jamais, répond Cyrille doucement, avec le sentiment de se répéter. Il faut aussi que je vous emmène dans la champignonnière, j'y tiens. Nous pourrons vérifier si des ronces ont pu être arrachées là-bas également.

*

Cyrille met son clignotant. La barrière est levée, le sentier dégagé. Elle avance tout droit et bifurque vers la gauche. La galerie est à environ un kilomètre.

— Eh bien, c'est complètement perdu, ici ! constate Louise.

— En effet, dit l'avocate. Difficile d'arriver ici par hasard.

— Pourtant, Loïc n'était jamais venu ! Comment il a pu trouver le chemin ?

— Je ne vous le fais pas dire…

L'avocate arrête la voiture devant un tas de tourbe. Louise ne se presse pas, mais finit par accepter de descendre du véhicule. Elle passe une petite laisse autour du cou de Mickey.

— Ne m'en veux pas, mon petit chat, mais c'est plein de souris par ici. Comment je ferais pour te rattraper si tu t'échappes ?

Mickey trottine derrière elle, heureux d'être à la campagne. Cyrille s'engage dans la galerie.

— Brrrr, que c'est sombre, constate Louise. Et ça sent le moisi.

— Oui, on ne vient pas là pour pique-niquer... commente Cyrille. Je voulais vous montrer les ormeaux que Loïc a mis sous ses roues pour se désembourber.

Elle arrache sans effort quelques plantes à tige lisse.

— Vous voyez, pas d'épines. Et pas d'argéras alentour...

L'avocate sort une photo de son cartable.

— Je voulais vous montrer autre chose. Une photo de couteau. C'est bien le couteau que vous avez offert à Loïc pour ses quinze ans ?

— Exact, il y tient beaucoup. Un couteau à cran d'arrêt avec un manche en nacre, un vrai cadeau de garçon. Il s'en servait pour bricoler, pour couper sa viande comme les hommes à la campagne. Ils étaient inséparables, tous les deux...

— Les gendarmes ont donc retrouvé le couteau sur les indications de Loïc.

— Qu'ils disent, mais est-ce que c'est vrai ? Ils ont mis deux heures à le dénicher dans un petit tas de terre. Si les indications avaient été si claires, ils l'auraient trouvé beaucoup plus vite. En plus, ils ont récolté des tas de bouts de ferraille, et même un fer à cheval. Ce n'était sûrement pas la seule lame dans ce dépotoir.

— C'est le journaliste qui vous a raconté tout ça ?

— Exactement, il m'a tenu informée de tous les éléments de l'enquête.

— Venez voir, Louise, venez par ici. Voilà à quoi ressemble votre « petit tas ».

La mère de l'accusé reste un instant interdite devant ce qui représente l'équivalent de deux étages d'immeuble, dix-sept mètres cubes de terre et de végétaux.

L'avocate enchaîne :

— Les gendarmes ont utilisé ce qu'ils appellent une « poêle à frire », un détecteur de métaux. Dans un premier temps, ils ont retiré des clous, des bouts de ferraille, des ustensiles de cuisine, c'est vrai, une vraie décharge à ciel ouvert ! Mais, comme ils ne trouvaient pas ce qu'ils cherchaient, ils ont téléphoné aux policiers qui interrogeaient Loïc pour qu'il donne des précisions sur l'endroit exact où il avait caché l'arme du crime…

— Et alors ? dit Louise, qui écoute attentivement, prête à objecter.

— Eh bien, votre fils a été plus précis. Il a spécifié que le couteau était « à droite du petit cabanon en béton ». À partir de là, les gendarmes n'ont pas mis cinq minutes à le localiser. Loïc savait exactement où déloger son couteau ensanglanté.

Louise aurait besoin de s'asseoir et de boire un peu d'eau. Mickey attend sagement à ses pieds.

— La police a pu le placer là exprès. Pour l'accuser…

— Gendarmes, policiers, ils étaient nombreux, près d'une cinquantaine, et ils auraient tous été de mèche ?

— Il suffit d'un.

— Et où ce fonctionnaire aurait-il trouvé le couteau de Loïc ?

— Dans sa poche…

— Ça ne suffit pas, il aurait fallu aussi qu'il imprègne la lame du sang de la victime. Vous voyez un gendarme ou un policier faire ça ? Et dans quel but ?

— Alors, c'est l'homme à la gourmette qui l'a jeté, après son crime, dans le tas de tourbe.

— Très bien, mais comment votre fils connaissait-il l'endroit où l'arme avait été jetée ? Vous les imaginez tous les deux, là où nous sommes, « Regarde, Loïc, je cache ici le couteau qui t'appartient et qui t'accuse.

Tu n'oublieras pas de le dire aux gendarmes » ? Allons, madame Malterre, ça ne tient pas debout !

La pauvre mère ouvre le col de son manteau, ôte son foulard. Elle a chaud. Elle n'arrive pas à se relever. Elle retourne à la voiture, tire sur la laisse de Mickey, le fourre dans sa caisse.

— Partons d'ici ! dit-elle faiblement.

Elle ne veut plus qu'on lui montre quoi que ce soit. Cyrille insiste :

— Je suis désolée, Louise, mais l'innocence de Loïc est indéfendable. Il y a ses mains abîmées, le couteau, ses aveux, le croquis… et le pantalon bleu taché de sang qu'on a retrouvé dans le coffre de sa voiture.

— Un vieux pantalon qu'il utilise pour bricoler…

— Et qui est à la dernière mode : pattes d'éléphant, avec un pli impeccable… Allons, on ne peut pas lutter contre l'évidence. Les magistrats et les jurés détestent qu'on les prenne pour des imbéciles et qu'on cherche à leur faire gober n'importe quoi. Devant une cour d'assises, proclamer l'innocence de Loïc passera pour une provocation. Il est coupable, Louise, et il faut le dire… en plaidant les circonstances atténuantes : c'est un bon garçon qui ne voulait pas faire le mal.

— Ça suffit ! s'écrie Louise. J'en ai assez de vos sornettes. Votre patron, maître Le Callet, est plus compétent que vous. Et beaucoup plus connu. D'ailleurs, c'est lui qu'on voit à la télé, à propos de cette affaire, et d'autres aussi. Si on doit passer par la hiérarchie, on le fera. Ce n'est pas une petite avocate à peine plus âgée que mon fils qui va nous dire comment le défendre. Je ne peux plus vous supporter. Laissez-moi à la première gare. Je rentre en train ! À Nice, je trouverai bien un bus…

- 39 -

Louise arrive rue de la Corniche-Fleurie exténuée, contente que les rues soient sombres et la nuit tombée. Surtout ne croiser personne, même pas Ursula. Elle passe par l'escalier, rase les murs au sens propre quand elle longe le couloir. Sa clé tremble devant la serrure. Elle referme la porte de son appartement, le cœur battant, comme si elle venait d'échapper au diable. Elle lâche son sac, libère Mickey. Mécaniquement, elle retire ses chaussures et enfile ses mules.

Elle se dirige ensuite vers l'armoire du salon, attrape le whisky des invités, s'en verse une solide rasade et va sur le balcon. La lune diffuse une lueur bleutée qui blanchit les pierres et les plantes. Elle s'installe dans son fauteuil à bascule, le verre posé sur son ventre. Et elle commence à se balancer d'avant en arrière, comme les malades mentaux s'apaisent de leur propre va-et-vient. Un hurlement reste bloqué dans sa gorge nouée. Ses larmes aussi sont paralysées. Elle espère ne jamais rallumer la lumière. Ne plus jamais avoir à sortir. Ne plus jamais avoir à vivre.

Soudain, elle se lève, s'agrippe aux meubles dans le noir, comme une aveugle. Elle dépasse le canapé, celui des puzzles et des soirées télé. Devant la chambre de Loïc, elle hésite un instant et entre finalement d'un pas décidé. Elle ouvre les rideaux, allume toutes les lampes et se met à fouiller frénétiquement, partout. Elle balance livres, cahiers, dessins comme on jette l'inutile par-dessus bord.

De retour au salon, elle reprend sa grille de mots croisés pour se détendre – encore une activité qu'elle partageait avec Loïc. Elle a du mal à se concentrer. Soudain, un entrefilet du magazine daté du 29 mai 1974 (cinq jours avant la mort de la fillette !) attire son attention. Elle lit : « Un satyre déguisé en hippie aborde les enfants dans une cité de Marseille. Il prétend avoir perdu son chien… » Son fils l'a-t-il lu ? S'il était là, elle crierait pour le savoir. Elle se lève, s'énerve.

Cette inhabituelle agitation sidère Mickey, qui se tapit sous le bureau. Louise soulève le matelas, l'oreiller, inspecte les étagères de la penderie et les poches des vêtements. Elle s'attarde un moment devant le pêle-mêle qui avait intrigué Pauline, sans savoir ce qu'elle cherche. Ce sont surtout des photos de Loïc, une seule avec elle, à la sortie de l'église, un jour d'office. Elle porte un manteau chaud. Sa cravate lui donne l'allure d'un petit homme mais ses joues sont encore bien rondes. Il a huit ans et demi. Elle n'avait jamais remarqué son regard un peu dur, presque cruel. À moins que ce ne soit l'avocate qui lui ait mis de la pourriture dans le regard !

Elle continue son inspection, passe sur les photos de Loïc en militaire, Loïc devant sa belle auto enrubannée. C'est dans le coin droit que quelque chose attire son attention. Un bord dentelé qui semble caché sous les autres. Elle l'extrait et toute une série de photos tombent par terre, sauf une qui lui reste dans les mains. C'est la photo qu'a vue Pauline, et que Louise essaie d'oublier… C'est Iris, la jolie petite fille qu'elle gardait lorsqu'ils vivaient à Bruxelles. Elle est assise par terre. Ses lèvres brillent et ses yeux rieurs fixent l'objectif… Rien d'anormal apparemment mais on peut y voir une invite. Loïc, elle se le rappelle maintenant, insistait pour prendre l'enfant sur ses genoux.

Rouge et transpirante, Louise éteint la lumière et claque la porte. Elle se sent nauséeuse. Il faut qu'elle boive de l'eau pour commencer. Un autre whisky ensuite, puis encore un autre. Cul sec, tant pis pour les invités ! De toute façon, elle n'en aura plus.

Quand elle a retrouvé un peu de force, elle se dirige vers sa propre chambre d'un pas mal assuré. Elle extrait de sous son lit une petite valise en cuir beige. Classé par année, elle a tout gardé : les dessins d'enfant de Loïc, ses cartes postales de colonie de vacances, leur correspondance de l'armée, et enfin ses lettres de prison. Celle qu'elle cherche date d'environ un an. Elle ouvre les enveloppes, parcourt rapidement l'écriture enfantine. Oui, la voilà. Elle tapote le papier du doigt. À la goutte d'eau qui vient dissoudre l'encre bleue, elle comprend qu'elle pleure. Elle pourrait aussi bien hurler de douleur ou crier de rage.

— Là, c'est là, Mickey…

Elle parle toute seule, entre ses dents.

— Là ! Je ne peux pas y croire…

Loïc a écrit : « Il aurait suffi que les enfants remontent chez eux, que la fillette porte un pantalon au lieu d'une robe ou que je rencontre un clou sur ma route et ce malheur ne serait jamais arrivé… »

Elle crie maintenant :

— Je rêve ou es-tu en train d'avouer que l'homme à la gourmette n'existe pas ? Que tout a dépendu de toi et du hasard qui a placé cette enfant sur ton chemin, ce jour-là ? Tu dis qu'il n'y avait que toi ce lundi de Pentecôte, cité Saint-Ange, et comment sais-tu qu'elle portait une robe si tu ne l'as jamais vue ? Hein, Loïc, comment le sais-tu ?

Elle tend l'oreille, à l'affût de protestations des voisins tant elle a crié fort.

Elle se prend le front dans les mains. Elle le masse rudement, comme pour remettre ses idées en place.

— Et ces seringues qu'ils ont trouvées dans ton tiroir ? Est-ce que c'était prémédité, Loïc ? Est-ce que tu voulais faire le mal ?

Peu à peu, elle raccorde des séquences éparses. Tout lui revient en mémoire. Une déferlante de vérités semble la submerger. Elle repense à ces alertes qu'elle n'a pas voulu voir. À ces discussions sur les *Martine*. À ce jour, au cinéma, où elle a surpris un geste déplacé. Loïc était assis à côté d'une petite fille. Il semblait absorbé par le film mais sa main, elle, devait caresser l'enfant. La fillette s'est levée précipitamment pour changer de place et sa mère indignée l'a traité de pervers. Loïc n'a pas bronché, comme si cet incident ne le concernait pas. Il a continué de fixer l'écran, captivé. Louise a douté. Avait-elle rêvé, mal vu ? Tout s'était passé si vite. En y repensant aujourd'hui... elle est sûre qu'il faisait le mal. Elle aurait dû demander des explications.

Elle se rappelle aussi l'histoire de la piscine. Loïc en était revenu outragé. C'était juste avant son départ au service militaire. Il s'était arrêté dans les vestiaires pour regarder une fillette coiffer ses « cheveux d'or ». Le grand-père de la petite avait foncé sur lui, prêt à se battre. Loïc ne comprenait pas où était le mal. Regarder une enfant, la trouver jolie, la complimenter... Sauf qu'il la désirait, et le vieil homme l'avait surpris. Louise aurait dû creuser et insister : désirer un enfant est, déjà, une agression. Mais elle avait regardé l'incident de biais, comme toujours. Comme un crabe avance sur le sable.

Elle s'en veut tellement !

Ce soir-là, tandis qu'elle se tient assise dans son canapé, ivre de chagrin et de whisky, devant son téléviseur éteint, toute son existence chavire. Elle se prenait pour une femme courageuse qui avait su quitter un homme violent. Pour une aventurière qui avait voyagé, changé de pays, de métier pour nourrir son fils dignement. Elle était si fière d'en avoir fait un homme, et un homme bien, pas un roi, pas un génie, mais un garçon aux doigts agiles, un fils gentil capable de faire son bonheur et celui des autres.

Elle aurait dû rester avec l'Affreux. Au moins, son fils aurait eu un père... Après tout, c'est peut-être un père qui lui a manqué. Un père pour le remettre dans le droit chemin. Et des copains... Elle aurait dû se fixer quelque part pour qu'il ait le temps de se lier et d'avoir des petites amies. Et elle aurait dû montrer ses amants de passage. Au lieu de se cacher pour faire l'amour afin de préserver son fils chéri. Une mère doit-elle être une femme aux yeux de ses enfants ? Jusqu'à quel point ? Louise croyait avoir toutes les réponses et elle ne sait plus rien. Elle est paumée. Épouvantée. Elle pensait être une battante, elle n'est plus qu'une ratée, puisque son petit Dieu est un monstre qui a tué une enfant, une enfant ! Mais comment est-ce possible ? Comment peut-on en arriver là !

Elle va se foutre en l'air, tiens. La solution lui vient d'un coup. Pour une fois, elle va penser à elle et faire taire la souffrance et l'angoisse qui s'emparent d'elle encore plus durement depuis qu'elle sait. Mais que deviendra Loïc sans sa Maman chérie ? Sans elle pour lui servir de bouclier, de paravent, de coussin, de pare-chocs ?

Qu'il se débrouille, elle s'en moque ! Qu'il grandisse, qu'il assume ses actes désormais, au lieu d'avoir une mère qui console, rassure, minimise et… ferme les yeux. Se jeter par le balcon et tomber comme une masse, explosée au pied des charognards qui la guettent et l'insultent. Oui, c'est ce qu'elle va faire.

Elle se lève péniblement, s'avance sur la petite terrasse en demi-lune. Elle marche sur les feuilles et les fleurs fanées qui s'accrochent à ses mules. Elle regarde une dernière fois la mer au loin. Elle se penche et… n'y arrive pas. N'est pas suicidaire qui veut. Elle est incapable de se faire du mal. Et puis, que deviendrait Mickey, qui miaule désespérément derrière la porte-fenêtre ?

- 40 -

Tous les jeudis sans exception depuis qu'elle en a l'autorisation, Louise se rend à la prison des Baumettes. Elle s'y précipite avec l'impatience d'une femme parfumée à un rendez-vous d'amour. La demi-heure autorisée lui semble toujours trop courte. En un an et demi d'instruction, qu'il pleuve ou qu'il vente, elle a toujours été là. Elle lui aurait rendu visite quotidiennement si elle l'avait pu. Mais, pour la première fois, elle se fait porter pâle. Elle ne prévient même pas. Il l'attend, sans doute. Il doit s'alarmer sur les raisons de cette absence. Louise pressent l'angoisse de son fils mais son cœur reste sec. Les états d'âme de ce garçon ne la touchent plus.

Hier encore, elle raisonnait en mère. Elle se demandait ce qu'elle avait fait de mal. Où étaient ses fautes et ses manquements pour avoir mis au monde un détraqué. Aujourd'hui, après une semaine de fièvre et de maladie, une semaine à rester prostrée, couchée sur son lit, elle ne s'interroge plus. Elle n'est plus coupable de rien.

Sa sensibilité n'a pas disparu, elle s'inquiète toujours pour Mickey : a-t-il mangé son Ronron, ses croquettes, et bu son lait ? Elle change sa litière. Elle écoute les pas d'Ursula sur le palier et se réjouit quand elle entend sa chère petite voisine rire de bon cœur avec un amoureux complice.

Une seule zone d'elle-même s'est durcie : pour ce qui concerne Loïc, elle a une âme de pierre. Oh, elle ne le juge pas. Elle ne lui veut pas de mal. Elle pense à lui. Mais le petit Dieu s'est volatilisé. Il est devenu un étranger. Elle a nourri, instruit, éduqué une façade. De l'envers, elle ignore tout et n'a aucune envie d'en savoir plus. Cet homme est mauvais. Elle n'ira pas plus loin.

Bien sûr, elle s'étonne de cette distance contre nature. Elle répète comme on joue avec les mots « mon fils, mon fils » pour retrouver l'écho vibrant d'un amour d'autrefois. Mais la flamme est éteinte, comme du bois enflammé devenu cendres. Son adoration n'est plus qu'une abstraction. Dans son esprit, le fils adoré s'est mué en un « garçon des Baumettes » dont les lettres débordent de sa boîte depuis des jours...

Dans son fauteuil à bascule, sous le ciel étoilé d'hiver, réchauffée par une couverture, elle se balance en se demandant par quel subterfuge son cœur a pu se vider aussi vite, à ce point. Qu'importe, elle n'ira plus voir Loïc. Qu'il assume et dépérisse, c'est son dernier mot. D'ailleurs, bientôt, elle va s'exiler. Rien ne l'oblige à rester en France. Déménager est son passe-temps favori. L'Affreux lui reprochait son esprit aventureux. Eh bien, elle va l'épanouir et n'en faire qu'à sa tête, comme d'habitude, comme toujours. Anticonformiste elle a été, anticonformiste elle restera. Mais sans chaîne à ses pieds, désormais, car elle est libre !

- 41 -

Le procès approche et les Pozzi l'appréhendent. Se retrouver à quelques mètres de l'assassin de leur fille. Écouter le récit du massacre, car il l'a massacrée. Fidèle à lui-même, Marcello veut épargner sa femme. Il ira seul, la gorge et l'estomac noués. On leur avait conseillé un avocat célèbre mais, quand ils ont découvert qu'il s'élevait contre la guillotine, ils l'ont récusé. Son successeur s'appelle maître Odilon. Il inspire confiance. Il est clair, il s'exprime simplement. Pourtant, ils ont hésité à lui confier le sort de Livia. Lui aussi refuse de réclamer la mort, mais au moins, il n'est pas militant.

Cela posé, l'accusé tiendra-t-il jusqu'au procès ? S'il mourait, il serait lavé de toute accusation, car la justice ne condamne pas les morts. Son décès lui rendrait une innocence. Or, son état devient très alarmant. Il menace de se suicider. Il réclame sa mère. Pourquoi ne vient-elle plus le voir ? Pourquoi ne répond-elle pas aux courriers qu'il lui envoie chaque jour ? Il supplie son avocate d'intervenir. Laquelle ne promet rien. Elle et Louise se sont quittées en assez mauvais termes.

L'état de Loïc s'aggravant encore, Cyrille téléphone à Louise. Elle s'inquiète de sa santé. Va-t-elle bien ? Elle ne donne plus de nouvelles. Après avoir tourné quelques minutes autour du pot, elle parle de Loïc.

— Il faut venir le voir, il est en danger.

Louise savait que ce genre d'appel lui tomberait dessus. Et quand il arrive, elle l'accueille avec un sentiment d'injustice. Pourquoi est-ce à elle qu'on s'adresse ? Qu'on appelle un médecin ! Elle n'y peut rien.

L'avocate est obligée de lui dire :

— Mais vous êtes sa mère ! Il a entamé une grève de la faim. Sa vie est en jeu.

Louise soupire. Elle a pris ses distances mais elle reste une femme de devoir. Elle ne veut pas d'une mort sur la conscience. Elle raccroche en se disant qu'elle doit se mettre en condition avant d'aller aux Baumettes, pour ne pas enfoncer le jeune homme, mais tout lui pèse. Le voyage jusqu'à Marseille, l'attente à l'entrée du parloir des familles, les formalités du greffe. Et contrairement à d'habitude, elle arrive les mains vides. Elle n'a tout simplement pas pensé à le gâter. Un œil averti verrait tout de suite qu'elle a changé. Elle a ôté le petit cœur en ivoire qu'elle portait autour du cou, son bien le plus précieux, un cadeau de son fils pour la fête des mères. Elle n'a pas étudié sa tenue, ne s'est pas maquillée. Elle ne plaque aucun sourire sur son visage. Et elle, si liante d'habitude, fait la gueule dans la queue du parloir.

Tendre son passeport, décliner son identité, regarder le gardien cocher des cases. Expliquer, une fois de plus, qu'elle ne porte pas le même nom que son fils, mais qu'elle est bien sa mère. Comme c'est écrit sur le registre. Jeter ses clés dans un casier, tendre son sac. Juger excessif qu'on ouvre son agenda, son carnet de courses, son porte-monnaie. Sentir des mains sur elle, juger insupportable qu'elles appuient sur les rondeurs de l'âge. Traîner des pieds dans les couloirs sales aux murs rongés d'humidité. Avoir un mouvement de recul en constatant que, dans le box numéro 3, Loïc est déjà là, assis, amaigri, implorant.

Louise s'assied de mauvaise grâce sur le tabouret crasseux.

— Mais qu'est-ce qui s'est passé, Maman chérie, j'étais fou d'inquiétude ! Tu as été malade ? Est-ce que tu vas bien ?

Le garçon des Baumettes est heureux de la voir. Il demande de ses nouvelles avec empressement. La voix est chaude, sincèrement préoccupée. Comme c'est étrange. Elle pourrait dire quand il a fait ses premiers pas, eu ses premières dents, quelle a été sa moyenne au brevet, mais elle ignore tout de sa face cachée immense, souterraine, effrayante. Du coup, elle reste muette devant cet inconnu. Qui est-il ? Que pense-t-il ? Elle n'en a aucune idée. Elle ne lui prête aucune bienveillance. Elle s'en méfie affreusement. Et aucune parole ne lui vient.

— Tu ne dis rien ?

— Si, dit-elle, à la recherche de banalités.

Avec effort, elle glisse un « ça va » sans prolongement, puis demande d'une voix neutre, comme on récite une litanie : « Tu manges bien ? Tu as besoin de quelque chose ? Il te faut de l'argent pour la cantine ? Ursula te passe le bonjour… »

Le temps, qui s'écoule si vite d'habitude, lui semble interminable. Et soudain, elle reçoit une question qui la réveille d'un coup.

— Maman, pourquoi tu ne me regardes pas ?

— Si, si, ment-elle, je te regarde.

L'idée même de contempler son visage lui inspire une sorte de crainte et de dégoût. Mais elle voit ses belles mains nerveuses à travers l'hygiaphone. Ce ne sont pas des mains de pianiste mais des mains de bricoleur, vives, élégantes, aux ongles carrés. Elle a toujours aimé les voir réparer une prise, passer les vitesses, tenir le volant, ramasser des miettes, éplucher une pomme, briser la coque d'un œuf, disposer une pièce de puzzle élégamment. Parfois, il lui disait, souriant gentiment : « Qu'est-ce que tu regardes ? » Elle répondait : « Toi, je te regarde, toi. J'aime tes gestes. J'ai tellement de chance... »

— Maman ?

Il l'appelle encore.

Elle lève les yeux. Ceux de Loïc sont pleins de larmes, l'expression de son visage est douloureuse.

— Maman... si je te perds, je n'ai plus rien, dit-il, pitoyable.

Elle ne répond pas, comme si le sens des mots ne lui parvenait pas tout à fait. Mais elle s'attarde sur le cou mince, la mâchoire dessinée et tendue, les longs cils foncés, le nez trop busqué. Il n'aimait pas son nez : « Quand j'aurai de l'argent, je paierai un chirurgien. Il le redressera et je serai encore plus beau ! »

Elle pense méchamment qu'il devra s'y faire, à son nez. Toujours incapable de le regarder dans les yeux, elle balaie le bas du visage, les lèvres charnues, l'incisive légèrement proéminente, la cicatrice de varicelle sur le menton, elle remonte à la racine des cheveux... Elle aime tant ces parties de lui si familières. Non, Loïc n'est pas un inconnu, c'est son fils.

C'est ainsi que, par petites touches, l'amour renaît en elle. Un amour maternel trop puissant, trop inconditionnel pour se geler très longtemps.

— Mon chéri...

« Mon chéri », elle s'étonne que ces mots lui reviennent.

— J'ai vu maître Katz. Elle a pris sur son temps... Elle m'a emmenée... Enfin, nous sommes allées au carrefour de l'accident... J'ai vu la champignonnière...

— Je ne veux pas remuer tout ça ! l'interrompt Loïc.

L'avocate a raison. Il doit assumer ses actes. C'est la seule façon de garder la tête haute. Être lucide, avoir ce courage...

— Je sais que c'est très difficile à admettre, mon fils, mais nous avons assez joué avec la vérité. Il est temps de s'avouer que... Enfin, c'est un accident terrible. Je suis sûre que tu ne voulais pas faire de mal. C'est la peur qui t'a amené à... Les gens sont si mal intentionnés... Tu ne voulais pas ce qui est arrivé, mais c'est arrivé, et nous devons l'admettre. Tu pourras toujours compter sur moi...

Une main vient se coller sur la vitre, bien à plat, comme pour montrer ses empreintes. Loïc ordonne :

— Maman, regarde-moi !

Surprise, elle obéit. Son fils est l'ombre de lui-même. Des joues creusées, des cernes sous les yeux, une taille de moins, maigre à faire peur. Il demande, sans crier, sans supplier :

— Alors, toi aussi ?

— Moi aussi quoi ? dit Louise, sur ses gardes.

— Toi aussi, tu me crois coupable ?

Louise bafouille.

— Non, oui, non, enfin...

— Si ! Tu me crois coupable !

Cette fois, le ton est sévère. Louise se sent acculée, fautive.

Loïc l'examine sans rien dire pendant un moment. Puis, comme s'il avait mûrement réfléchi, il ajoute :

— Puisque tu m'y obliges, je vais te dire où j'étais ce lundi de Pentecôte, j'étais...

Sa mère s'étonne. Elle a eu sa dose de mauvaises nouvelles. Quelle « révélation » peut-il bien lui faire ?

— Je ne voulais pas te blesser. Je savais que tu le prendrais mal...

— Je ne vois pas ce que tu peux m'avouer de pire, lance Louise, désabusée.

— Ce lundi de Pentecôte, dit-il sans provocation, pour se débarrasser d'une information qui l'encombre, j'étais chez... Papa.

- 42 -

La nuit, quand je ne dors pas,
j'explique à Maman comment c'est arrivé.
Je voudrais qu'elle comprenne,
qu'elle me pardonne...
Je ne voulais pas la trahir mais je voulais savoir.
J'ai trouvé une photo de lui dans la boîte en fer-blanc.
Il avait le visage découpé mais c'était bien moi
dans ses bras.
Sa main droite était posée sur ma poitrine,
c'était un geste tendre et protecteur.
Peut-être qu'il m'a aimé après tout.
C'est toi, Maman chérie, qu'il a blessée, pas moi.
Il fallait que je le voie pour mettre les choses à plat.
J'avais des tas de questions à lui poser.
Il faisait quoi dans la vie, toujours militaire ?
Est-ce qu'il avait une femme, des enfants, en plus de moi ?
Est-ce qu'il aimait manger ?
Est-ce qu'il aimait chasser ?
Est-ce qu'il aimait conduire ?
Et ses parents, ils étaient comment ?
Est-ce qu'il courait, lui aussi ?

Il était plutôt sportif ou plutôt belote ?
J'ai écrit des brouillons et des brouillons.
Je pensais à toi, Maman, au coup de couteau,
à la traque après notre départ.
Je ne voulais pas que tu sois malheureuse,
Que tu te sentes trompée.
Je sais bien que les mauvais souvenirs, les regrets,
faut pas y penser, c'est ta théorie :
« On sent moins la migraine si on s'en plaint pas. »
J'essayais moi aussi de tourner la page,
mais quand je croisais des hommes,
un jeune et un vieux, un père et son fils…
j'avais le cafard.
Avec le temps c'était de pire en pire.
Je me dis que s'il avait été là,
j'aurais moins de problèmes avec les filles.
Ce serait plus facile d'être un homme.
Je voulais voir sa tête, entendre sa voix.
D'ailleurs, il me cherchait peut-être ou
il espérait que je le retrouve.
Il vivait toujours à la même adresse,
je l'ai pris pour un signe.
J'ai imaginé cent fois notre rencontre.
J'espérais lire un peu de fierté dans ses yeux.
Mais par égard pour toi, Maman chérie, je reculais.
Je rangeais la photo, je déchirais mes lettres.
Pour ne pas te décevoir et rester ton petit Dieu.
Pourtant quand tu m'as laissé seul
ce week-end de Pentecôte,
je t'en ai voulu. Je me suis posé
des tas de questions terribles,
je te demande pardon.
Je me suis dit, j'en suis désolé, et si tu mentais ?
Et si c'était toi qui m'avais enlevé ?
Pour me garder sans me partager.

Et l'Affreux ? Après tout, tu l'avais bien choisi, aimé !
Il ne pouvait pas être si mauvais.
Alors j'ai décidé de me rapprocher de lui,
D'aller sonner à sa porte et d'annoncer :
C'est moi, Papa, c'est ton fils.
J'ai pensé qu'il m'ouvrirait les bras :
si un père compte pour son enfant,
l'inverse doit être vrai aussi.
Surtout qu'on se ressemble, je l'ai bien vu sur la photo.
J'ai tes yeux mais question allure, silhouette, cheveux…
c'est à lui que je ressemble, droit, élancé.
Quand j'étais petit, je pensais que je venais d'un autre
et que mon père était fâché
à cause de moi qui n'étais pas de lui…
Ce jour de Pentecôte, je me baladais seul, comme un con,
par ce beau temps, dans ma petite auto…
La veille, je m'étais bituré. Sans vomir, c'est pire.
Alors direction Autrey, sans réfléchir, sur un coup de tête.
Au volant, je révisais ma présentation :
« Bonjour, monsieur.
Je suis né à Marseille, le 6 avril 1954.
Je m'appelle Loïc et j'ai besoin… »
non, pas « besoin », « … j'ai envie de vous connaître,
si vous le permettez.
Oh, rassurez-vous, je vous embêterai pas !
Je veux juste savoir ce qui est arrivé, le jour du couteau,
et si vous m'avez apprécié… quand j'étais petit… »
Arrivé devant chez lui, je me suis imaginé
qu'il m'ouvrirait les bras en me serrant très fort,
comme le fils prodigue dans la Bible.
La maison était plus petite que dans mon souvenir,
mais j'ai reconnu les tuiles du toit, la porte rouge foncé,
le portique dans le jardin.
C'est ici que j'aurais voulu grandir, entre mes parents,
sans déménagements, sans soucis d'argent,

au milieu des arbres...
Le papier de l'adresse tremblait dans ma main.
Je me suis garé à l'écart pour arriver à pied.
J'avais un trac terrible, le cœur à deux mille à l'heure...
Je me suis avancé avec ton « sourire commercial »
plaqué sur le visage.
J'ai sonné. Un coup de sonnette pas trop long,
pas trop bref,
un coup de sonnette qui se voulait parfait.
J'ai entendu un sacré branle-bas de combat
derrière la porte et il a ouvert.
Je l'ai reconnu tout de suite.
Il était plus grand et plus gros que moi
mais il avait mon nez,
trop busqué, en bec d'aigle.
Lui, c'était moi en plus vieux...
Il m'a regardé sans gentillesse : « C'est pour quoi ? »
J'ai enlevé mes lunettes et il a haussé les sourcils.
Un instant, j'ai cru qu'il me reconnaissait,
mais il a répété : « C'est pour quoi, jeune homme ? »
Son ton supérieur et distant m'a coupé le souffle.
Je suis resté la bouche ouverte, sans un son.
Il ne se rappelait plus qu'il avait un fils.
Pour lui, j'étais un livreur. L'importun d'un jour férié.
Qu'on se ressemble et qu'il le voie pas,
ça m'a fichu par terre.
« Qu'est-ce que tu veux, mouche ?
J'ai autre chose à faire, mouche... »
J'étais absent de son paysage alors qu'il était dans le mien
depuis toujours, à chaque instant.
La scène du couteau, les cris, j'y pensais trop.
Je me voyais tout petit, dans mon lit, tremblant,
les couvertures remontées, l'oreiller sur la tête.
Tout le monde hurlait, toi, lui.
Ça a fait un drôle de bruit, une claque,

puis un son étouffé, bref, suivi d'un silence
et d'un appel au secours : « Arrête ! Arrête ! Pitié ! »
Ce soir-là, j'ai su que c'était plus grave que d'habitude.
Pire qu'une engueulade.
Je me suis levé, j'ai regardé par la porte entrouverte,
comme venu d'un placard sombre, et vous,
bien éclairés dans la lumière de la cuisine.
Vous apparaissiez et disparaissiez, collés l'un à l'autre,
dans une bagarre qui évoquait le tango.
Et puis j'ai vu le couteau.
Il valsait en hauteur au bout du bras de mon père.
Ça vient peut-être de là, l'excitation,
celle de l'ogre qui aime quand ça saigne
et quand ça fait mal ?
Après, je me souviens de toi, Maman,
un torchon sur la joue pour éponger le sang.
T'es venu me chercher.
T'as fourré dans une valise des vêtements, mon ours.
Il hurlait : « Ne pars pas ! Si tu pars, je te retrouverai
et je te tuerai. Le petit aussi ! »
Tu as claqué la porte d'entrée, on a couru comme des fous.
Je volais presque au bout de ta main.
On a fait du stop, quelqu'un nous a pris...
Et voilà, c'était fini pour toujours. Je l'ai jamais revu.
Et là, devant lui, j'aurais voulu l'attraper par le col :
« Eh, l'Affreux, c'est moi ! Tu ne me reconnais pas ? »
J'aurais voulu qu'il demande pardon
pour le mal que j'ai eu à vivre sans lui.
« Qu'est-ce qu'il fait, ton père ? »
Au début j'expliquais : comme il criait, on est partis.
À la longue, j'ai fini par dire : « Il est mort. »
C'était plus simple à comprendre.
Une dame est sortie de la maison.
Elle s'est collée à lui, elle l'a appelé « chéri »,
le surnom d'un mari sympa...

Puis sont arrivées deux fillettes curieuses.
Elles regardaient leur père avec des yeux caressants.
Une vraie famille, ça m'a crevé le cœur.
Une famille heureuse, sans moi.
Zéro manque de fils, ça m'a mis en rage.
La plus petite me regardait sous le nez
avec un drôle d'air.
Comme si elle savait pour la parenté.
Bêtement, j'ai bredouillé :
— Je cherche une pharmacie.
— Deuxième rue à droite, sinon en centre-ville...
Je les ai remerciés et j'ai tourné les talons.
Mais assis dans Bastard, j'ai cogné, cogné sur le volant
comme si c'était son crâne.
Ensuite j'ai roulé n'importe comment,
trop vite, pour me défouler, direction Marseille.
Avec Richepin, j'allais déconner,
me marrer, oublier.
Dans son quartier, j'ai eu du mal à m'orienter.
Enfin chez lui, j'ai sonné, re-sonné.
Pas là non plus ou alors... Ces bruits, ces rires...
Il voulait pas m'ouvrir ? Il se foutait de moi ?
J'ai repris la voiture, j'ai tourné un peu en rond,
et je les ai vus.
Ils étaient quatre puis deux.
Je me suis garé, il fallait que je parle à quelqu'un.
La petite cueillait des fleurs.
J'avais honte, la honte d'un père qui s'en fout.
Et si je salissais son nom, il s'en foutrait aussi ?

- 43 -

Trois semaines avant le procès

Avec un peu de retard, Louise se présente tout excitée au parloir des Baumettes. Elle ne prend pas le temps de demander à Loïc comment il va. Elle n'essuie pas le tabouret crasseux. Elle ignore les tags et la saleté de l'hygiaphone. Elle est tellement pressée de lui annoncer que quelque chose d'incroyable vient d'arriver.

— J'étais dans la file d'attente du parloir famille quand une petite dame m'a interpellée, très sympathique, habillée gaiement. Elle me lance : « Vous êtes la maman de Loïc Peyrat ? » Je réponds oui. Et là, elle me dit qu'elle est bien étonnée de me voir car elle te croyait libéré. Elle pensait qu'on avait attrapé le vrai coupable. Je dresse l'oreille, tu penses bien ! Le vrai coupable ? « Oui, parce que je l'ai vu, moi, de mes propres yeux. Il a essayé d'enlever une copine de ma fille sous mes fenêtres. » Et... tu ne vas pas le croire, mon Loïc, il roulait en Simca ! C'est le témoignage qu'il nous faut, celui qui nous manquait pour t'innocenter tout à fait. Je lui demande s'il ne portait pas une gourmette par hasard… Et, oui, mon Loïc, il en portait une. C'est notre homme de bout en bout, voiture et gourmette comprises. Mais tu ne souris pas… Tu n'es pas content ?

— J'attends la suite…

— Eh bien, nous sommes sauvés, mon Loïc. C'est la fin de cette histoire folle. Nous sommes libres ! Parce qu'elle accepte de témoigner !

— Elle accepte… devant une cour d'assises ?

— Oui, même devant des juges. Il m'a fallu un peu de temps pour la convaincre, bien sûr, et quelques arguments que tu peux imaginer, d'où mon retard, mais elle le fera. Elle l'a promis.

Louise crie de joie. Les regards se tournent vers eux. Loïc est secoué de petits tremblements nerveux.

— Alors, c'est pas bidon, cette histoire d'homme à la gourmette ?

— Mais non et tu n'y es pour rien. Oh, mon chéri, nous sommes sauvés. Comme j'aimerais te serrer dans mes bras.

De l'autre côté de la vitre, Loïc pleure sans changer d'expression. Comme si les larmes coulaient à son insu.

— Mais pourquoi tu pleures, mon fils ? demande Louise, étonnée.

— Je ne pleure pas. Je n'arrive pas à y croire… Alors, c'est fini ?

— Mais oui, c'est fini ! Et tu sais ce qu'on va faire maintenant ? On va penser à l'avenir et on va apprendre l'anglais, parce qu'on va quitter la France, le pays de nos misères. On s'installera en Amérique. Ce sera notre conquête de l'Ouest à nous. Avec les indemnités que nous versera Giscard, on ira voir le Grand Canyon, Los Angeles, Hollywood, tu te rends compte ! Puis on s'installera à San Francisco… Ça t'irait, San Francisco ? Avec la vue sur le Golden Gate. Je n'en reviens pas que ce soit possible, mon fils chéri, c'est une nouvelle vie qui s'ouvre devant nous.

Loïc reprend espoir. Son visage s'éclaire. Il éprouve un tel amour pour sa mère, une telle reconnaissance. Louise, de son côté, est enfin heureuse. Depuis combien de temps n'a-t-il pas souri ? Depuis qu'il est incarcéré. À chaque visite, elle l'a vu devenir un peu plus maigre, un peu plus silencieux. Elle a dû lui remonter le moral comme on gonfle une piscine en plastique à la pompe à vélo. Mais c'est fini.

— Tu vois, mon Loïc, comme l'existence est magnifique ! Tout s'arrange, je te l'ai toujours dit. Ton innocence va éclater, tu seras réhabilité. En attendant, on va préparer le procès. Il faut que tu sois beau. Tu as pensé à ta tenue ? Et puis, on organisera ta sortie de prison. Tu verras, mon chéri, tu pourras enfin avoir la tête haute.

— Mon rêve, ce serait une Mercedes blanche au pied du palais de justice. Le blanc, la couleur de l'innocence. On me verrait à la une des journaux pour une bonne raison, cette fois.

— Mais oui, mon chéri, quelle bonne idée ! On commandera un taxi blanc !

Le temps est écoulé. Les gardiens doivent les presser de partir. De part et d'autre de la vitre, la mère et le fils se lèvent sans se quitter des yeux. Ils aimeraient évoquer encore le futur. Le futur, un mot qui n'avait plus aucun sens avant cette visite.

— Écris-moi ! Je t'aime, crie la mère, même si elle sait que son fils ne peut plus l'entendre.

— Je t'aime, Maman chérie. *I love you.* À plus tard, répond Loïc en soufflant vers elle un baiser.

Elle écrit dans le vide pour annoncer qu'elle prolongera cette conversation dans sa prochaine lettre. Les adieux sont interminables. Louise repart émue et légère, comme on l'est après une victoire difficilement gagnée.

Ce soir-là, Mickey s'étonne d'entendre de la musique dans l'appartement, de voir Louise esquisser quelques pas de danse et de trouver dans sa gamelle une double portion de Ronron, plus quelques croquettes, celles des jours de fête.

- 44 -

Les conversations s'arrêtent sur son passage. À l'accueil, Caroline a le regard fuyant. Quand Cyrille arrive au cabinet, on lui bat froid. Particulièrement ce jeudi matin, où Pierre Le Callet la convoque dans son bureau. Lui est arrivé à l'aube. Il a déjà bu plusieurs cafés et récité Baudelaire dans sa voiture avec chauffeur. Il l'attend, assis dans son fauteuil présidentiel, affichant cet air satisfait qui l'agace parfois. Intuitivement, elle n'a pas envie de s'asseoir. Assise, elle est moins combative.

Le Callet attaque bille en tête.

— J'ai eu une longue discussion avec Loïc Peyrat, notre client. Il est résolu, sa mère aussi. Je prends les choses en main. Nous allons plaider le doute.

— Le doute ! Mais ça ne passera jamais ! s'écrie Cyrille.

— Ça ne passera jamais ? répète son mentor en la toisant.

— Non, ça ne passera pas quand il y a ses aveux, le couteau, le pantalon taché de sang, le croquis... Mais enfin, vous connaissez ces éléments aussi bien que moi... s'emballe-t-elle, oubliant leur rapport hiérarchique.

— En effet, je les connais aussi bien que vous et je vous affirme que chacun de ces arguments est contestable…

— Mais je suis allée sur les lieux avec Mme Malterre. Elle-même a reconnu que…

— Écoutez, jeune fille, dit Le Callet, qui commence à s'énerver, nous sommes devant une instruction tellement à charge que c'en est un scandale ! La juge a décidé que Peyrat est coupable, la voilà, l'évidence ! Elle a pris les aveux et s'en est contentée. Mais une conviction n'est pas une preuve. On ne sait même pas si le couteau est l'arme du crime. On ne sait même pas quand cette fillette est morte ! Alors moi, je vous affirme qu'on ne peut pas juger un homme dans ces conditions.

— Mais tout l'accable. Il est coupable et… vous le savez aussi bien moi !

— Et pourtant j'affirmerai le contraire. Nous rappellerons que le petit frère, le seul témoin direct, n'a pas reconnu Loïc Peyrat. Nous convoquerons le témoin qui a vu l'homme à la gourmette…

— Quel témoin ? Je ne suis pas au courant… s'exclame Cyrille.

— Vous n'avez pas à être au courant de tout ! assène Le Callet, impérieux.

— Mais… C'est vous qui m'avez mise en première ligne et maintenant vous…

Soudain, elle se rend compte qu'elle va trop loin. Elle n'est qu'une collaboratrice. Son mentor fait ce qu'il veut dans *son* cabinet, avec *ses* dossiers, même s'il lui en a confié un. Pourtant, cette affaire est son bébé. Elle en connaît chaque détail. Elle a vu et revu chaque argument. Il n'est pas possible qu'il la dépossède maintenant. Après l'avoir laissée seule si longtemps !

— Je ne peux pas vous suivre sur cette ligne, ose l'avocate, blessée d'être écartée. Peyrat est coupable, c'est une évidence. Plaidons les circonstances atténuantes. Tout est prêt.

— Vous contestez mon choix ? demande Le Callet, pincé.

— Eh bien... C'est-à-dire... Je ne peux pas plaider contre moi-même. Je ne peux pas affirmer blanc quand je pense noir. Et je trouve... Enfin, cette ligne de défense est beaucoup trop risquée. Si les jurés vous suivent sur le chemin du doute, très bien. Mais ils peuvent aussi penser qu'on les prend pour des idiots. Peyrat, innocent, allons donc ! Ils seront exaspérés qu'on cherche à les tromper. Leur verdict n'en sera que plus sévère.

— Dois-je vous rappeler que vous n'avez aucune expérience, maître Katz ? Je connais la machine par cœur. Neuf fois, l'avocat général a requis la mort contre moi. Neuf fois, je l'ai repoussée. Ce sera la dixième. Je n'échoue jamais.

— Alors je serai là, à vos côtés, mais je ne plaiderai pas ! le défie la jeune femme.

— Vous ne plaiderez pas ? s'étonne Le Callet. Mais vous mettez en péril la défense ! Vous êtes l'avocate officielle, votre nom est partout.

— Je ne joue pas aux dés avec la tête d'un homme.

— C'est votre dernier mot ? Vous savez ce que vous risquez ?

Elle se tait. Il conclut :

— Très bien, j'en prends note. Fin de la discussion !

- 45 -

Aix-en-Provence, le 9 mars 1976, premier jour du procès

Depuis quelques mois, la multiplication des crimes sur des enfants met la France en ébullition. Le dernier en date a été commis par un jeune homme bien élevé, aimé de ses parents. Un parcours linéaire, sans trouble apparent. Il a enlevé un garçon de sept ans, qu'il connaissait – le fils d'un ami de sa famille –, pour obtenir une rançon. Relâché après avoir été interpellé une première fois, le jeune homme a réclamé haut et fort la tête de l'assassin, alors qu'il avait froidement tué l'enfant quelques jours auparavant. Ce criminel d'un cynisme choquant s'appelle Patrick Henry. Il n'a aucune excuse, aucune circonstance atténuante ; son seul mobile était l'argent. Jusqu'au plus haut sommet de l'État, on le voit comme le pire des monstres. Le président Giscard d'Estaing doit sermonner ses ministres pour qu'ils cessent de « commenter une affaire judiciaire en cours ».

Autour du palais de justice d'Aix-en-Provence, la foule qui se masse depuis l'aube grossit de minute en minute et bouscule le cordon de police, qui la contient difficilement. Des cris de vindicte fusent de partout. La presse évoque « un climat de lynchage ». Sur la pierre grise, on a écrit en lettres noires : « À mort ! À mort ! »

Les rédactions ont mandaté leurs meilleurs reporters et chroniqueurs. Le duo de choc d'*Histoires vraies* est là aussi, bien sûr : Gus Demaison et Pauline Esper sont devenus « très copains ». Avec la bénédiction de Göring, Gus pousse sa protégée à la rédaction. Elle, de son côté, l'a introduit dans les milieux féministes dont on parle de plus en plus. Arrivés depuis quelques jours à Marseille, ils ont pris le pouls des Pozzi et téléphoné à Louise Malterre. Des deux côtés, on attend le procès avec angoisse et impatience. Marcello espère une condamnation à mort. Louise, la libération de son fils enfin blanchi.

La salle d'audience est beaucoup trop petite pour un si grand procès. On se bat pour avoir une place. La chaleur est étouffante. Sur les bancs de la presse, des mouchoirs épongent les fronts, des blocs de papier servent d'éventail. Dans la salle des pas perdus, à la voûte aussi majestueuse qu'une cathédrale florentine, une femme essaie de fendre la foule. Elle dissimule son visage derrière des lunettes de soleil. Son corps est enveloppé dans un vaste manteau et un chapeau à voilette noirs.

À trop vouloir se cacher, elle attire l'attention. Qui est cette veuve spectaculaire ? On ne tarde pas à l'identifier. C'est la mère ! Que n'a-t-on pas dit et écrit sur elle ! La rumeur lui prête une personnalité maléfique. Elle dirigerait un trafic d'enfants. Elle aurait couché avec son fils. Elle aurait de drôles de mœurs. Elle serait prostituée. À bas le monstre ! À bas sa mère ! On commence à la bousculer.

Le président Carrouges est un homme d'expérience à l'imposante stature. Il entend mener le procès dans le calme. Il dispose de deux jours, deux jours seulement, pour exposer les faits, entendre l'accusé, obtenir un verdict qui, à cette époque, est sans appel. Un verdict qui peut mener à l'échafaud.

C'est dire si l'homme prend sa tâche au sérieux. Selon son habitude, il a expliqué aux jurés qu'un procès d'assises est un « théâtre d'émotions » : « Vous serez tour à tour bouleversés, agacés, horrifiés, attendris, c'est inévitable. Ne tranchez pas tout de suite. Écoutez, laissez-vous cheminer, réfléchissez. Soyez des éponges. En salle des délibérés, vous retrouverez assez de sérénité pour faire ce que l'on vous demande : juger avec votre raison. »

Marcello Pozzi est déjà dans la salle. Il ne reste plus rien du bel Italien solide et sûr de sa force. En deux ans, il en a pris dix. Pour Marcia et lui, le processus de cicatrisation commence à peine. Il leur a fallu des mois pour ranger les photos, le cartable, la poupée, le doudou, le cahier d'écolière. Pour ne plus penser systématiquement à elle, à table, en mangeant à trois au lieu de quatre. Pour ne plus fondre en larmes en croisant dans la rue une petite robe blanche, un bouquet de pâquerettes ou un sourire taquin. Le chagrin est un animal furtif. Il se cache et reparaît sans crier gare, au détour d'une scène de rue, d'un son, d'un mot, d'un reflet dans une vitrine…

À l'idée d'entendre encore parler du meurtre de sa fille, Marcello est tétanisé. On va rouvrir la plaie, la fouiller, la saigner. Il n'en dort plus depuis des jours. Il craint de sangloter. Pour faire honneur à Livia, il sera digne et droit. Il cherche une position qui donne de la tenue. Il redresse le dos et il fixe, sur le sol, une tache à côté de ses chaussures. Il porte un costume neuf par respect et il s'est juré de ne pas quitter des yeux l'assassin de sa fille. Pour lui faire honte.

Sur les bancs de la défense, les avocats sont en froid. Depuis leur dernier échange, maîtres Katz et Le Callet communiquent par notes. Ils ne s'adressent plus la parole et leurs regards se fuient. L'avocat général prend place. C'est un magistrat expérimenté, réputé pour son humanité. Sa mission : représenter la société, faire entendre la voix de l'accusation et faire appliquer la loi. Autrement dit, s'assurer qu'une bonne justice soit rendue.

L'accusé attend qu'on l'appelle dans la « Souricière », le surnom donné à la cellule de dépôt qui dépend de la salle d'audience. Son avocat lui a promis qu'il serait acquitté mais, à l'idée de comparaître, son cœur s'affole. Il n'est plus sûr de rien.

- 46 -

Le public se rappelle les premières images du suspect : les yeux baissés, l'air timide, les poignets levés devant un visage abattu. Il avait l'air d'un gosse honteux après une grosse bêtise. Le Callet l'a préparé au procès. Il lui a demandé, dans son intérêt, de se montrer attentif et discret. D'être respectueux envers la cour, d'adopter une attitude lisse et polie…

« Faites entrer l'accusé ! » annonce le président Carrouges devant une salle pleine à craquer. Les regards se tournent vers la petite porte gardée. L'entrée en scène est un moment clé. La première impression va laisser des traces et peser sur le verdict.

Maître Le Callet a donné à Loïc des indications sur la façon de s'habiller, mais c'est avec sa mère qu'il a mis au point l'attitude à avoir et les détails de sa tenue. Ensemble, ils ont pensé à chaque détail. Pas question de se présenter comme un coupable, de baisser les yeux et de ressembler à Patrick Henry, jeune assassin au physique banal : yeux bleus, cheveux blonds, petite chemise, petit costume, un look passe-partout, le même âge que lui…

Loïc Peyrat pénètre dans la salle d'audience et, dès qu'il paraît, il déplaît. On se souvient d'un garçon timide, on attend un repenti. Il jaillit telle une rock star sur une scène de concert. Comme le regretté Mike Brant, il est vêtu d'un costume bleu électrique et d'un col roulé blanc. L'allure est celle d'un dandy. Le petit bouc étudié est relié à une fine moustache trop dessinée. Pire encore, il porte sur son plastron une immense croix de taille épiscopale. La provocation est insensée. La salle s'indigne. Alors il la toise avec un sourire ironique qui met mal à l'aise.

Le président Carrouges exige le silence. Il avertit que les fauteurs de troubles seront évacués immédiatement. À l'accusé, il demande de confirmer son identité. Faisant fi des conseils de son avocat, Peyrat ironise : « Vous avez dû vous renseigner... » Tandis que le greffier lit l'arrêt de renvoi qui énumère les charges pesant contre lui et les questions auxquelles devront répondre les jurés, il adresse à sa maman des petits signes et des sourires pleins d'aplomb. Comme si, de sa loge impériale, il saluait des amis en contrebas.

Pour Marcello Pozzi, il n'a pas un regard. D'un côté, une silhouette sombre et amaigrie, courbée par le malheur, une tragédie noire et brute comme de la pierre de lave. De l'autre, l'arrogance flamboyante d'un fat. Le contraste entre les deux hommes est frappant. C'est un duel qui commence...

Dans l'intérêt des débats, et face à l'attitude provocatrice de l'accusé, le président Carrouges tient à faire une mise au point.

— Monsieur Peyrat, en France, la procédure est orale, publique et contradictoire. Vous avez été l'objet de poursuites et d'une instruction au cours de laquelle vous avez fait des déclarations. Mais vous allez être jugé sur ce que vous direz ici, à l'audience. Si vous revenez sur vos affirmations précédentes, il faudra nous expliquer pourquoi…

Il poursuit en présentant le parcours de l'accusé.

— Au moment des faits, vous étiez mineur. Vous aviez vingt ans. Vous en avez vingt et un aujourd'hui, presque vingt-deux. Vous avez grandi au sein d'un couple non marié, entre un père militaire et une mère au foyer, jusqu'à vos trois ans. Mais vos parents ne s'entendent pas. Votre père est violent, d'abord en mots puis, un soir, en actes. Il s'empare d'un couteau et blesse votre mère à la joue. Elle s'enfuit en vous emmenant. Il menace de vous retrouver et de vous enlever. Vous vivez pendant des années dans la terreur de le voir paraître. On vous écrit en poste restante. Vous déménagez de ville en ville, vingt fois en dix-sept ans. Vous semblez d'un caractère solitaire, réservé, pour ne pas dire renfermé.

— Qu'est-ce que vous savez de moi ? intervient Peyrat, qui s'impatiente. Qui avez-vous interrogé ? Je peux vous donner des noms qui diraient exactement le contraire. C'est votre version de ma vie et de ma personnalité, mais j'en ai une autre…

— Pourrions-nous continuer dans le calme ? demande le président patiemment. Vous pourrez vous exprimer ultérieurement… Je continue : votre scolarité est chaotique, vos notes sont très moyennes…

— Et pourquoi vous ne dites pas que je suis très intelligent ? s'écrie Peyrat. On m'a testé à l'armée…

— Vous ne m'en laissez pas le temps, monsieur Peyrat, pondère le président. En effet, vos tests d'intelligence ont révélé de bonnes aptitudes intellectuelles. Mais poursuivons, si vous le voulez bien, nous avons peu de temps. Votre mère, qui vous élève seule désormais, est aimante mais vous êtes souvent livré à vous-même, au point que vous souffrez parfois d'un sentiment d'abandon.

— Mais quel sentiment d'abandon ! Et comment pouvez-vous savoir ce que je ressentais ?

Le président poursuit sans relever :

— Vous avez été couvé, certes, mais vous avez manqué d'une affection constante.

L'accusé ne se rend pas compte que l'évocation de cette enfance difficile pourrait aider à le dédouaner...

— C'est absolument faux ! Il est si facile de tordre les événements dans un sens qui vous arrange... J'ai été très aimé par ma mère et je le suis toujours. Elle m'a donné une bonne éducation. Elle m'a envoyé en pension chez les frères. Elle m'a inculqué des valeurs...

— Elle se serait prostituée...

— Non mais, en quoi ça vous regarde ! Ma mère est une femme digne et courageuse. (Il la désigne du regard dans les rangs du public.) Il fallait bien nous nourrir ! Elle a changé de métier dès qu'elle l'a pu, pour se rendre encore plus disponible pour moi.

— En effet, elle a été pompiste, serveuse puis, à la mort précoce de ses parents, ayant hérité d'un petit pécule, elle a monté des affaires : bar-tabac-épicerie, restaurant, agence matrimoniale. Sans grand succès. Alors, elle est devenue nourrice. Vous aviez onze ans à ce moment...

— Affirmatif ! Et ça va sans doute vous surprendre, mais les parents des petits m'ont toujours apprécié !

— C'est exact ! Aucun ne s'est plaint. À notre connaissance, vous n'auriez jamais eu de comportement déplacé ou de geste malsain.

— Pourquoi le conditionnel ? Je n'ai jamais eu aucun geste déplacé ou malsain, affirmatif !

— Vous n'avez eu qu'une seule petite amie, une voisine...

— Ah ça, par exemple, je ne vous permets pas. Et d'abord, comment le savez-vous ? J'ai connu des femmes mariées, mais je ne l'ai pas crié sur les toits. Ma mère m'a enseigné le respect.

— En tout cas, votre petite amie, qui n'a pas souhaité s'exprimer publiquement, n'a pas eu de demande sexuelle suspecte de votre part.

— Ah, vous voyez ! s'exclame Peyrat, victorieux.

Comme Le Callet laisse faire sans intervenir, Cyrille se tourne vers son client. Elle lui fait signe de se pencher, elle veut lui parler.

— Je vous en supplie, arrêtez de contrer le président.

— Et s'il ne dit que des conneries ?

— Ne le reprenez pas à chaque phrase et...

— Et ?

— Sortez vos mains de vos poches !

- 47 -

À la suspension d'audience, Loïc griffonne une lettre pour sa mère.

Maman chérie,

Je profite de la pause déjeuner pour t'écrire un peu. Je voulais le faire depuis longtemps mais je ne trouvais pas les mots… Et puis, ces derniers jours ont été si bousculés.

Ce matin, ça allait encore. J'étais content de la tenue qu'on avait choisie. J'ai boutonné ma veste, enfilé mes chaussures en pensant que tu serais fière que je présente bien. On a parcouru des kilomètres de couloirs. On me tenait par les menottes comme on tient un chien en laisse. On est restés debout devant une porte pendant de longues minutes. Puis j'ai entendu une sonnerie, de l'agitation et un silence : « Faites entrer l'accusé ! »

À ce moment, j'ai cru que mon cœur allait sortir de ma poitrine tellement j'ai eu peur. La lumière m'a ébloui. La chaleur m'a submergé. Je n'ai pas compris les exclamations, les rires étouffés. Le trouillomètre à zéro, l'impression de suer de partout. J'espère que ça ne s'est pas vu. Je déteste les auréoles sous les bras.

Alors j'ai décidé de leur tenir tête. On me regardait. J'étais la bête curieuse. Je pouvais sentir une malveillance palpable. Le président avait une tête de parrain de la mafia. J'ai eu envie de leur dire : « Pourquoi c'est moi qui suis sur la sellette, et vous assis dans vos grands fauteuils, bien planqués sous vos déguisements ? »

Je t'ai cherchée du regard, Maman chérie, et je t'ai vue au deuxième rang. Tu ne peux pas savoir comme ça m'a fait du bien, mais pourquoi tu t'es habillée en noir, c'est pas un enterrement ! Je me suis dit : « Pourvu qu'elle les enlève, ses lunettes de soleil. » Et tu l'as fait, comme si tu m'avais entendu. C'était bon d'être compris car ce ne sera pas le cas pendant ces deux jours. Le début m'a suffi. On fouille notre vie. On dit sur moi des choses fausses mais, le pire, c'est qu'on en dit sur toi, aussi. De quel droit ! Tu m'aurais « coupé du monde ». Ne les écoute pas, Maman chérie, c'était qui, le monde ? Une famille mal équilibrée, un père violent, des adultes... On était bien mieux entourés d'enfants, avec « nos petits bonheurs », comme tu les appelais.

La seule chose que je regrette, c'est de t'avoir fait de la peine en allant voir l'Affreux. Pardon, je m'en veux tellement. Tu ne m'as fait aucun reproche mais tu t'es défaite... On n'a pas eu l'occasion d'en reparler, toi et moi. Je voulais te dire que je ne reprendrai jamais contact. Tu avais raison, c'est un mauvais homme, sans cœur.

Et pourquoi j'ai dit « Papa » quand je te l'ai annoncé ? J'aurais dû continuer à l'appeler « l'Affreux » ou dire « mon père », mais « Papa », c'était vraiment idiot. Ça m'a échappé. D'ailleurs, c'est effrayant, toutes ces choses qui nous échappent. Je n'ai pas eu le temps de te l'expliquer, mais je voulais seulement voir sa tête, et l'entendre, pour être sûr de ne pas lui ressembler. Je ne suis pas un salaud, tu le sais, toi. Jamais je ne toucherais une femme, encore moins avec un couteau.

Alors ne m'en veux pas, pour ça et pour le reste. Je sais que tu es la seule. Que tu as toujours été là pour moi. Maître Le Callet m'a promis que je serais acquitté. Je lui fais confiance mais faut pas que je les laisse dire n'importe quoi sur moi. Et surtout sur toi…

Je te laisse Maman, ma chère Maman. On vient me chercher…

- 48 -

— Monsieur Peyrat, quels souvenirs gardez-vous du lundi de Pentecôte 1974, jour de l'enlèvement de Livia Pozzi ?

— Je cuvais. La veille au soir, j'avais pris une biture terrible. Je ne bois jamais d'alcool, mais là, je m'étais lâché...

— Où vous êtes-vous « lâché » ?

— Dans des bars de Marseille.

— Vous avez déclaré dans un premier temps n'avoir jamais mis les pieds dans cette ville.

— Je n'avais pas bien compris la question...

— Donc, le dimanche soir, vous êtes ivre... Où avez-vous dormi ?

— Dans ma voiture.

— Qui se trouvait où ?

— Est-ce que je sais, je vous dis que j'étais complètement cuit !

— Et le lundi matin, qu'avez-vous fait ?

— J'ai roulé un peu dans l'arrière-pays et, quand je suis arrivé à un carrefour, je me suis arrêté au stop...

— Il semblerait que vous l'ayez grillé...

— C'est absolument faux ! J'ai calé au milieu du carrefour et un type m'est rentré dedans.

— Et vous vous êtes enfui au lieu de faire un constat...

— Oui, c'était con, mais j'ai eu peur qu'on me retire mon permis. Un réflexe idiot.

— Vous a-t-on suivi ?

— Aucune idée !

— Vous vous êtes arrêté trois virages plus loin...

— La carrosserie frottait sur la roue, mais j'ai déjà raconté tout ça, dit Peyrat, agacé.

— Mesdames et messieurs les jurés ne savent rien du dossier, indique calmement le président... Nous devons leur expliquer comment les choses se sont passées. Donc, vous vous arrêtez. Vous êtes suivi. Des témoins vous voient entraîner un enfant sur un talus et disparaître dans les fourrés.

— Dites plutôt qu'ils croient m'avoir vu, car ce n'était pas moi !

— Mais où étiez-vous, alors ?

— Dans ma voiture, évanoui. C'est le trou noir.

— Pourtant ces témoins vous ont formellement reconnu.

— Ils ont cru me reconnaître, mais ils se trompent ! Ce n'était pas moi.

— Si l'on vous comprend bien, c'est bien vous qui avez l'accident. C'est aussi vous qui vous enfuyez pour ne pas faire de constat. Vous aussi qui vous arrêtez au bord de la route, un peu plus loin, pour des raisons mécaniques...

— Affirmatif !

— Mais l'homme qui entraîne la petite Pozzi vers le talus et disparaît dans les fourrés, il vous ressemble, mais ce n'est pas vous...

— Je n'en sais rien, puisque je n'ai rien vu. Je vous dis que j'étais dans les vapes...

— Et ensuite ?

— Toujours le trou noir. Je me suis réveillé dans une champignonnière.

— Comment savez-vous que c'était une champignonnière ?

— Ça sentait le champignon...

— Le moisi, pas les champignons. Connaissiez-vous l'existence de ce lieu ?

— Jamais entendu parler...

— Pourtant, l'endroit est réputé pour abriter les amours illicites... Vous auriez pu en avoir entendu parler dans les bars où vous aviez bu la veille...

— Négatif !

— On vous retrouve donc, cinq heures après l'accident, dans cette champignonnière où votre voiture s'est embourbée. Comment êtes-vous arrivé là ?

— Aucune idée. Je m'arrête au bord d'une route et je me retrouve dans une champignonnière. Entre les deux, c'est le trou noir... C'est quelqu'un qui m'a emmené là... Quand j'ai voulu repartir, ma voiture s'est embourbée. J'ai demandé de l'aide et voilà, je ne me souviens pas du reste.

— Avez-vous une idée de qui pourrait être ce quelqu'un qui vous a « emmené là » ?

— Bien sûr : ce quelqu'un, c'est l'assassin, qui veut me faire porter le chapeau.

- 49 -

Le commissaire Branlant est appelé à la barre pour témoigner du travail des enquêteurs. À cette occasion, le président Carrouges souligne un fait essentiel.

— Pendant quatre mois, monsieur Peyrat, vous avez avoué l'enlèvement et le meurtre de la petite Livia Pozzi. Puis vous vous êtes rétracté, affirmant ne plus vous souvenir de rien. Pourtant, vous aviez fait un croquis assez fidèle de l'endroit où la petite fille a été enlevée. Pourrait-on montrer à mesdames et messieurs les jurés une photo de la rue d'Ambre et, en parallèle, une reproduction du croquis réalisé par l'accusé et signé de sa main ?

Ces éléments sont projetés sur un écran dressé dans la salle d'audience.

— Qu'en pensez-vous, monsieur Peyrat ? Avouez que les deux sont très semblables...

— Forcément ! Les policiers m'ont obligé à recopier leur schéma...

— Comment ça ? s'étonne le président.

— Ils m'ont menacé !

— Menacé ?

— Et même frappé.

Le Callet se lève pour rappeler son client à l'ordre. Le président Carrouges l'interrompt.

— Expliquez-vous... demande-t-il à l'accusé.

— Ils m'ont frappé sur la tête régulièrement, toujours au même endroit. N'importe qui aurait avoué dans ces conditions. Je ne savais plus où j'en étais, c'était à devenir fou ! Pour que ça s'arrête, j'ai signé tout ce qu'ils ont voulu : croquis et aveux. Je n'en pouvais plus.

— Mais vous mentez ! s'indigne le commissaire Branlant.

— C'est vous qui mentez, répond Peyrat en le pointant du doigt. C'est vous qui teniez la matraque !

— Vous êtes fou !

— C'est vous aussi qui m'avez versé de l'acide sur le sexe...

— De l'acide... mais il est complètement cinglé ! s'indigne le commissaire, à l'adresse du président.

— Si, de l'acide, dans une petite fiole ! poursuit Peyrat. Et si vous dites le contraire, c'est que vous êtes un menteur !

— Et vous, vous êtes un monstre ! s'écrie le commissaire, scandalisé.

Maître Le Callet, qui fulmine depuis un moment, intervient :

— Vous n'avez pas le droit d'insulter l'accusé !

Peyrat, déchaîné, enfonce le clou et menace le commissaire :

— Je vous briserai. Vous et votre carrière !

Le Callet s'interpose. Son client, dit-il, accuse la police d'actes qu'elle ne peut pas avoir commis. Il fantasme des sévices qui n'ont pas eu lieu. Mais, dans la mesure où il invente, peut-on croire ses aveux ? Ne sont-ils pas, eux aussi, pure fantaisie ? Certes, il les a signés, mais ils ressemblent aux élucubrations qu'il vient d'émettre à propos d'improbables maltraitances policières.

La salle s'offusque. Carrouges exige un retour au calme. Il rappelle qu'il fera évacuer le public, ainsi que l'accusé s'il continue sur ce ton.

Quand la paix revient, le président s'étonne :

— Mais, monsieur Peyrat, si vous avez été victime de mauvais traitements, pourquoi n'en avoir rien dit à la juge d'instruction ?

— Oh, je l'ai fait ! répond Peyrat, très sûr de lui. Elle ne l'a pas noté ?

Le sujet menant à une impasse, le président enchaîne.

— Maintenant, dit-il, je voudrais montrer à mesdames et messieurs les jurés – greffier, faites passer le scellé n° 12 – les lanières que l'on a trouvées dans votre coffre de voiture. Elles sont reliées entre elles si bien qu'on pense à un martinet, une sorte de fouet...

— Eh bien, vous avez l'esprit drôlement mal tourné !

— Si ce n'est pas un martinet, qu'est-ce donc ?

— Je vais sans doute vous surprendre, mais c'est un scoubidou !

Bruits et rires dans la salle.

— Un scoubidou ! Je rappelle, pour ceux qui ne le sauraient pas, qu'un scoubidou est une tresse de fils en plastique que l'on attache en général à un porte-clés. Rien à voir avec ces lanières de cuir, longues de plus d'un mètre...

— À l'armée, on n'avait que ça pour s'occuper...

— Hélas pour vous, monsieur Peyrat, les enquêteurs ont interrogé les camarades qui effectuaient leur service militaire en même temps que vous, en Allemagne, et personne n'a entendu parler de confection de scoubidous en cuir.

— Tout s'est passé comme je vous le dis aujourd'hui ! On m'a torturé. J'ai été obligé d'avouer, et le scoubidou, ça servait à passer le temps. Qu'est-ce que j'y peux, si tout le monde perd la mémoire ! s'écrie l'accusé en cognant sur la paroi du box.

Maître Le Callet intervient de nouveau :

— Peyrat, s'il vous plaît, mesurez-vous ! Vous êtes votre pire ennemi dans cette assemblée. La cour, les jurés sont là pour essayer de vous comprendre alors, je vous en conjure, aidez-les !

— Mais il n'y a rien à comprendre ! La malchance a voulu que je croise la route de l'assassin. Il n'y a rien de plus à dire.

Pauline quitte le banc de la presse pour dicter son compte rendu d'audience à *Histoires vraies* qui résume cette première demi-journée. Sous un portrait dessiné de l'accusé, voici ce qu'on lira :

Le comportement suicidaire de l'accusé

Loïc Peyrat nie en bloc ce qu'il avait précédemment avoué : le couteau ne lui appartient plus. Le croquis des lieux de l'enlèvement a été réalisé, selon lui, sous la contrainte d'une matraque policière. Quant au pantalon bleu marine taché de sang découvert dans le coffre de sa voiture, il viendrait d'une blessure (qu'il se serait faite pendant l'accident) dont on n'a trouvé aucune trace sur lui.

Quand il n'agresse pas le président, Peyrat accuse la police de lui avoir « extorqué » des aveux. Le commissaire Branlant l'aurait « torturé ». Il lui aurait versé de l'acide sur le sexe... Or, les journalistes qui étaient présents à proximité, lors de l'interrogatoire, n'ont rien entendu. Pas un cri de souffrance. Et le médecin qui l'a examiné pendant sa garde à vue n'a relevé aucune trace de blessure. Comment le croire ?

Quand il ne dénonce pas, quand il n'accuse pas, il est froid et distant. Il semble assister au procès d'un autre. Devant les faits dramatiques pour lesquels il est jugé, il ne manifeste aucune émotion, aucune compassion. Il paraît même s'ennuyer. Autrement dit, il se comporte en touriste, avec les mains dans les poches.

Pendant ce temps, dans le public, une femme n'a de cesse de se lever, de se rasseoir. Elle parle fort, elle s'agite. Elle porte un grand manteau et un chapeau noirs. Et la même croix que son fils sur la poitrine. Car c'est la mère de l'accusé. Il semblerait qu'aucun des deux n'ait conscience de ce qui se joue, en ce moment, à la cour d'assises d'Aix-en-Provence.

- 50 -

Abel Manchet arrive à la barre en baissant la tête. S'il le pouvait, il serait à mille lieues d'ici. Tout l'intimide : les magistrats en robes rouges et noires, le cérémonial, le vocabulaire spécial, les regards tournés vers lui, le jeune homme dans le box qui le fixe durement. Et lui, debout, au centre de l'arène.

Depuis ce maudit lundi de Pentecôte, il se reproche la mort de l'enfant. S'il avait suivi Peyrat dans les fourrés, la petite Livia Pozzi serait encore vivante et l'accusé, ce gamin insupportable, dormirait chez sa mère. Ce crime hante ses cauchemars depuis deux ans. Il se sent lâche et piteux. À l'audience, il s'attend à passer un sale quart d'heure.

Pierre Le Callet s'avance vers lui comme le loup vers l'agneau.

— Monsieur Manchet, vous avez été témoin de l'accident qui s'est déroulé le lundi de Pentecôte 1974, au carrefour de La Pomme, sur la commune de Peypin. À quel moment êtes-vous arrivé exactement ?

— L'accident venait de se produire.

— Sous vos yeux ?

— Non, pas tout à fait. Un camion me devançait et me bouchait la vue. Je suis arrivé quelques secondes après.

— Vous êtes donc arrivé juste après l'accident. Avez-vous eu le temps de voir la voiture de Loïc Peyrat ?

— Oh oui, très distinctement.

— Pouvez-vous la décrire ?

— Oui, très bien, c'était un coupé Peugeot de couleur grise. Il était immobilisé au milieu du carrefour. L'auto qui arrivait sur sa gauche avait freiné autant que possible mais sans pouvoir l'éviter. J'ai cru que tout s'arrêterait là, mais soudain la Peugeot a fait un bond en avant. On aurait dit qu'elle allait décoller. Elle s'est dégagée de la voiture qui venait de l'emboutir. Elle l'a contournée et elle est repartie en direction de Marseille.

— Merci pour cette description très précise. Vous n'avez rien remarqué d'autre ?

Manchet hésite, hausse les sourcils.

— Euh... non, pas particulièrement.

— Avez-vous eu le temps de voir une expression sur le visage de Peyrat ?

— Oh oui, tout à fait. Il semblait affolé, mais en même temps il tournait le volant à toute vitesse avec un sang-froid étonnant.

— Bravo, monsieur Manchet. Pour avoir distingué l'expression de son visage et la vitesse de rotation de son volant, vous êtes un brillant observateur, fait Le Callet, admiratif. Vous n'avez rien remarqué d'autre ?

— Euh... non, répète Abel, sur ses gardes.

— Ensuite, si j'ai bien lu votre déposition, vous vous arrêtez à la hauteur de la voiture accidentée. Son conducteur vous demande de prendre le fuyard en chasse, afin que vous terminiez de relever son numéro d'immatriculation. Il n'a lu que le 06 final, c'est bien cela ?

— Oui, tout à fait.

— La voiture du fuyard a de l'avance. La route est sinueuse. Vous la perdez de vue pendant combien de kilomètres ?

— Un ou deux.

— Et soudain, vous voyez une voiture, garée sur le bas-côté. Elle vous apparaît au détour d'un virage, est-ce exact ?

— Oui.

— Pouvez-vous affirmer qu'il s'agit de la voiture vue au carrefour ?

— Oui, absolument, elle est de la même couleur, du même modèle, et la carrosserie est cabossée à la hauteur des portières gauches...

— Décidément, vous avez un œil de lynx, monsieur Manchet... Ensuite vous relevez le numéro d'immatriculation et vous revenez sur les lieux de l'accident. Et alors, que dites-vous à l'accidenté ?

— Que j'ai suivi le fuyard et que j'ai relevé son numéro.

— C'est tout ?

— Non, j'ajoute que le chauffard s'est enfui dans les fourrés.

— Vous ne donnez aucune autre précision ?

— Non, répond Manchet, qui comprend enfin le piège tendu.

— Donc vous ne voyez pas d'enfant dans la voiture et vous ne signalez pas non plus que le fuyard entraînait un enfant derrière lui...

— Euh...

— Et quand vous allez à la gendarmerie, vous ne signalez pas sa présence. Aucune trace d'enfant dans votre déposition...

— Non... mais...

— Je vous remercie, monsieur Manchet. Les jurés apprécieront, conclut Le Callet en retournant s'asseoir, l'air satisfait.

- 51 -

C’est au tour des experts. Le Dr Bertrand a examiné Peyrat, autopsié l’enfant, expertisé le pantalon bleu marine trouvé dans le coffre de la Peugeot. Mais avant de l’entendre, le président Carrouges demande à M. Pozzi s’il veut quitter la salle d’audience car la mort de sa fille va être évoquée. Le pauvre père fait non de la tête, il veut assister à chaque minute du procès de sa fille, mais son dos se courbe pour amortir le choc à venir.

— Alors, reprenons. Lors de ses aveux, Loïc Peyrat a déclaré qu’une fois arrivée sur le talus, l’enfant s’est mise à crier. Elle ne voulait plus le suivre. Paniqué et pour qu’elle se taise, il a déclaré avoir pris une pierre pour l’assommer. Ce qui est confirmé par la pierre ensanglantée, présentée ici, scellé nº 3. Et que les gendarmes ont ramassée, non loin du corps. Est-ce ce coup à la tête qui a tué l’enfant ?

— Non, monsieur le président.

— Qu’avez-vous constaté d’autre ?

— La fillette a reçu quinze coups de couteau.

Un murmure horrifié parcourt la salle.

— Faites passer le couteau, s'il vous plaît, scellé n° 12…

Cyrille Katz s'enfonce dans son siège. L'accusé continue à écrire on ne sait quoi sur un petit carnet… Interpellé par le président, il reconnaît que le couteau est à lui, mais il n'en sait « pas plus ».

— Et ce pantalon sombre retrouvé dans le coffre de votre voiture, roulé en boule, lors de la perquisition de votre garage, est-il à vous ? interroge le président Carrouges.

— Oui, reconnaît Peyrat.

— Comment expliquez-vous que s'y trouvent des taches de sang ? Qu'on projette la diapositive correspondante, s'il vous plaît. Merci.

— Eh bien, justement, je ne me l'explique pas mais demandez aux enquêteurs, ils auront sûrement une réponse toute prête…

Pierre Le Callet s'approche de l'expert.

— Pouvez-vous nous dire, docteur, de quoi est morte exactement la petite victime ?

— Elle est morte d'une section de l'artère carotide externe.

— À quel niveau a-t-elle été sectionnée ?

— Au niveau du cou.

— Comment se comporte le sang dans ces cas-là ? Est-ce qu'il s'écoule simplement de la plaie ?

— Oh non, c'est un jaillissement, une sorte de geyser, pulsé par les battements du cœur qui faiblit peu à peu jusqu'à l'arrêt cardiaque.

— Si un tissu se trouve à proximité, il est donc arrosé par ces jets de sang, est-ce exact ?

— Oui, tout à fait.

— Revenons maintenant au pantalon trouvé dans le coffre de Peyrat. Les taches de sang sont situées, comme on le voit ici, en rouge, à la hauteur de la poche droite et vers la braguette... Comment ces taches se sont-elles formées, docteur ? Que peut-on en dire ?

— Elles ne peuvent pas venir d'une blessure corporelle de l'accusé car elles sont provoquées par un élément extérieur. Dans notre jargon, on parle de « taches d'apposition ». Comme si l'élément tachant avait été tamponné sur le pantalon, par petites touches...

— Vous nous avez dit tout à l'heure qu'une section de la carotide - qui a causé la mort de Livia Pozzi - entraînait un jaillissement de sang. Les taches que vous constatez sur ce pantalon viennent-elles d'une blessure de ce genre, du geyser dont vous nous avez parlé ?

— Aucunement.

— Donc, il n'y a pas de corrélation directe entre ce pantalon et l'assassinat de cette enfant, conclut Le Callet vivement. Je vous remercie, docteur. Je n'ai plus de questions.

Gus se tourne vers Pauline et lui murmure à l'oreille :

— La défense vient de marquer son premier bon point.

- 52 -

Le lendemain, le 10 mars 1976, arrive enfin l'audition du témoin clé annoncé par maître Le Callet. Il l'a dit aux journalistes. Ce sera le coup de théâtre de ce procès. Celui qui va jeter un doute définitif sur la culpabilité de Loïc Peyrat. Quand Mme Anselme – puisque c'est son nom – quitte la salle des témoins, la défense se prépare à la victoire.

La dame qui s'avance à la barre est guillerette. Sa robe d'été est un peu trop courte, un peu trop moulante, un peu trop décolletée pour la circonstance, mais la convocation de justice ne précise pas la tenue qu'il convient de porter pour témoigner en cour d'assises. Le président lui demande de décliner son identité. Elle s'exécute avec un fort accent marseillais.

— Je m'appelle Anselme Micheline. Je suis née ici, quartier la Castellane, le 12 août 1932. Je suis mère de famille, mariée depuis… ouh là, un bon bout de temps ! J'ai quatre enfants de vingt et un ans à dix-huit mois. Deux garçons et deux filles, peuchère, le double choix du roi.

On ricane dans les rangs en se disant qu'elle confond autobiographie et déposition.

— De quoi venez-vous témoigner, madame Anselme ? demande le président Carrouges.

— Eh bien, c'était un dimanche vers 11 heures, juste avant la Pentecôte d'il y a deux ans, quelques jours avant l'enlèvement de la petite Pozzi. J'étais à ma fenêtre en train de donner le biberon du matin à mon dernier quand j'ai regardé dehors et qu'est-ce que j'ai vu ? Un homme avec un pantalon de je ne sais plus quelle couleur, qui s'en prenait à une fille de la cité. Il a commencé à l'enlever...

— Son pantalon ?

— Mais non, monsieur le président, la fille !

— Pouvez-vous préciser qui était cette « fille de la cité » ?

— Une mauvaise fréquentation, ça, c'est sûr... Je l'aime pas trop d'ailleurs, c'est une copine à mon aînée.

— Oui, mais comment s'appelle-t-elle ?

— Je ne sais pas exactement, je vous dis, Nadine ou Nadia. En tout cas, elle n'a pas bonne réputation.

— Et cet homme, pouvez-vous le décrire ?

— Il était habillé normalement.

— Qu'entendez-vous par « normalement », madame Anselme ?

— Un haut et un pantalon... Je peux pas en dire plus, je regarde pas les hommes, monsieur le président...

Rires dans la salle.

— Vous avez déclaré qu'il « ressemblait à l'accusé » ?

— Ah ça oui, pardi ! On aurait pu les confondre.

— Mais ce n'était pas l'accusé ?

— Ah non, pas du tout. Je l'aurais reconnu.

— Vous dites qu'il commençait à « enlever » la fille de la cité, pouvez-vous préciser ?

— Il la tirait par le bras et elle se débattait.

— Et vous n'êtes pas intervenue ?

— J'avais mon gosse dans les bras, j'allais pas courir... J'ai jamais fait beaucoup de sport, à part d'avoir les enfants.

Nouveaux rires.

— Vous auriez pu crier.

— J'ai une petite voix.

La salle s'esclaffe. Gus se penche vers Pauline :

— Sa « petite voix » a le verbe haut.

— Et ensuite, que s'est-il passé ?

— Il a essayé de l'entraîner dans sa voiture, c'était une Simca 1100 grise. Ça, je l'ai très bien vu.

— Et vous avez relevé le numéro d'immatriculation ?

— Mais non, pas en entier, comment voulez-vous, avec un bébé sur les bras ! Mais je me souviens des deux derniers chiffres : ça finissait par 54.

— Vous avez remarqué autre chose ?

— Oui, il portait des bijoux du genre hippie. Il avait une gourmette et un tatouage, une ancre comme on en voit sur les bateaux, ici, dit-elle en montrant l'envers de son poignet. Mon mari est pêcheur, alors c'est le genre de choses que je remarque.

— Avez-vous relevé un autre détail ?

— Ah, oui, vous faites bien de me le rappeler, j'allais oublier. Il disait qu'il avait perdu son petit chien noir et il avait l'accent de Marseille.

Elle a répondu précipitamment, comme une écolière se rappelle sa poésie, juste avant de se rasseoir. Le public de la salle d'audience s'exclame. Il n'en croit pas un mot.

Quand maître Odilon, l'avocat de Marcello Pozzi, s'approche d'elle, Mme Anselme a perdu tout crédit. L'avocat de la partie civile n'a pas trente ans, mais il commence une belle carrière. Sa chevelure épaisse encadre un visage rond. Ses yeux clairs sont pétillants d'intelligence. Malgré sa jeunesse, il respire l'assurance.

Il se tient droit. Sa démarche est souple. Certains le considèrent comme un fumiste qui aurait du bagout. D'autres voient en lui un surdoué dont on n'a pas fini d'entendre parler. On le surnomme « le Lionceau » quand on l'aime bien. « L'Ambitieux » ou « le Pédant » quand on l'envie. Il s'en moque éperdument. Il est brillant, il charme, il convainc. Et il ressemble à un gros matou sur le point de croquer une souris.

— Madame Anselme... (Il marque un temps, savourant son effet.) On a bien compris que vous n'aimiez pas beaucoup la « fille de la cité » mais, tout de même, une enfant est victime d'une tentative d'enlèvement sous vos yeux, et vous ne réagissez pas !

— Je vous l'ai déjà dit, c'est à cause du petit...

— Vous n'allez pas non plus au commissariat pour le signaler ?

— Mais si, peuchère, j'y ai été.

— Pourtant, votre main courante n'a pas été retrouvée.

— Ma quoi ?

— Main courante, mais passons...

Le Callet se précipite.

— Ah non, on ne va pas passer là-dessus. Cette main courante existe et il est regrettable qu'elle n'ait pas été retrouvée. Les déclarations de Mme Anselme sont fondamentales.

— Admettons qu'elle ait été égarée, consent maître Odilon avec un sourire, et poursuivons... Vous avez dit que la scène se passait relativement loin de vous, est-ce exact ?

— Tout à fait.

— Et pourtant, vous avez pu entendre que l'homme « à la gourmette » avait l'accent de Marseille, c'est bien cela ?

— Tout à fait.

— Et qu'il parlait d'un petit chien noir.

— Absolument !

— Mais, madame Anselme, si vous étiez loin, comment avez-vous pu l'entendre ? Et constater qu'il avait un tatouage au poignet et une gourmette ? Votre vue doit être exceptionnelle pour voir ces détails de loin.

Le témoin de la défense encaisse le coup et constate piteusement :

— Eh bien, j'ai dû m'embrouiller dans les mots. J'étais plus près que je croyais. Misère, vous me filez l'angoisse avec toutes vos questions !

L'avocat de la partie civile poursuit, s'apprêtant à porter le coup de grâce :

— Vous avez déclaré avoir vu le « ravisseur » monter dans une voiture immatriculée 54. Ai-je bien entendu ?

— C'est ça, dit Mme Anselme d'une voix plus assurée.

— C'est donc que votre ravisseur habite en Meurthe-et-Moselle. Vous êtes d'accord ?

— J'en sais fichtre rien ! Si vous croyez que j'ai le temps d'apprendre mes départements...

— Je confirme qu'il s'agit bien de la Meurthe-et-Moselle, qui se trouve donc... à plus de sept cents kilomètres d'ici. Et pourtant, avez-vous dit, l'homme avait un accent de Marseille !

Le public est hilare.

— Une dernière question, madame Anselme. Connaissez-vous quelqu'un, ici, dans cette assemblée ?

Micheline regarde autour d'elle.

— Oui, elle a des lunettes de soleil mais je la reconnais très bien, c'est Mme Louise, dit-elle en pointant du doigt la mère de l'accusé. C'est pour elle que je suis là.

Odilon bondit.

— Ai-je bien entendu, madame Anselme ? Vous venez de dire que vous témoignez pour faire plaisir à Louise Malterre, la mère de l'accusé ?

— Oui, enfin non, pas exactement... mais c'est elle qui me l'a demandé.

— Qui vous a demandé quoi ?

— De venir vous parler pour sauver son fils...

— Et d'où la connaissez-vous, « Mme Louise » ?

— Du parloir des Baumettes.

La salle s'esclaffe.

— Et que faisiez-vous au parloir des Baumettes ?

— J'allais voir mon fils, qui n'a rien fait, je tiens à le dire !

Nouveaux rires dans la salle.

— Ainsi, vous engagez la conversation avec Mme Malterre, la mère de Loïc Peyrat...

— Bah oui, faut bien causer dans la file.

— Je n'ai plus de questions, monsieur le président.

Louise se tasse sur son banc. Elle voudrait disparaître. Comme elle regrette d'avoir connu cette femme, de l'avoir convaincue. Et pourquoi les avocats de Loïc ne disent-ils pas que, ce tragique lundi de Pentecôte 1974, il a vu son père ? Elle se lève et s'agite pour attirer leur attention. Elle ne fait que gêner ses voisins. Le président conclut, atterré par les propos de ce « témoin majeur » de la défense :

— Madame Anselme, vous avez de la chance que je ne vous poursuive pas pour faux témoignage.

- 53 -

L'avocat général est un homme d'une cinquantaine d'années aux rondeurs débonnaires. Fervent chrétien, il représente la loi tout en se souciant des hommes. Ses confrères le considèrent comme un humaniste du Code pénal. En effet, il a su requérir des circonstances atténuantes pour des crimes sauvages. Dans l'affaire Pozzi, ce n'est pas lui qui devait représenter la société, mais un collègue souffrant. Les volontaires n'étaient pas nombreux pour batailler dans cette sale affaire où la mort serait demandée. Marcel Forge a été désigné deux jours auparavant.

Comme tout le monde, il a entendu parler du crime par la presse mais ne s'est pas encore plongé dans le dossier. C'est avec épouvante qu'il le découvre. Il a à peine quarante-huit heures pour se l'approprier. Il s'enferme dans son bureau pour traquer des éléments de doute et d'indulgence, mais n'en trouve aucun.

Quand il prend la parole, lors de l'audience, il constate :

— Rien n'est plus odieux que le petit cadavre souillé, désarticulé d'un enfant abandonné...

Marcello Pozzi, en entendant ces mots, se met à sangloter. Il s'était promis de regarder l'accusé dans les yeux mais quand il le voit, lui, il l'imagine, elle. Et son cœur se brise à nouveau. Comme souvent, comme à chaque minute depuis le début du procès. Peyrat, lui, prend des notes. Sa mère se tortille et se lève de son banc, bruyamment. Ses voisins lui demandent de se rasseoir, à voix haute.

Faisant allusion à d'autres crimes d'enfants, à Patrick Henry et à l'opinion publique sur les dents, l'avocat général continue :

— Soyons bien conscients que ce procès est celui de Loïc Peyrat et de personne d'autre. Il y a suffisamment d'horreurs et de preuves dans ce dossier sans que j'aie besoin d'invoquer l'extérieur. Il y a les aveux renouvelés devant les policiers, la juge d'instruction et l'expert psychiatre.

Il évoque ensuite les pièces à conviction : le couteau et les blessures de l'accusé, écorché par les ronces arrachées à mains nues et qui recouvrent le corps de la fillette assassinée. Il insiste sur le comportement inexplicable de Peyrat, réfugié dans une champignonnière nauséabonde, soi-disant pour pique-niquer. Le jeune homme y est resté cinq heures sans demander d'aide. Quant au pantalon bleu taché de sang, dont il n'a jamais nié qu'il lui appartenait, pourquoi l'a-t-il gardé ? Ses premières déclarations l'expliquent : il le croyait taché de boue.

L'avocat général est lancé. Sa voix est nette, ses arguments précis, implacables. Que Nino Pozzi n'ait pas reconnu Loïc Peyrat ne l'ébranle guère. L'angle de vision d'un petit enfant de six ans sur un adulte n'est pas le nôtre. De sa hauteur, lorsqu'il lève la tête, il voit le menton, les narines plus que les yeux ou les cheveux, qui permettent une meilleure identification.

Il s'étonne ensuite de la stratégie choisie par la défense. Cyrille s'enfonce dans son siège.

— Je dois dire que je ne comprends pas les avocats de l'accusé. Ils s'interrogent sur la santé mentale de leur client. Ils font comparaître l'expert psychiatre qui l'a examiné pour évaluer son degré d'émotivité au moment des faits et lors de ses aveux. Mais s'ils plaident l'innocence, pourquoi s'interroger sur son état mental ? Ou Peyrat est innocent, ou il est fou. Il ne peut pas être les deux à la fois. Le laisser croire prouve, à mon avis, le désarroi de la défense face à l'horreur du crime et à la personnalité de l'accusé.

Néanmoins Marcel Forge n'entend pas s'arrêter là, il veut éclaircir le mobile.

— Admettons que cette sauvagerie soit due à la panique, que Peyrat se soit affolé à l'idée d'être surpris en présence de l'enfant. Mais quelle était son intention, en enlevant la petite victime à sa famille ?

Marcello relève la tête pour écouter cette analyse. Peyrat griffonne toujours en silence, nerveusement. Louise fouille dans son sac à main à la recherche d'une feuille de papier ou d'une carte qui pourrait lui servir d'éventail.

— Qui peut croire un instant qu'on enlève une enfant de huit ans pour lui faire faire une « petite promenade » et la ramener, ensuite, gentiment chez elle ? Et si ses intentions étaient aussi pures, pourquoi s'est-il muni de ce prétendu scoubidou retrouvé dans sa voiture ? Un scoubidou aux longues lanières qui ressemble, à s'y méprendre, à un fouet !

L'avocat général s'est rarement montré aussi ému. Il termine ce volet, la voix tremblante.

— J'ose à peine envisager ce qu'aurait subi cette pauvre fillette si elle n'avait pas été tuée...

La salle est bouleversée. Certains jurés ont les larmes aux yeux. Marcello retient mal des sanglots. Pierre Le Callet fixe les notes posées devant lui. Tout cela ne lui dit rien qui vaille. Les photos du petit cadavre circulent de nouveau, de main en main, parmi les jurés.

— On ne peut pas, assène le procureur, on ne doit pas oublier l'horreur de ce crime ! Et, si je réclame la peine de mort, si je la demande avec tant de force, c'est que Peyrat n'a aucune circonstance atténuante. Les experts successifs qui l'ont examiné sont tous arrivés à cette conclusion : il est absolument, totalement responsable de son crime.

Marcel Forge se tourne alors vers l'accusé, annonçant, pour qui connaît les habitudes du prétoire, la fin de son réquisitoire.

— Et vous, Peyrat, que faites-vous de l'occasion qui vous est donnée, ici, de pleurer et de demander pardon ? Vous nous toisez avec votre arrogance, votre agressivité. Cette moue dédaigneuse dont vous nous gratifiez depuis le début de cette audience de jugement... Vous n'avez qu'un seul souci en tête : vous en sortir ! Votre froideur m'effraie. Moi, je pense à votre mère qui pleure son fils vivant. Je pense à la mère de la victime qui pleure sa fille morte. Je pense à cette famille qui souffre à jamais du désespoir de l'avoir perdue, et dans ces circonstances atroces. Je pense aussi à M. Pozzi, qui est dans cette salle et qu'on entend si peu. J'imagine ce que fut le calvaire de ce père devant son enfant décédée. Ce père face à son cadavre qu'il a fallu identifier.

Marcello pousse un cri de douleur. Louise baisse la voilette de son chapeau pour cacher son air égaré. L'accusé ne bronche pas. Dans l'assistance, l'émotion transpire. Gus souffle à Pauline qu'il a rarement entendu un réquisitoire aussi puissant.

L'avocat général conclut d'une voix forte :

— Je requiers contre Loïc Peyrat la peine de mort parce qu'il est coupable. Je requiers la peine de mort parce qu'il est responsable. Et je requiers la peine de mort parce que c'est la loi.

- 54 -

— Maître Odilon pour la partie civile, vous avez la parole, annonce le président.

C'est le premier grand procès du jeune avocat et rien ne transparaît de son trac. Cet habitué des concours d'éloquence a confiance en sa verve. Pourtant, sa tâche n'est pas facile. Sa morale réprouve la peine capitale que souhaite Marcello, son client, dans son désir de punition extrême – selon lui exemplaire. Que plaider sans le trahir, ni se trahir ? Et sur quel ton ? L'esbroufe est dans sa nature mais ce style convient mal à ce drame et devant le père éploré. Dans le public, on attend le Lionceau avec intérêt.

Le jeune avocat, volontiers goguenard, s'avance dans le prétoire, le dos légèrement voûté et la mine sombre. Il passe une main embarrassée dans sa crinière. Son regard vert se plante dans celui des jurés. Il lance d'une belle voix, à l'élocution claire :

— La partie civile n'est pas là pour réclamer vengeance. Elle est là pour demander justice.

— Il ne se mouille pas, commente Gus à l'oreille de Pauline, mais beau début.

Maître Odilon poursuit :

— Je ne suis pas ici pour témoigner de la haine. Je suis ici pour témoigner de la douleur, celle des parents de Livia, une souffrance que nul ne peut imaginer. Je défends des parents et un petit frère qui ont perdu toute raison de vivre en ce lundi de Pentecôte 1974…

Il s'interrompt pour regarder le père qui ploie sous le chagrin et laisser les jurés s'imprégner de cette tragédie. Quand il reprend, c'est pour asséner l'idée d'une innocence trahie.

— Loïc Peyrat est coupable d'avoir tué ce jour-là une enfant qui lui avait donné la main parce qu'il était une grande personne et qu'elle avait confiance en lui. Or, cette main, martèle l'avocat en se tournant vers l'accusé, c'est la vôtre, Loïc Peyrat ! Votre main qui l'a sauvagement assassinée. Tout au long de leur calvaire, M. et Mme Pozzi se sont efforcés de garder leur calme et leur dignité. Certes, vous avez le droit d'être défendu. Mais eux, les parents de la victime, ont celui de connaître la vérité. C'est cela, la justice. Et vous la leur devez !

Il énumère ensuite, méthodiquement, toutes les charges qui pèsent sur l'accusé.

— Il y a trop de preuves, trop d'aveux pour que votre attitude n'irrite pas. Personne ne peut croire à votre innocence ! Dès lors, vous n'avez qu'une chose à faire…

Nouveau silence. Cyrille Katz, admirative, n'en perd pas une miette.

— Je voudrais vous voir crier votre chagrin. Pas seulement pour les parents. Mais pour vous-même, pour nous tous !

— Du grand art, souffle Gus.

L'accusé tourne fébrilement les pages de son carnet, comme s'il cherchait l'heure d'un rendez-vous manqué. Odilon se fâche. Il hausse le ton.

— Et vous, quelle est votre attitude pendant ce procès ? Vous persistez à accuser les enquêteurs. À ergoter sur un stop que vous n'auriez pas véritablement grillé. Vous produisez un témoin à la légèreté indécente, qui frôle la verbalisation ! Au moment des faits, vous aviez vingt ans, Loïc Peyrat, et cet âge m'émeut, car c'est à peine moins que le mien. Alors, je vous en conjure, reconnaissez votre faute et sollicitez le pardon afin que nous puissions, ensemble, essayer de comprendre pourquoi cette petite fille est morte...

Un silence inhabituel règne dans la salle.

— Je ne peux pas croire que l'on tue les enfants sans folie, poursuit maître Odilon en avançant d'un pas vers Peyrat. Admettez que vous étiez habité par une force qui n'était pas la vôtre !

Dans son costume bleu flashy qui semble désormais plus ridicule que provocant, Peyrat ne bronche pas. Il continue d'être accaparé par ses écrits. Le calcul des indemnités qui lui reviendront quand il sera innocenté, apprendra-t-on plus tard.

— C'est à se demander s'il entend ce qu'on lui dit, glisse Pauline à l'oreille de Gus.

Le Lionceau poursuit avec entêtement, comme s'il voulait sauver la tête du client de la partie adverse :

— Je veux croire à un autre Peyrat, conduit au crime par son passé. À un Loïc qui a enlevé un enfant comme lui-même fut arraché à son foyer. À un Loïc qui a vu son père blesser sa mère d'un coup de couteau, déjà.

L'accusé ne bronche toujours pas. Il garde les yeux baissés. L'avocat s'approche à quelques mètres de lui. Il semble le supplier.

— Avouez ce que vous avez fait, avouez, je vous en conjure ! Car l'aveu n'est pas seulement un moyen de preuves parmi d'autres. C'est une forme de respect. Respect pour la victime à laquelle on a fait du mal, respect pour Livia. Respect pour la société, à laquelle on accepte de rendre des comptes, honnêtement, courageusement. Mais respect aussi vis-à-vis de vous-même, Loïc Peyrat. Avouer, reconnaître les faits, admettre sa culpabilité revient à assumer ses actes. C'est intérioriser sa propre conduite, en prendre conscience et s'engager sur le chemin de la rédemption. C'est enfin quitter le camp des monstres pour rejoindre celui des hommes faillibles. Cela permet de vous voir comme une personne honorable qui a commis un acte épouvantable. Quand un accusé avoue, le regard de ceux qui jugent et défendent s'adoucit. La peine devient moins lourde. La douleur des victimes s'atténue car la haine et la rage baissent d'un ton. Vous ne les condamnez plus à se battre contre vous, à chaque minute de leur vie. Vous leur permettez d'entrouvrir la porte du pardon...

Odilon s'interrompt, comme s'il cherchait ses mots.

— Je ne peux pas supporter l'idée qu'on vous coupe la tête ! Mais votre entêtement à ne pas reconnaître ce crime, malgré les preuves qui vous accablent, vous mène à l'échafaud. C'est pourquoi je vous en conjure, pour moi, pour la cour, pour cet homme brisé qu'est M. Pozzi, pour la petite victime qu'est Livia, avouez, Loïc Peyrat, et sauvez votre tête ! Ayez le courage et l'humanité de dire votre faute. Je le répète, je veux croire en un homme qui n'est pas un monstre et qui demande pardon d'avoir commis l'impensable.

L'accusé lève les yeux vers le jeune avocat et... le Loïc de l'arrestation, timide, désolé, contrit, épouvanté par son acte, celui qui n'est pas un salaud, l'homme qui « s'empêche » et s'affole d'être lui-même, réapparaît. Son expression, emplie de douleur, s'humanise.

Pauline se tourne vers Gus.

— Il va craquer... souffle-t-elle.

Odilon lui tend la main.

— La cour et les jurés n'attendent que cela. Que vous vous montriez humain, Loïc, car vous êtes humain, j'en suis sûr.

À ce stade, si l'accusé reconnaît son crime, l'assistance cessera de le voir comme une ordure qui lui fait horreur. L'amalgame avec Patrick Henry s'arrêtera. L'esprit de vengeance se calmera. On ne voudra plus le tuer comme il a massacré l'enfant. On verra en lui un être humain comme nous tous, devenu criminel par accident. Un être humain poussé à bout par la panique. Les photos du petit cadavre, la description du légiste se mettront en retrait. Juges et jurés verront en Loïc un gosse repenti, désespéré de son crime et ils seront d'accord pour lui accorder des circonstances atténuantes.

Odilon les a tous convaincus. Le fils de Louise doit se repentir et pleurer pour le mal qu'il a fait. On espère qu'il va offrir un de ces coups de théâtre dont sont friandes les cours d'assises. Car les jurés préfèrent en général la clémence à la sévérité. On attend qu'il se tourne vers le père en l'appelant « monsieur Pozzi » et qu'il demande pardon, en pleurant : « Pardon pour vous. Pardon pour votre femme. Pardon pour votre petit garçon. Pardon à votre chère Livia. » Dans la salle, on sortira les mouchoirs. Ses avocats le soutiendront. Du deuxième rang, sa maman, enfin debout à bon escient, s'écrira : « Bravo pour ton courage, mon fils, merci, je suis fière de toi. »

Des larmes brillent dans les yeux de Loïc. Son arrogance a disparu. Sa superbe a fondu sur son banc. Il est prêt, le petit clown bleu, à demander pardon, mais sa mère, dans le public, dérange ses voisins bruyamment en agitant ses voiles noirs. On l'entend dire : « C'est insensé, c'est insensé ! » Son fils se tourne vers elle. Il hésite un court instant, se reprend, retrouve sa suffisance, se lève et déclare :

— Condamnez-moi si vous voulez, je m'en fous. Vous aurez votre conscience pour vous !

- 55 -

C'est un nouveau revers catastrophique pour la défense. Il devient impératif de changer de ligne. Cyrille Katz glisse une note dans ce sens à son confrère et patron. Elle va demander une suspension d'audience. Il faut qu'ils fassent le point. Elle doit plaider. Ses arguments sont prêts : un père violent et absent, une mère possessive, une enfance solitaire et sans attaches. Son immaturité sexuelle qui n'est pas une perversion. Le rendez-vous tragique avec le père, la réaction indifférente et moqueuse de son seul « ami ». Quand il croise Livia, Loïc est la proie d'émotions dramatiques. Dans son esprit, il ne l'enlève pas. Il a déjà abordé des enfants, sans leur faire de mal. Pour le plaisir de leur compagnie. Comprenons que l'enfance est son monde. Il en est si proche encore par l'âge...

Mais le grand avocat ignore ostensiblement sa collaboratrice, dont le billet reste sur la table sans être lu. C'est alors que le président Carrouges annonce :

— Maître Le Callet pour la défense, vous avez la parole.

Derrière sa superbe, l'avocat est livide. Il n'a pas dormi. À ce stade du procès, que va-t-il se passer ? Va-t-il plaider l'innocence ? La culpabilité assortie de circonstances atténuantes ? Ou invoquer l'horreur de la peine de mort ? Cyrille se rappelle ses leçons de plaidoirie : pas plus de vingt minutes, un seul argument net et précis...

Il se redresse, avance vers les jurés. Il sait qu'il danse sur un fil. Lorsqu'on plaide la non-culpabilité, soit on le fait de manière frontale, au risque d'agacer les jurés quand l'accusé est manifestement coupable ; soit on plaide en creux, en évitant soigneusement des termes inaudibles comme « innocence », mais en soulignant tout ce qui sème le doute. En effet, le rôle d'un pénaliste est de s'engouffrer dans les brèches de l'instruction.

Le Callet est prêt. Il étouffe dans sa robe noire. La transpiration mouille sa chemise. Il desserre discrètement son col. Sa bouche est sèche. Il avale le contenu d'un verre d'eau et se lance : « Mesdames et... »

Il doit s'arrêter. Le son de sa voix, habituellement puissant, est ridiculement faible. Il reprend mais rien ne sort de sa gorge car, il faut se rendre à l'évidence, il est aphone...

L'audience est suspendue. Maître Katz va-t-elle plaider ? Sûrement pas ! On court à la pharmacie chercher des pastilles, du sirop. Pendant ce temps, Cyrille pourrait convaincre Loïc de... mais la salle est trop dissipée pour qu'il l'entende. On a pris du retard.

La session reprend rapidement. Pierre Le Callet a retrouvé son assurance, dirait-on. Il s'avance dans le prétoire sans notes, les cheveux remis en ordre, le dos droit, l'expression confiante et le rabat blanc de sa robe bien en place. Pour mettre les jurés dans sa poche, il commence par s'adresser à la famille Pozzi :

— Avant toute chose, je tiens à dédier ma plaidoirie aux parents de la petite victime...

Maître Odilon bondit et proteste :

— Les parents n'ont rien à faire de votre dédicace, ils doivent survivre avec une épitaphe !

Cette réplique foudroyante balaie le premier effet de la défense. Un silence de plomb s'abat sur la salle. Le Callet a du mal à retrouver son souffle. Cyrille encaisse le coup. Va-t-il enfin renoncer à une stratégie suicidaire et admettre la culpabilité de l'accusé, pour le sauver de lui-même et de la guillotine ?

Le Callet a déjà repris, d'une voix ferme :

— Au moment de prendre la parole pour Loïc Peyrat, j'ai face à moi trois adversaires. Vous, maître Odilon, qui avez fait preuve d'une magnifique humanité en prêtant votre voix aux parents de Livia. Vous, monsieur l'avocat général, qui avez prononcé l'un des meilleurs réquisitoires que j'aie entendus de toute ma carrière. Et vous, Loïc Peyrat, dit-il en désignant son client. Vous qui êtes, de loin, mon opposant le plus farouche. Vous, qui avez été incapable, au long de ce procès, d'inspirer la moindre sympathie avec votre arrogance, votre détachement, votre mépris pour la souffrance de la petite victime et de ses proches. Vous, qui accusez tour à tour la police, la justice, les experts de vous avoir contraint et même *torturé* ! Vous, que nous voulions tenter de comprendre, à votre entrée dans cette cour de justice. Mais vous, dont l'attitude donne envie de vous haïr. Vous, qui vous êtes montré impassible et froid. Pauvre idiot !

Gus se penche vers Pauline, qui prend des notes.

— De mémoire de cour d'assises, je n'ai jamais entendu un avocat de la défense s'en prendre à l'accusé aussi frontalement. Si tu veux mon avis, c'est mauvais signe : il flanche sur ses bases...

Dans la salle, la chaleur ne désarme pas. Louise transpire dans son manteau d'hiver. Loïc Peyrat dégouline. Le front humide, les lèvres pincées, il fait ses comptes en remuant les lèvres. Une guêpe tournicote, à la recherche d'une peau sucrée.

— Mais vous, mesdames et messieurs les jurés, reprend Le Callet, ne vous fiez pas aux apparences ! Quand on vient de passer deux ans dans une geôle implacable, pour un crime qui n'est pas le sien, elles s'avèrent trompeuses.

Cyrille s'éponge le front. Mais pourquoi persiste-t-il ?

— Elles s'avèrent trompeuses aussi quand on est à peine majeur. Et qu'on a, face à soi, des juges intimidants. Juger sur les apparences n'est pas rendre justice. Notre pays sombre dans l'hystérie. Je vous demande de résister à ce vent de folie. N'écoutez pas la rumeur ignoble, cette prostituée qui tire le juge par la manche ! Je hais la peine de mort, je ne serai jamais du côté des guillotineurs, et vous non plus ! Pour une bonne raison : Loïc Peyrat est innocent du crime dont on l'accuse. Il est innocent et je plaide non coupable.

Une rumeur de désapprobation parcourt la salle. De nouveau, le président demande le silence. Le Callet enchaîne :

— Certes, mon client a avoué, mais il était en plein désarroi. Le désarroi de ses vingt ans. Le désarroi qu'un innocent éprouve face à l'accusation. « C'est vous ! C'est vous ! Je vous ai vu ! » lui assénait Denise Manchet. Alors Peyrat, dont l'émotivité est extrême, comme l'a évalué monsieur l'expert, a craqué. Ses nerfs ont lâché.

L'avocat laisse planer un silence, toujours utile après l'énoncé d'une idée forte.

— Il n'est pas le seul à avoir avoué le crime d'un autre. L'histoire judiciaire déborde de faux coupables très convaincants. Mais, en droit français, l'aveu n'est pas une preuve. L'aveu, au contraire, est le fil d'Ariane de l'erreur judiciaire. Ne nous y fions pas !

Le ténor marche dans le prétoire. Il semble réfléchir.

— Revenons aux faits, mesdames et messieurs les jurés. Loïc Peyrat est intelligent, voire très intelligent. Alors est-il plausible qu'il ait commis ce crime et soit rentré chez lui sans s'être débarrassé d'un pantalon taché du sang de sa prétendue petite victime ? Pense-t-on également que ce garçon tellement émotif, répétons-le, demande de l'aide en souriant dans la champignonnière ? Et qu'il prenne le thé sans que rien dans son attitude ne soit suspect ? Puis qu'il rentre chez sa mère manger de bon appétit, en ayant une petite morte sur la conscience ? Et enfin qu'il s'installe, toujours aussi tranquillement, dans son canapé pour regarder un western à la télévision ? Ou encore, imagine-t-on que ce jeune homme intelligent garde dans le coffre de sa voiture, s'il est coupable, ces lanières en cuir qui servent à l'accabler ? Quant au couteau – qui serait la preuve la plus pénalisante de son crime –, les gendarmes ne l'auraient extrait d'un monceau de fumier qu'au bout de deux heures. Deux heures ! C'est dire que les indications de l'accusé n'étaient pas si précises. Enfin, il y a cette gourmette trouvée non loin du corps de la victime. Une gourmette que Mme Anselme a vue au poignet d'un détraqué sexuel importunant des enfants, dans les jours qui ont précédé ce terrible lundi de Pentecôte. Un satyre qui n'est pas Peyrat mais qui emploie le prétexte du petit chien noir pour aborder les enfants. Un détraqué sexuel qui porte la gourmette relevée près du corps de Livia et qui adopte la même stratégie, quelle étrange coïncidence !

Le public est attentif. Seuls les éventails s'agitent. Pauline, stupéfaite, ressent profondément le pouvoir des mots. Pierre le Callet est brillant, il se montre dans tout son éclat.

— Rappelons que le seul témoin direct de l'enlèvement, le petit Nino Pozzi, n'a pas reconnu Peyrat. Il ne l'a pas reconnu, mesdames et messieurs les jurés ! Voyez enfin cet élément plus que troublant : M. Manchet a prouvé ses qualités d'observateur, et pourtant il n'a pas vu d'enfant dans la voiture de Peyrat. Lui, pas plus que les autres témoins de l'accident. Pourquoi ? Une fillette d'un mètre vingt est-elle invisible ? La reconstitution a ignoré ce point crucial. Il y a pire : on ne sait même pas à quelle heure est morte la victime. Est-ce à 9 heures, à 15 heures (ce qui innocenterait l'accusé) ? Ou même le mardi ? Là encore, aucune expertise. Et ce couteau dont on parle tant ? Rien n'indique qu'il soit l'arme du crime. Aucune confrontation n'a été demandée entre la lame et les plaies. Que de zones d'ombre dans ce dossier ! Que d'incertitudes !

Le grand avocat, emporté par son éloquence, termine sur cette envolée :

— Oui, je me répète, allez-vous condamner sur la foi d'un dossier de plâtre ? Je ne suis pas du côté des assassins, mais je ne suis pas non plus du côté de l'erreur judiciaire. Acquittez Loïc Peyrat ! Le sang se lave avec les larmes, non avec le sang. Tant que la peine de mort existera, la nuit régnera sur la cour d'assises.

Gus Demaison se tourne de nouveau vers Pauline.

— C'est brillant, mais le cas Peyrat n'est pas clarifié.

- 56 -

Les jurés se retirent pour délibérer. Marcia Pozzi guette le verdict à la radio. Elle n'a manqué aucune chronique, aucun compte rendu d'audience. Quel type épouvantable, ce Peyrat ! Elle est bien d'accord avec les journalistes et les gens qui s'indignent, dans la rue. Elle a bon espoir, sa fille sera vengée et elle regrette finalement d'être restée à la maison. Elle s'est soumise à Marcello qui a voulu, comme toujours, assumer seul les conséquences de cette tragédie. En tout cas, elle attend son retour avec impatience. Si on coupe la tête de Peyrat, ils fêteront ça. Il faut décourager les tueurs d'enfants !

Maître Le Callet est inquiet. Il s'est trouvé convaincant mais il n'est pas sûr d'avoir convaincu. Le réquisitoire était trop puissant. La plaidoirie du jeune Lionceau trop humaine, trop brillante, trop bien dosée. Dans la Souricière, sa robe noire volette autour de Peyrat. L'accusé, effondré, ne joue plus aucun rôle. On l'a montré du doigt, calomnié. Il s'est mal défendu. Et cet accoutrement ! Il n'aurait jamais dû écouter sa mère, qui l'a déguisé. Il ôte la croix de son cou. « Ton innocence éclatera », disait-elle, quelle blague ! Pourtant, il est confiant, puisqu'il n'a rien fait.

Cyrille ne les a pas rejoints. À l'orée du verdict, elle voudrait être auprès de son client mais son patron lui barre la route, quand il ne l'ignore pas ostensiblement. Partout où elle va, elle est indésirable ou négligeable. Ses confrères se détournent. Les journalistes aussi, comme si elle n'était plus habilitée à leur parler. D'ailleurs, Le Callet lui a intimé l'ordre de les éviter et de se taire. Pas un mot pour expliquer sa défection. Derrière une colonne de la salle des pas perdus, elle fume une cigarette nerveusement. Au cabinet aussi, on lui bat froid. Pour tous, elle a trahi la défense en refusant de plaider contre ses convictions. Un scandale inimaginable. Non mais, pour qui se prend-elle, la « stagiaire » ?

Louise ne comprend toujours pas pourquoi la visite au père n'a pas été mentionnée. Mais surtout, même si elle ose à peine se l'avouer, elle n'est plus sûre de croire à un acquittement. À moins que les immenses failles du dossier ne soient retenues en faveur de Loïc. Combien risque-t-il ? Dix, vingt ans ? Un réquisitoire aussi sévère ne peut être suivi. Et si Loïc était condamné au pire, quelle serait la peine d'un Patrick Henry ?

Gus et Pauline sont assis devant un café. La dissension au sein de la défense a fuité et n'a sûrement pas servi la cause de Peyrat. Demaison critique la dernière partie de la plaidoirie de Le Callet. Pierre est un grand avocat mais trop grandiloquent, il a plaidé pour ses élèves, pas pour les jurés.

Dans la salle des délibérés, on débat vivement. Un juré ne cesse de revenir sur le comportement odieux de Peyrat. Une femme rétorque qu'on ne juge pas un homme mais un acte. Or il n'y a eu ni torture, ni barbarie, ni récidive. Juste un meurtre de panique.

— Et un enlèvement... précise quelqu'un autour de la table où traînent pêle-mêle des verres d'eau, des tasses sales et des cendriers pleins.

— Quand vous dites « panique », vous parlez de l'homme. Alors, faudrait savoir : tantôt vous jugez l'acte, « pas aussi grave que ça », selon vous. Tantôt vous jugez le « jeune homme », comme vous l'appelez. Et quand vous parlez de sa mère possessive, de leurs déménagements successifs, vous jugez quoi, l'acte ou l'homme ?

— Moi, je n'oublie pas les photos de la gosse, intervient le septième juré. Ni le réquisitoire de l'avocat général. Souvenez-vous qu'il a demandé la mort par trois fois. Alors, je vote la mort... triplement.

— Moi, je ne peux pas oublier qu'il s'est bien foutu de nous, l'accusé, avec son costume d'opérette et sa croix de premier communiant.

— Ce n'est pas le sujet, ose la dame.

— Et le mobile, une promenade ? Une promenade ! s'égosille le plus âgé. Moi, j'affirme que ce type est un danger public et qu'il faut l'empêcher de nuire, définitivement. On écrase bien les cafards ! D'ailleurs, si on vote perpète, il sortira dans combien de temps ? Au pire, mettons vingt-cinq ans. Il en aura cinquante-six. Eh bien, moi, je prétends qu'à cet âge-là, on peut encore faire des dégâts.

— Ou pas, dit la malheureuse humaniste. Vous ne croyez donc pas à la seconde chance ?

— Pas avec les pervers sexuels. Et d'ailleurs, je m'en moque. Je ne prendrai pas de risques pour les gosses qui tombent dans leurs sales pattes...

— Vous êtes sans pardon, alors ? C'est horrible, ce que vous dites !

— Mais je ne vous permets pas ! C'est l'accusé qui est horrible, pas moi !

- 57 -

Au-dehors, devant le palais de justice d'Aix, la foule a encore grossi. Les visages de Livia et du petit Philippe Bertrand, assassiné comme elle, sont placardés sur des bouts de carton que la foule brandit comme autant d'étendards. Le portrait dessiné de Peyrat, petit bouc soigné, croix épiscopale et veste de star, circule entre les manifestants, qui réclament la mort. Il est arrosé de taches rouge sang. Sur un autre croquis, on le voit avec Patrick Henry : les deux jeunes hommes, main dans la main, sont représentés en diables – têtes cornues, queues fourchues, ils se lèchent les babines en prononçant la parole du Christ : « Laissez venir à moi les petits enfants ! » Et partout ces slogans qui fusent : « À mort ! Crevure ! Le peuple aura ta peau ! »

Sur une chaîne de radio nationale, une psychologue essaie de tempérer les esprits. Elle explique notamment l'arrogance de l'accusé par la honte profonde qu'il ressent d'avoir commis un acte atroce. Des coups de téléphone, anonymes ou pas, exigent qu'on la fasse taire.

— Et la gamine, il a cherché à la comprendre ?

— Des types comme lui, faut les châtrer et ensuite, leur couper la tête !

— Je t'en foutrais, des « mécanismes d'autodestruction » ! Qu'il crève et puis c'est tout.

À 20 h 20, on se rue de nouveau dans la salle d'audience. Loïc Peyrat est ramené dans le box des accusés. Un bruit court parmi les pénalistes : si le premier juré revient annoncer le verdict tête basse, c'est que le réquisitoire a été suivi. Peine maximum. En revanche, s'il entre tête haute, l'indulgence a parlé, la défense l'a emporté. En voyant revenir le plus âgé des citoyens mandatés avec un regard droit et un visage serein, les avocats de Peyrat espèrent. Le jeune âge de l'accusé, les zones obscures de l'instruction... ont joué en sa faveur !

Louise s'est reprise et croit de nouveau fermement que son fils sera relâché. Elle n'a pas renoncé au taxi blanc. Blanc comme la pureté, couleur de leur victoire. Tel un cheval ailé, il attendra à la sortie du tribunal et l'emportera dès que son innocence sera proclamée. Elle rêve en ignorant la procédure : même innocenté, son fils devrait attendre pour être libéré...

Le président prévient, comme il l'a fait à l'ouverture du procès, qu'il ne tolérera aucune manifestation intempestive du public. Il donne lecture des six questions posées et des réponses apportées :

— Peyrat est-il coupable d'avoir enlevé Livia ? Oui.

» La victime était-elle âgée de moins de quinze ans (ce qui constitue une circonstance aggravante) ? Oui.

» L'enlèvement a-t-il été suivi de la mort de l'enfant ? Oui.

» Peyrat est-il coupable de lui avoir donné la mort ? Oui.

» Cet homicide volontaire a-t-il suivi l'enlèvement ? Oui.

» Existe-t-il des circonstances atténuantes en faveur de l'accusé ?

La réponse est cruciale. Elle va décider de la vie ou de la mort du jeune Loïc. Non ! Ils ne lui ont trouvé aucune excuse.

L'accusé est donc condamné à la peine capitale.

Cyrille retient un cri. Le Callet blêmit. Louise s'effondre sur son banc, sans émettre aucun son. On doit la soutenir. Quelqu'un quitte la salle pour annoncer la sentence. On entend au-dehors s'élever des clameurs de joie. Les jurés sortent un à un de la salle d'audience. La moins sévère d'entre eux pleure en voyant qu'ils sont applaudis. On les félicite. On veut leur serrer la main, avoir un autographe.

Une haie d'honneur accueille les avocats. Les micros des journalistes se tendent. Ulcéré, maître Odilon rugit : « On ne commente pas un verdict de mort ! » Cyrille Katz se dérobe. Abattue, elle ne peut s'empêcher de penser que, si elle avait plaidé, ils n'en seraient pas là. Pierre Le Callet fixe l'objectif de la caméra et déclare qu'il se fait fort d'obtenir la grâce du président de la République pour le condamné.

Dans la salle d'audience, un magistrat en robe rouge reste seul, le visage las. C'est Marcel Forge. Il est accablé d'avoir dû, en son âme et conscience, requérir la mort, selon ses convictions et selon la loi. Une part de lui regrette qu'on l'ait suivi.

Pauline est toute retournée. Elle téléphone à sa grand-mère en pleurant. La vieille dame constate avec philosophie que, lorsqu'on donne aux hommes l'occasion d'être mauvais, ils le deviennent parfois. Elle ajoute aussitôt que l'inverse est vrai : « Quand on leur donne l'occasion d'être bons, ils peuvent aimer faire le bien. »

Loïc, ramené en cellule, ne cesse de répéter comme on tourne en boucle : « Ils sont fous, mais ils sont fous ! » Louise pourrait dire la même chose si elle comprenait ce qui arrive. On a trompé les jurés. Quelque chose a dérapé, mais quoi ? Et la visite au père, pourquoi n'en a-t-on pas parlé ? Ces gens décidément n'ont aucune humanité. Quand elle se décide à sortir de la salle d'audience, elle est reconnue, huée. Elle reçoit même un crachat d'une horde hideuse qui oscille entre haine et joie.

Gus Demaison dicte par téléphone un édito qui restera dans les annales d'*Histoires vraies* : « À Aix-en-Provence, ce 10 mars 1976, la barbarie était partout : dans le box du condamné accusé d'avoir tué, à coups de pierre et de couteau, une petite fille de huit ans. Dans le tribunal, pour avoir requis et voté la guillotine. Et dehors, dans la foule, où le verdict tant espéré fut applaudi avec un enthousiasme obscène... »

- 58 -

Condamné à mort ! Condamné à mort !
Je suis condamné à mort ! Je me répète les mots
mais je peux pas croire qu'il s'agit de moi.
Il y a deux ans, j'étais un petit gars banal
et aujourd'hui on veut me couper la tête ?
Maître Le Callet m'avait pourtant promis...
Maman était si sûre...
Je peux même pas pleurer. Je suis sidéré.
Ils sont complètement fous.
L'échafaud sous Giscard, dans un beau pays,
avancé, au XXe siècle.
Je peux pas imaginer qu'on me guillotine.
C'est une pratique du Moyen Âge, un cauchemar,
je vais me réveiller.
On me déteste, Maman aussi.
On lui crache dessus.
Les parents lui ont tourné le dos...
Serveuse, avec ses pauvres jambes !
C'est injuste. Elle n'a rien fait. Elle est gentille.
Je lui ai gâché la vie, pauvre Maman,
ça me fait tellement mal au cœur.

Quand je la plains, elle se fâche.
Elle répète que la victime, c'est moi, pas elle.
Son optimisme malgré tout est presque risible.
Elle continue de répéter qu'on va gagner,
que la vérité va éclater.
Que l'homme à la gourmette va recommencer.
On va l'arrêter, me réhabiliter, me libérer...
Et sûrement pas me couper en deux.
Dans plein de pays, la peine de mort est supprimée.
Et Patrick Henry ? Il est bien pire que moi.
Il a tué un gosse pour de l'argent, c'est dégueulasse.
Le garçon d'une famille de ses amis.
Je suis pas ce genre d'homme. J'ai juste un problème.
Je suis « récupérable ».
Est-ce qu'on guillotine un récupérable ?
Plus je réfléchis, plus je suis confiant, on va me gracier.
Mais qu'est-ce que ça veut dire, « gracié » ?
On prend perpète, ou vingt ans seulement ?
Au pire, je sortirai de prison un peu après cinquante ans.
Si Maman vit toujours,
On ira voir San Francisco, le Golden Gate.
Je parlerai l'anglais, j'aurai plus peur.
Je pourrai me marier sauf si ma femme critique ma mère.
Ça, je le tolérerai pas ! Et Mickey ?
Combien de temps ça vit, un chat ?
Autant que les chiens ? On multiplie par sept aussi ?
Je vais me cultiver. Tiens bon, minou !
Maman aussi. Je croise les doigts, je lui fais confiance.
C'est une battante et moi, je vais faire des puzzles,
pas trop grands, les tables sont petites.
Continuer le sport. Comment je pourrai plaire,
si je m'avachis ?
J'ai tellement sommeil...
On m'a changé de cellule,
quartier spécial pour nous, les condamnés.

Je dis « nous » mais je suis tout seul,
Un « privilégié » en somme.
Non, je déconne, faut toujours que je fasse l'imbécile.
Cette croix sur le plastron, ce bleu,
quand j'y pense, c'était con.
Je vais dormir. Je suis fatigué.
Le seul point positif, c'est que le procès est fini.
J'en souhaite pas un à mon pire ennemi.
Les regards inquisiteurs, la gueule de Branlant.
« Monstre », il m'a traité de monstre.
Et lui, il est quoi ? Je finirai par le briser...
Un article c'est vite écrit et une réputation, vite fauchée.
La preuve, la mienne...
Je vais dormir, maintenant.
Comme dit Maman : « Demain est un autre jour. »
Dormir, c'est ça, je lui écrirai plus tard.
La pauvre, elle doit s'inquiéter.
Le verdict, c'est un sacré coup sur la casquette.
Et le taxi blanc ?
Elle l'a décommandé j'espère...
Je bâille...
Bonne nuit, Maman chérie, à demain...

★

Maman chérie,

Je voudrais te dire encore une fois que tu n'as rien à te reprocher. Tu as été une mère parfaite en tout point, et courageuse. Les seuls à incriminer ici pour ce qui nous arrive, ce sont le destin et les jurés. Il faudrait faire comprendre aux gens que la justice de leur pays est capable, après quelques mois de pseudo-enquête, de condamner à mort un innocent. Si j'ai péché, c'est par excès de naïveté. J'ai eu confiance en cette justice ! J'ai eu confiance en la police pour trouver le vrai coupable, l'homme à la gourmette qui menace encore des enfants dans les quartiers de Marseille. Et personne n'en parle ! Il faut que les erreurs soient payées. Que les flics, les juges, les jurés portent l'entière responsabilité de leur condamnation car, dans quelques mois ou quelques semaines, la vérité éclaboussera les fautifs.

Ce que je ne voudrais plus, c'est avoir à me justifier de tout et n'importe quoi, comme je l'ai fait au procès. Je ne veux pas revivre ce défilé d'experts et de témoins, tous à charge évidemment.

Je ne veux plus m'abaisser à discuter avec mes accusateurs, ni à argumenter contre leurs inepties ou à étaler les raisons de mon innocence, PARCE QU'ELLE VA DE SOI. Mon innocence se suffit à elle-même. Je suis innocent parce que je suis innocent, il n'y a rien à ajouter. Tu l'as dit toi-même, Maman chérie : je suis incapable de faire une chose pareille. Absolument, radicalement incapable d'avoir commis ce crime. Tu es la première et la seule à avoir vu juste, dès le début.

Si je consens encore quelquefois à parler de ce lundi de Pentecôte, c'est pour prouver que je suis la victime non pas d'une gigantesque suite d'erreurs, mais plutôt d'une terrible machination... Les flics, les juges n'avaient pas de coupable. Il fallait bien en trouver un et c'est tombé sur moi. Ils se sont frotté les mains, ils se sont acharnés jusqu'à me condamner à mort. C'est si facile ! Ils sont tout-puissants et je ne suis rien. Mais la vérité sera faite. J'ai confiance. Garde le moral, surtout !

Merci pour ton colis. J'avais oublié le goût du foie gras. Par chance, les matons n'en ont pas voulu. Ici, les plus pernicieux ne sont pas forcément du côté des détenus. Si on m'avait dit que je passerais mon vingt-deuxième anniversaire en prison, je ne l'aurais jamais cru. J'essaie de me rappeler les moments heureux, et rassure-toi, Maman chérie, il y en a des tas, dont certains que je dois mettre de côté pour ne pas pleurer. Tu te souviens de mon dernier anniversaire ensemble ? Nous étions si heureux d'avoir trouvé la Corniche-Fleurie, le balcon, le centre commercial à nos pieds, si pratique, et la vue sur la mer. Je venais de décrocher un travail…

Je ne sais pas si je t'ai assez remerciée d'avoir mis un ruban autour de Little Bastard. Quelle attention ! Ce jour-là, je me suis pris pour James Dean devant sa Porsche. Et puis les ballons, le gâteau. J'y repense souvent comme à l'un des plus beaux moments de ma vie. Quelle tristesse que le meilleur des cadeaux ait causé tous nos malheurs, mais nous nous rattraperons quand mon innocence sera enfin reconnue. Alors je te jure, Maman chérie, que nous fêterons mes vingt-trois ans en fanfare. Nous irons sur les hauteurs de San Francisco. Avec les indemnités que l'État nous versera, je te gâterai comme jamais. Nous trinquerons en buvant du champagne. Tu verras, nous oublierons ces épreuves et nous retrouverons le bonheur.

Passe le bonjour à Ursula qui a toujours été gentille avec nous.

Fais une caresse à Mickey pour moi.

Je t'embrasse sur les deux joues et te serre dans mes bras.

Ton fils qui t'aime très fort, Loïc

P.-S. : J'ai envoyé un message à Giscard pour solliciter sa grâce et qu'il lave mon honneur. Je n'ai rien écrit pour me justifier. Comme je te l'ai dit, je suis innocent parce que… je suis innocent. Il n'y a rien à ajouter.

- 59 -

Y a des pratiques barbares dans notre pays.
Faut être ici pour s'en rendre compte.
On me condamne mais on ne veut pas que je meure.
Enfin pas tout de suite, ni à ma façon.
Je suis sous surveillance, nuit et jour,
lumière crue, lumière constante.
Une chaise, un lit, une table scellés au sol,
un lavabo, une tinette, un matelas sans draps.
Je me dégourdis, les chaînes aux pieds,
dans un couloir extérieur avec un grillage au plafond
pour retenir les saloperies que les détenus
me jettent d'en haut.
Des slips sales, des boîtes de conserve,
des cocottes en papier
et les crachats qui passent au travers...
On me hait, on m'injurie. Toujours ce signe,
couper la gorge.
Patientez, les gars, ça va venir !
Allongé des heures durant, je regarde les murs.
Je rumine, je t'écris, Maman chérie, je me plains.
Si tu savais comme j'en ai marre !

Un vrai zombie, je m'endors par terre
ou sous mon lit, pull sur la tête.
Je peux même plus lire. Je grignote,
je rêvasse, j'apprends plus rien, je sommeille à peine.
Un petit bruit, je suis aux aguets.
Et toujours eux, en fond sonore :
« Je vais t'enculer », « Je vais t'égorger »,
« T'es qu'un connard », « Pointeur de merde »…
Je revois ma vie. Je te revois, toi, Maman chérie.
Les films, les puzzles, la plage, c'était si doux !
Je vais mourir ou bien moisir dans ce trou à rats.
Entre les deux, qu'est-ce que je préfère ?
Le destin, quelle saloperie !
Heureusement, dans mon cloaque
j'ai une crème d'homme, Maurice.
C'est un maton. Un bon regard de bon gros chien.
Parle pas beaucoup mais écoute bien,
un vrai papa…

★

Oh, Maman chérie, si t'étais là on trinquerait.
Si tu l'avais vu, Maurice !
Il courait, il répétait :
« T'es sauvé, mon petit gars, t'es sauvé ! »
Tu dois le savoir, on m'a gracié.
Super Giscard, j'en étais sûr.
Je suis soulagé, j'ai eu si peur.
Plus envie de vivre, moi ? Faut pas croire ça !
Malgré ici, malgré les autres,
encore apprendre, encore t'aimer, encore rêver.
Revoir Mickey et le ciel nu, un jour.
Pas de guillotine, je me suis relâché d'un coup !
Quand on frôle la mort, on savoure la vie.
Je vais pouvoir dormir et m'organiser

Partir d'ici, changer de cellule.
Je vais bien me tenir.
Et soudain, l'angoisse me reprend.
Prison à vie, ça veut dire quoi ?
Jamais sortir, la bouffe, les cris, le bruit des trousseaux,
je tiendrai jamais.
Je me fais la leçon : Pense aux bonnes choses !
Ton rire, Maman chérie, ton eau de Cologne.
Mickey bébé, petite gueule rose dans ma grande poche.
Et puis conduire, foncer, double débrayage,
courir, nager, l'odeur d'herbe coupée,
le soleil sur ma peau et les cigales.
Quand j'ai le cafard, Maurice me parle.
Il me raconte ses frères, ses sœurs…
Famille nombreuse, tours de vaisselle,
de bricolage, de jardinage.
Une maison simple à la campagne.
Le père qui les promenait, un vélomoteur avec remorque.
Et eux, à trois, à quatre, sur les petites routes.
Dans la forêt encore, grimper aux arbres, couper du bois,
construire des cabanes et des abris pour les oiseaux.
La nuit, les coassements, parfum d'étang,
reflets d'argent…
Aller à la pêche à la grenouille sous la pleine lune.
J'oubliais, une vraie maison, des gosses partout,
des disputes, des rires, des rires surtout…
Je continuerai plus tard, Maman chérie.
Maintenant, je vais m'endormir
et rêver encore…

- 60 -

Cyrille Katz est prête à rencontrer Giscard. Ses arguments, toujours les mêmes, sont affûtés. Un accusé jeune, récupérable, sans casier. Une victime sexuellement intacte, un crime sans préméditation. Si lui est guillotiné, que fera-t-on des autres ? De ceux qui droguent, violent, torturent à répétition ?

Près de son téléphone, elle attend le coup de fil qui n'arrive pas. Pierre Le Callet s'envole vers l'Élysée sans elle. Il prétendra plus tard qu'un seul défenseur était admis auprès du Président, ce qui est faux. Est-il si rancunier ? Pense-t-il que, seul, il sera plus convaincant ? Veut-il s'attirer toute la gloire d'une grâce accordée ? Ou bien présume-t-il, une fois de plus, de son charme, de son pouvoir de conviction ?

Cyrille est écartée. À son retour de Paris, Le Callet se dit très confiant. Le rendez-vous s'est bien passé. Giscard connaissait le dossier. Il l'a écouté attentivement, une heure durant. Dans son hôtel particulier du quartier du Prado, son staff le félicite. L'avocat tempère. Ne vendons pas la peau de l'ours...

Les jours suivants, il se concentre avec difficulté. Mauvais sommeil. Devant la machine à café, ses tirades s'éternisent quand soudain la nouvelle tombe à la radio : Loïc est gracié !

Réunion immédiate pour fêter la victoire. Louise, qui ne quitte plus le cabinet dans l'attente de nouvelles, est présente, avec son éternel Mickey. On envoie chercher des petits fours. On sable le champagne. Associés, collaborateurs, secrétaires se congratulent tandis que la mère de Loïc sourit faiblement. Elle se réjouit bien sûr que son fils reste en vie mais, au cœur de ces mondanités, elle se sent étrangère et, secrètement, elle leur en veut. Ils ne pensent qu'à leur « succès », mais pensent-ils à son fils ? À Loïc qui va moisir aux Baumettes le restant de ses jours si on ne fait rien pour lui ? Et où est Cyrille ? Elle la cherche des yeux mais ne la trouve pas.

Elle arrête un jeune homme qui élude sa question. Elle va voir Caroline.

— Où est maître Katz ?

— Elle ne fait plus partie du cabinet, répond l'impeccable secrétaire, mais je peux vous donner ses coordonnées, si vous le désirez...

— Je les ai, merci, réplique Louise.

Elle ne comprend pas que sa principale avocate, celle qui les a suivis pendant l'instruction, ne soit pas ici pour se « réjouir » avec elle. Décidément, le Prado n'est pas son monde. Elle s'y sent bête, inélégante, déplacée. Cyrille était têtue mais plus simple, plus proche d'elle. Plus directe aussi, au point de la gronder parfois : « Oh, arrêtez de dire que c'est votre faute ! Les mères ont toujours tort, mais que ferait-on, sans elles ? Hein, que ferait Loïc, sans vous ? »

Louise sourit en pensant à elle.

— Madame Malterre, je vous sers ?

C'est maître Le Callet, prévenant comme à son habitude.

— Très peu, merci, je conduis, répond Louise avec une pointe de fierté.

La soirée continue. On rit. On grignote. On fume beaucoup. Elle reste dans son coin. Elle pense à ce qui l'attend : son fils déprimé, les visites aux Baumettes, son logement, son travail, elle n'aime rien de sa nouvelle vie. Mickey miaule dans sa caisse. Heureusement qu'il est là ! Soudain, la sonnerie du téléphone retentit.

Les conversations s'interrompent. Est-ce un pressentiment ? Caroline appelle :

— Maître Le Callet, c'est pour vous.

— Ah, oui. Non... bien...

La fête est retombée d'un coup. Tous les regards sont tournés vers lui. La mine défaite, l'avocat répond par onomatopées. Quand il a raccroché, il explique : c'est le cabinet de Giscard. Le Président est furieux. La radio a annoncé sa décision alors qu'il ne l'a pas encore prise. Le Callet a-t-il voulu lui forcer la main ? En réalité, il s'agit d'une erreur de dépêche. Un journaliste de l'AFP en a préparé deux et, par erreur, a diffusé la plus positive pour Peyrat.

La flûte de Louise lui échappe des mains. Elle contemple les bulles qui se fondent dans les poils épais d'une moquette beige. Et soudain, Mickey est soulevé de terre. Louise attrape son manteau à la patère. Il faut qu'elle prenne l'air. Il fait trop chaud. La tête lui tourne. Décidément, elle ne supporte plus ce lieu, ces gens...

— Madame Malterre ?

— Oui, au revoir, au revoir, dit-elle sans regarder en arrière ni refermer la porte.

- 61 -

Quelques jours plus tard, à l'aube

Un long camion bâché quitte la prison de Fresnes. À l'intérieur, des banquettes capitonnées, une cuvette, du savon, des éponges, de la cire, un broc... Sur le plancher sont couchés les bois dits « de justice ». Le véhicule de couleur noire part sur les routes, direction Marseille. Après plusieurs heures de trajet, quelques kilomètres après Valence, au col du Grand-Bœuf, la roue arrière droite crève. Le camion oscille, tangue, menace de verser avant de se redresser péniblement. Il faut s'arrêter au bord de la route. Le convoi de la guillotine est en panne. Chauffeur et techniciens sont catastrophés. Les exécutions doivent se dérouler au petit matin, obligatoirement. Et jamais le dimanche ni les jours de fête sainte. Et s'ils dépassaient l'heure légale ?

Quelqu'un rejoint la gendarmerie la plus proche, en stop. Un camion militaire est mobilisé, le matériel transféré. Toutes sirènes hurlantes, des motards et un fourgon de police l'escortent jusqu'à Marseille. Finalement, ils sont dans les temps.

Le bourreau, lui, a pris le train. Il déteste qu'on l'appelle ainsi, préfère qu'on dise « exécuteur en chef des arrêts criminels de la République ». Sa fonction n'est pas de celles que l'on choisit. On en hérite comme du titre de roi dans certains pays. Une tâche qui fascine autant qu'elle dégoûte. Les propriétaires refusent de louer aux « tourmenteurs ». Les écoles rejettent leurs enfants. Si bien qu'ils forment une caste, vivent et se marient entre eux.

Dans leur cercle, ils se montrent joyeux et solidaires. Ils se voient aussi comme des bienfaiteurs qui se sont battus au fil des siècles pour améliorer les conditions d'exécution : arasement des sols, suppression du grappin qui maintenait la tête des condamnés... ils ont obtenu ces avancées et tous sont soucieux que le couperet tombe net, et droit.

En cette année 1976, André Obrecht est un vieil homme. Il avait autrefois une belle voix de ténor, un goût certain pour l'aquarelle et les jolies femmes. Sa charge, qu'il exerce pour arrondir ses fins de mois, lui vient d'un oncle. Jamais il n'a flanché devant le sang même quand, adolescent, il apprenait le métier en simple spectateur. Il met un point d'honneur à être ponctuel, précis et rapide. Et donc, à être un bon bourreau.

Le 27 juillet, il est un peu plus fébrile que d'habitude. L'âge le fatigue, la maladie le gagne. Un début de Parkinson. Pourvu que sa dernière mission se passe bien ! Il surveille le déchargement de la base, en forme de croix. Des deux piliers, hauts et fins. Du « sac de voyage » reliant les montants...

Ses trois aides, en combinaison de mécanicien, vissent l'ensemble avec des gros boulons. Pendant ce temps, l'exécuteur ouvre une valise plate. Elle contient deux tranchoirs de trente centimètres de long sur soixante de haut. Le couperet proprement dit pèse sept kilos. Chez les truands, la guillotine est surnommée « la Veuve », celle dont « les amants, claquant du bec, ne couchent qu'une fois avec ».

Le lendemain au petit matin, bien qu'il fasse encore nuit, tout est prêt. De ce qui se trame, Loïc ignore tout. La grâce est refusée. Il lui reste soixante-treize minutes à vivre.

- 62 -

Sur le port de Marseille, il est 3 heures du matin. L'air est chaud. Des milliards d'étoiles scintillent dans la Voie lactée. La mer clapote dans le Vieux-Port. Un groupe de fêtards titube en chantant et riant bruyamment. Un couple d'amoureux se tient par la taille et s'embrasse. La pleine lune caresse les voiliers blancs...

La veille, à 21 heures, maître Le Callet a reçu un message du président de la cour d'appel : « L'opération est fixée à demain, 4 heures. » La juge Régine est en congé. Elle est remplacée par le juge Michel, qui sera assassiné par la pègre quelques années plus tard. Il aurait pu s'abstenir, mais il estime qu'il se doit d'être là. Par humanité, on a dispensé Marcel Forge, l'avocat général. Il n'apprendra la nouvelle que le lendemain par une voisine, sur son lieu de vacances en Aveyron. Sont également présents le directeur de la prison et Maurice, qui est de service cette nuit-là. Maître Katz aurait pu se dérober. Elle ne l'a pas fait. Elle est présente, comme Gus Demaison, qui a fait jouer ses relations sans prévenir Pauline : ce n'est pas un spectacle pour une jeune fille.

Les détenus détestent les assassins d'enfants mais ils haïssent plus encore ceux qui leur coupent la tête. Bruit assourdissant des couverts raclés contre les barreaux, on craint une mutinerie. L'administration a fait disposer par terre des kilomètres de couvertures. Elles étouffent les bruits de pas. Les gardiens sont en chaussettes. Le cortège s'ébranle dans les sous-sols de la prison, silencieusement. Les mines lugubres progressent le long des galeries. Cyrille est une boule d'angoisse, elle a peur pour lui. Elle a peur pour elle. Tous se dirigent vers une cellule, celle du condamné à mort.

Ce que Peyrat appelle son « cloaque » est d'une propreté clinique et protégé par une lourde grille cadenassée. Il n'entend rien. Il est tourné vers le mur, une veste sur le visage pour se protéger de la lumière crue qui l'éclaire constamment. Maurice et ses collègues pénètrent dans la geôle. Le jeune homme dort à poings fermés. Le gardien au « bon regard » lui pose doucement une main sur l'épaule.

— Petit, il faut te réveiller ! Petit...

Le condamné se redresse en sursaut. Affolé de voir tout ce monde autour de lui, il se recroqueville au bout de son lit comme une bête traquée. Il appelle au secours ses protecteurs.

— Mes avocats ! Je veux voir mes avocats !

Maurice répond doucement :

— Ils sont là, mon petit, ils sont là !

Cyrille s'avance. Loïc voit les autres, ne comprend rien. Le directeur de la prison prononce la formule protocolaire :

— Votre grâce a été rejetée, soyez courageux !

Incrédule, terrifié, le condamné se tourne vers maître Katz.

— Mais qu'a-t-on dit à Giscard ?

Elle pleure. Hélas, elle n'en sait rien. Loïc est happé. On l'entraîne dans les profondeurs de la prison. Il renâcle, ne veut pas avancer. Des gardiens le prennent sous les aisselles, l'obligent à marcher. Il essaie de retenir le temps en accrochant le sol de la pointe de ses pieds. On l'emporte. Un escalier. Il le dévale en s'écroulant de marche en marche.

Au greffe, on l'assied devant une petite table. Il sanglote de peur et de nervosité. Cyrille lui pose une main sur l'épaule. Elle le tutoie pour la première fois, sans savoir ce qu'elle dit. Elle le berce de mots. Le Callet sort une lettre de la poche intérieure de sa veste. Il la lui tend. C'est un message de la mère, à l'écriture tremblée :

Mon très cher enfant adoré,

Je t'écris une carte que tes avocats te donneront au cas où ta grâce serait refusée.

Tu étais mon enfant chéri. Tu étais un bon fils.

Ma vie était heureuse entourée de ton amitié et de toutes tes gentillesses.

Je te promets de vivre simplement dans le seul but de te réhabiliter.

Crie ton innocence mille fois !

Sois courageux !

Pense à moi !

Je t'embrasse fort.

Ta maman, Louise Malterre

La lettre restera sur la table.

L'attendent une cigarette et un verre d'alcool. Il refuse le rhum, accepte quelques bouffées. À la question du prêtre, il répond à sa façon :

— Négatif !

Il entend un déclic, suivi d'un bourdonnement d'insecte. C'est la tondeuse qui lui rase la nuque. On le ficelle aux chevilles et aux poignets, tel un poulet destiné à la broche. Son pied s'agite en tremblements nerveux. Il refuse d'enfiler le costume bleu qu'il portait au procès. C'est vêtu d'un pyjama rayé qu'il avance vers la mort.

La porte s'ouvre au dernier moment. Devant lui se découpe brièvement, sur quatre mètres cinquante de hauteur, l'étroite silhouette noire de l'échafaud. Son corps se glace. Les aides l'empoignent pour le coucher sur le billot. L'effroi de la mort se lit dans son regard, le même que celui de Livia face à ses coups de couteau. Le corps est disposé sur la bascule, le cou enserré dans la lunette. Le bourreau déclenche le tranchant. Bruit d'une lame qui s'abat. La tête tombe dans une cuvette emplie de sciure. Quelques tics nerveux agitent encore la joue. « Vingt-trois », précise l'exécuteur, qui les a comptés. Le corps roule sur le côté dans une malle qu'on referme après avoir réuni tête et corps. La première posée sur le second.

Entre le réveil et le couperet, il s'est écoulé trente-cinq minutes. La mise en place a duré à peine plus d'une minute, l'exécution elle-même dix secondes. Tout s'est déroulé le plus rapidement possible. Une façon d'humaniser la barbarie. Le jet d'eau inonde la lame, le panier, la malle d'osier. Il lave le crime de la République. Deux fois encore le Président laissera la « justice suivre son cours », mais Patrick Henry aura la tête sauve. L'injustice au cœur de la justice...

Marcello déclare aux micros qui se tendent :

— Je suis content qu'on ait coupé la tronche à cette ordure. Un enfant est un trésor auquel on n'a pas le droit de toucher.

*

Depuis la fête gâchée des avocats, Louise ne dort plus. Elle s'est installée dans un petit logement à quelques mètres des Baumettes, d'où elle peut apercevoir les fenêtres à barreaux en pensant à Loïc. Sans cesse, elle lui envoie des ondes d'amour et de tendresse. Dans cette nuit du 27 au 28 juillet 1976, elle tourne en rond, incapable de s'endormir. Et juste avant le lever du soleil, de son deux-pièces sans vue, sans balcon… elle sent que *c'est fait*. La radio qu'elle allume le confirme aussitôt : à 4 h 15 ce matin, Loïc Peyrat a été décapité. Mickey miaule de chagrin mais Louise est vide de mots, de caresses. Elle a tout perdu.

Lorsqu'elle entend la nouvelle, Ursula abandonne ses traductions. Elle monte dans sa voiture et fonce vers Marseille. Devant cette sonnette inconnue, elle tremble un peu. Quand on n'est pas curieux du malheur des autres, il faut du cœur et du courage pour affronter leur chagrin. Des pas traînants derrière la porte, elle a du mal à reconnaître la vieille dame qui lui ouvre. Ses cheveux sont presque blancs, son corps informe et amaigri n'a pas quitté sa chemise de nuit.

— Louise ?

— Oui, ma chérie. C'est bien moi.

Ursula ouvre les bras, que faire d'autre ? Et contre elle, se sentant accueillie, Louise s'abandonne, le buste secoué de sanglots éperdus. Tandis que sa seule amie lui caresse les épaules, en larmes elle aussi, répétant d'une voix douce, comme une prière :

— Je suis là, ma Louise, je suis là…

Et l'affaire ricoche encore et encore…

Louise ne supporte pas l'idée que le corps innocent de son fils pourrisse au milieu des proscrits. Car c'est au fameux « carré des suppliciés », à l'écart des autres sépultures, loin des honnêtes gens, que finissent les damnés. Ils sont ensevelis sans plaque ni tombe, la tête entre les jambes. Et rien ne doit permettre de les identifier. À la fois oubliés et marqués du sceau de l'infamie.

La mère de Loïc ne les laissera pas faire. Le nom de son fils n'a pas à faire rougir. Il mérite un enterrement digne de lui et de son innocence. Pour récupérer ses restes, elle fait des pieds et des mains. Et, par pitié pour cette mère affligée, on assouplit les règles. Oui, madame Malterre, on comprend bien, madame Malterre...

C'est ainsi qu'à la fin de l'été 1976, par une température caniculaire inhabituelle, elle fait transférer le corps de son enfant chéri. Le corbillard roule le long des prés secs et jaunis, toutes vitres baissées. Le cercueil bon marché de l'État français s'est fendu par endroits. L'odeur de décomposition est insoutenable. À plusieurs reprises, Louise doit descendre. Elle pourrait passer devant, à côté du chauffeur. Mais elle s'oblige à retourner à l'arrière, dans la fournaise nauséabonde, un mouchoir sur le nez. Malgré ses haut-le-cœur, elle s'inflige de souffrir comme son fils a souffert.

La légende dit qu'elle a trempé un bout de bois dans le sang noirci et qu'elle l'a placé, chez elle, sous un portrait agrandi de Loïc dans la beauté de ses vingt ans. Une pointe ignoble et puante, placée en évidence sur une sorte d'autel dressé en mémoire de lui. Devient-elle folle ? Mickey le pense quand elle marche de long en large, la nuit, en marmonnant des prières bizarres, d'allure satanique...

Louise n'a plus confiance en personne. Pour éviter les profanations et protéger la tombe, c'est en caractères cyrilliques, mystérieux pour les Français, qu'elle fait graver « Ci-gît Loïc Peyrat », ses dates de naissance et de mort. Elle se rend au cimetière dès qu'elle le peut. Livia repose quelques allées plus loin. Louise n'a pas saisi l'inconvenance de cette coexistence. Un matin, les deux mères en deuil se croisent. Louise, dans un élan de sympathie, emplie de compassion pour cette femme qui a tant souffert, s'approche de Marcia pour lui exprimer ses sincères condoléances. Comme elle regrette de ne pas l'avoir fait plus tôt ! De savoir les Pozzi malheureux lui crevait le cœur. C'est ce qu'elle pense et ce qu'elle va dire.

— Vous ne savez pas qui je suis... commence Louise.

— Oh, mais si, je sais très bien qui vous êtes, répond Marcia, pleine de colère.

Louise est décontenancée, ses intentions sont si bonnes. Elle veut protester de sa bonne foi, de sa réelle amitié. Mais Marcia la repousse violemment.

— *Tuo figlio ? Una merda !*

— Mon fils, une merde ?!

À cet instant précis, Louise trouve enfin l'énergie qui lui manquait. Plus personne ne dira du mal de Loïc. Elle le lui a promis, elle va tout faire pour lui rendre son honneur.

Dès qu'elle rentre chez elle, encore tremblante de l'affront, elle contacte *Histoires vraies*, qui « connaît bien son fils ». Elle sait maintenant le pouvoir de la presse. Elle essaie de joindre son « ami » Demaison, mais on le dit absent. Elle demande à parler au directeur. En apprenant qui elle est, Göring la prend au téléphone. Il l'écoute et réfléchit. Réhabiliter Peyrat, mais oui, pourquoi pas. C'est une bonne idée à l'heure où s'affrontent les abolitionnistes et les partisans de la peine de mort. Les occasions de débats, les opinions contradictoires sont innombrables. De plus, Maxime Vurst le sait bien, la polémique fait vendre. Il ne prétendra pas que le coupable est innocent. Personne n'y croit alors, mais il posera la question : fallait-il le guillotiner, qui est pour, qui est contre ? En filigrane, il jugera scandaleux qu'un homme soit décapité sur la foi d'un dossier si mince. Il montrera que des zones d'ombre subsistent, que trop de pistes sont restées en jachère. Mais oui, quel bon sujet !

*

Depuis quelques mois, Gus Demaison se repose dans son chalet de Haute-Savoie. Convalescence forcée après un double pontage. Plus d'action, la solitude, il fait le point. Il déprime et se dénigre. Il se voit comme un « faiseur de scoops ». Rusé, efficace, incroyablement pro, mais… Au cœur de ce « mais », il pense aux naïfs qui l'ont pris pour un ami. À ces victimes qui lui ont confié leur vie. À ces parents démunis, malheureux, endeuillés… qu'il manipulait avec sincérité.

Sa vie lui apparaît sous un jour nouveau, excitante mais vaine, presque malhonnête. Sans compter ces femmes amoureuses abandonnées sur sa route, ces enfants qu'il n'a jamais élevés, ces proches négligés. Que faire de son talent ? Il lui faut de longues promenades dans la neige, nombre de bières englouties et de cigarettes grillées (malgré ce qu'en dit la faculté)... et beaucoup d'heures mornes passées dans son salon en bois, haut comme une chapelle, devant un feu de cheminée et des rayonnages emplis de livres, pour trouver la réponse : il va raconter son métier, exposer ses techniques de pied dans la porte, ses photos volées, ses ruses pour faire parler, son art de devancer la concurrence. Il va se dénoncer, en quelque sorte, pour mettre en garde le public contre ses méthodes et donc, contre lui-même...

C'est alors que Göring téléphone. Gus lui parle avec enthousiasme de son nouveau projet. Le directeur de publication éclate de rire.

— Arrête tes conneries ! Quand tu auras scié la branche sur laquelle tu roupilles, qu'est-ce que tu feras ? Tu pointeras à l'ANPE ? Écris, plutôt ! Le grand sujet de société du moment, c'est l'abolition de la peine de mort. Tu as interviewé des bourreaux, assisté à des exécutions capitales... Et la mère de Peyrat nous supplie de l'aider à réhabiliter son fils...

Demaison l'écoute. Göring reparle de ce procès bâclé.

— Deux jours pour une affaire si grave ! Et si tu reprenais le dossier ? Ta contre-enquête est magnifique. Elle est prête. Cette fois, c'est le bon moment et, je te le prédis mon petit vieux, ce sera un best-seller !

⋆

Après le verdict, quand la salle s'est vidée, Marcello Pozzi est resté seul. Il espérait qu'avec ce procès une page se tournerait. Bien sûr, il va déclarer à la presse qu'il est content que justice soit faite car Livia est vengée. Mais il comprend que le « salaud », comme il l'appelle, lui a volé la vie de sa fille mais aussi son souvenir. Son visage radieux, son minois chiffonné du matin, sa tête tranquillement abandonnée sur son oreiller... tout cela lui échappe. Se superposent sur ces images de bonheur sa face boursouflée par la mort et les coups. Pourra-t-il un jour se souvenir d'elle sans la voir morte ?

Il croyait aussi retrouver une forme de paix mais trop de questions restent en suspens et tournent en rond dans son esprit blessé. S'est-elle rendu compte que son ravisseur lui voulait du mal ? A-t-elle crié ? A-t-elle demandé Papa ou Maman, ou les deux ? A-t-elle souffert ? A-t-elle su qu'on la tuait ?

Quand il est rentré à la maison, Marcia et lui se sont enlacés. Elle l'a remercié d'avoir traversé le pire, seul. Elle a regretté finalement qu'ils n'aient pas vécu ces épreuves main dans la main.

En apprenant que la demande de grâce attend une décision sur le bureau du président de la République, elle a décidé d'agir. Pour la première fois de sa vie, d'elle-même et sans demander l'avis de son époux, elle a pris une feuille de papier à lettres et le Bic des courses. Elle a tracé une adresse sur une enveloppe, d'une écriture appliquée : « M. Giscard d'Estaing, palais de l'Élysée à Paris. » En haut, en travers, elle a précisé : « De la part de Mme Pozzi, mère de Livia, assassinée par Loïc Peyrat. » En allant poster sa lettre, tête haute, elle est heureuse de prendre une initiative, fière d'agir enfin pour sa fille adorée.

Dans les mois qui suivent l'exécution, les Pozzi retrouvent des forces car la souffrance a des limites. Le temps fait son œuvre. Marcello recommence à travailler, à plein temps. Marcia continue de faire le ménage chez elle, mais ailleurs aussi. Sous l'influence de son amie Josyane, elle prend plaisir à gagner sa vie, à offrir des cadeaux payés de sa poche. Aller dans le sens de son époque est une manière pour elle de vouloir vivre encore.

Les Pozzi choisissent aussi de déménager. Rue d'Ambre, ils ont trop de souvenirs, vécu trop de malheurs. Ils quittent le quartier des Chartreux, s'installent à plusieurs rues de là, dans l'anonymat. Nino recommence à jouer. Il respire mieux. Et l'été, ils retournent à Valtrello où la chaleur du village agit comme un baume. Livia, dans son cadre, les regarde vivre sans perdre son sourire, son regard malicieux. Marcello range le moule de la petite main dans sa table de chevet. Leur trésor leur manque toujours autant. Jamais ils ne guériront d'une si grande perte mais la culpabilité, la honte, la colère s'émoussent. La paix revient peu à peu dans ce foyer croyant, sous les yeux d'une petite sainte qui, du haut du ciel, les bénit.

*

De son côté, Gus travaille. Il reprend tous les éléments de l'affaire, un à un. Il les regroupe par thèmes, dans des chemises de couleur : l'accident, le pantalon, le croquis, le couteau… Il agrafe ensemble les déclarations des témoins, des flics, des experts et celles de Peyrat. Un travail de titan qui l'occupe pendant près de deux années. Il n'a plus le goût du terrain mais il redécouvre celui d'écrire. Il s'emballe pour son projet et pour lui-même. Vent debout contre la peine de mort, il se prend pour Victor Hugo !

Peu à peu, sous sa plume aiguisée, Loïc devient un garçon « tout à fait normal » dont la seule perversion est… d'aimer sa maman. Il suggère que, dans l'urgence, la police a fabriqué un coupable. Il relève des bizarreries d'écriture dans les procès-verbaux. Il reprend l'histoire du platane manquant sur le croquis. Il évoque l'existence d'une seconde voiture, la Simca qui aurait suivi Peyrat... Peu à peu, le journaliste devient romancier, mais qu'importe l'exactitude puisque Loïc est mort. Ce qui compte, c'est la cause immense, celle de l'abolition de la peine de mort. C'est elle qu'il défend, et avec quel talent ! Débarrassé des contraintes de la presse qui impose des angles, un nombre de signes, une longueur de papier, il se lâche avec bonheur.

Voici, selon lui, comment s'est déroulé le lundi de Pentecôte 1974. Il est 11 heures, les enfants jouent quand arrive la Simca de couleur grise. Le ravisseur est une sorte de hippie grand et fort. Il porte un tatouage (une petite ancre) et une gourmette au poignet droit. Le même homme a été vu quelques jours plus tôt dans les cités avoisinantes. Prétextant la perte de son petit chien noir, il a tenté d'enlever une fillette sous les yeux de Mme Anselme, trop intimidée par le tribunal pour raconter la scène.

Une demi-heure après l'enlèvement, la Peugeot de Loïc Peyrat, qui n'a rien à voir avec ce rapt, arrive au carrefour de La Pomme. L'esprit encore embrumé par l'alcool ingurgité la veille, il grille un stop. Délit de fuite. Il s'arrête un peu plus loin, se sent mal, veut prendre l'air, monte sur le talus et s'évanouit aux pieds de l'homme à la gourmette, tapi dans les fourrés avec la petite Pozzi encore vivante, une fillette qu'il a enlevée pour abuser d'elle...

Les Manchet ont vu un homme grimper dans les fourrés. C'est lui, le ravisseur, l'assassin qui leur a répondu : « Partez, je sais ce que j'ai à faire ! » Hélas, ils le confondent avec le fils de Louise. Quelle erreur tragique !

Dans l'esprit du journaliste, ce qui arrive ensuite est clair comme de l'eau de roche. Les pulsions sexuelles du kidnappeur se changent en pulsions meurtrières. Furieux d'être dérangé, il s'acharne sur la fillette. La présence de Loïc est une aubaine. Il devient facile de lui prêter son crime. Il tamponne le pantalon bleu de Peyrat évanoui avec le sang de sa victime. Ainsi pensera-t-on qu'il est coupable. Seule erreur – les criminels en commettent toujours –, il perd sa gourmette à quelques mètres de là.

Puis il porte le garçon sans connaissance sur son dos jusqu'à la Peugeot, toujours garée sur le bas-côté de la route. Il l'installe sur la banquette arrière et l'emmène dans la champignonnière. Le lieu est connu pour ses galeries... Dernière étape, il prend le couteau que Peyrat a dans sa poche et s'en débarrasse dans le dépotoir tourbé. Et ensuite ? Eh bien, il rentre chez lui, au volant de... sa Simca 1100.

Sa théorie est bancale. Il tord quelques faits, traficote la réalité, change des dates et des détails. Comment croire que des dizaines de gendarmes et de policiers se soient ligués pour accuser Peyrat ? Qu'ils se soient risqués à faire des faux en écritures publiques, relevant des assises ? Pour l'heure, tout cela est assez flou et même trouble, mais qu'importe, l'abolitionnisme vaut bien quelques fantaisies ! Quant au guillotiné, le voici changé en héros de tragédie. Le pauvre jeune homme devient la victime d'un faisceau de malchances l'ayant conduit au mauvais endroit, au mauvais moment.

Demaison est content de lui. *La Gourmette* paraît en 1978, deux ans après la mort de Loïc. C'est un immense succès de librairie. Le livre devient *le* best-seller de l'erreur judiciaire. Des intellectuels, des politiques lui emboîtent le pas pour dénoncer un scandaleux complot judiciaro-policier. Les lecteurs, séduits, ne creusent pas. Les âmes généreuses, toujours prêtes à dénoncer les injustices, le suivent aveuglément. *Histoires vraies* s'enflamme et Göring titre opportunément sur la « nouvelle affaire Dreyfus ».

Conséquence logique, un comité de soutien se constitue pour réhabiliter Peyrat. Pierre Le Callet accepte volontiers d'en devenir le président d'honneur. Il n'est plus celui qui a échoué à sauver son client. Celui qui n'a pas su obtenir la grâce. Lui aussi est devenu la victime d'une « justice expéditive » qui n'a pas su l'entendre. On l'applaudit dans les amphis. Sa plaidoirie est citée en exemple et distribuée aux étudiants. C'est ainsi qu'au fil des jours le coupable qui était *peut-être* innocent devient *sans doute* innocent, puis *totalement* innocent. Et finalement, le sacrifié d'une abominable machination qui l'a conduit à l'échafaud.

★

Le téléphone se met à sonner chez les Pozzi. Des voix graves et d'autres plus fluettes lancent des injures : « Dégueulasses, assassins ! » Au courrier, des messages anonymes arrivent, s'accumulent. Ils débordent bientôt de leur boîte aux lettres. À leur façon, tous disent la même chose : « On vous souhaite de crever comme vous avez fait crever Peyrat ! »

Leur reproche-t-on d'avoir causé la mort d'un... innocent ? Marcello n'en croit pas ses yeux ni ses oreilles. Il est choqué par la méchanceté, l'injustice. Les images de mort lui reviennent, obsédantes. Pour échapper aux menaces, ils doivent changer de numéro de téléphone, jusqu'à six fois malgré leur inscription sur liste rouge. L'incendie gagne l'école et Nino. Lui aussi, on l'accuse, on l'insulte : « Fils d'assassin ! Ton père, il a tué le garçon ! »

Marcello surgit comme un furieux dans les librairies, donne des coups de pied dans les piles de *La Gourmette* qui s'effondrent. Il en achète des dizaines d'exemplaires et les brûle de manière spectaculaire devant l'entrée des Baumettes. Il ignore que les nazis procédaient de même avec les livres des auteurs juifs. On lui prête des accointances avec l'extrême droite. Pour la presse de gauche, il devient un « fasciste ». Loin de se taire, il en rajoute. Il interdit qu'on prononce ou écrive le nom de sa fille. Il attaquera quiconque publiera sa photo...

C'est ainsi qu'il se bat, avec des poings minuscules, entraînant Nino dans un combat perdu d'avance. Le cauchemar recommence. Il exige qu'on remette à table le couvert de Livia. Il porte à son cou sa médaille de baptême, un petit ange en or mordillé que Nino regarde chalouper au gré d'une glotte agitée.

Du côté du fils, le sommeil se trouble. Ses cauchemars reviennent. Sa sœur en robe blanche, devant les garages, le monsieur en costume gris. Il veut la retenir mais ses pieds s'enfoncent, prisonniers d'un ciment qui durcit. Il se réveille en sueur. C'est sa faute si sa sœur est morte. Sa faute si on les accuse, il n'a pas reconnu Peyrat. C'est lui qu'il aurait dû tuer. Son père serait moins enragé. Marcello ne gâcherait pas ses économies en honoraires d'avocats qui intentent, en son nom, des procès en diffamation. Il cesserait de vouloir tuer les « ordures qui défendent l'assassin ». Il arrêterait de devenir fou. Malgré sa femme qui le supplie de reprendre une vie normale.

— Ça fera pas revenir ta fille !

— Oh, toi ! répond le père, le regard noir et le geste menaçant.

Nino répond à présent, il vole, il inquiète – autant de signes de chagrin et de déséquilibre. Les taloches pleuvent. Marcia s'interpose, de plus en plus souvent.

Des tensions montent, tout va de mal en pis. Une fois, la dispute est si forte que Marcello s'empare d'un couteau de cuisine et le dirige vers sa femme.

Une cuisine, un couple, un couteau ! Comme si un diablotin s'amusait à tirer les ficelles d'un scénario qui se rejoue à l'envers. Le père martyr est devenu un salaud. Et le coupable, un pauvre innocent sacrifié.

★

Göring publie un reportage sur « la fureur du père de Livia ». Marcello y est photographié devant des livres en feu. Les flammes accentuent l'expression diabolique de son visage. Le monstrueux a changé de camp. Entre pro-peine de mort et abolitionnistes, les échanges sont vifs. Les tirages d'*Histoires vraies* sont florissants et *La Gourmette* se vend comme des petits pains.

La polémique gagne les radios et la télévision. Pozzi n'est pas très à l'aise avec les médias. Son accent trop prononcé et son débit rapide peuvent le rendre incompréhensible. Cependant, l'animateur d'une émission intitulée *Face à face* trouve de bons arguments. Il s'agira de défendre la mémoire de Livia, de dénoncer son meurtrier. Le père endeuillé, injustement accusé ne peut pas refuser. Il accepte de débattre à une heure de grande écoute, en direct sur la première chaîne, avec le désormais très célèbre Gus Demaison.

Marcello a revêtu son costume sombre, le plus neuf, celui du procès. Il ignore que la mode est aux couleurs vives, aux formes avachies, aux cols maos. L'écrivain-journaliste, lui, maîtrise les codes. Sa dégaine, son verbe, son sourire en font un « bon client ». Il se présente sous les projecteurs la chemise blanche ouverte sur un torse imberbe (la mode est androgyne). Son pantalon est orange (couleur bouddhique très tendance). Il sait sourire, écouter l'animateur, écarter sans en avoir l'air les questions embarrassantes et répondre à côté, très aimablement. Puisqu'il inspire confiance, c'est qu'il dit vrai.

« Comme il est brillant ! » admire Louise devant son téléviseur. Le journaliste raconte l'exécution avec émotion. Il était là. Il a vu le condamné se réveiller en sursaut, refuser un dernier verre, tirer sa dernière bouffée de cigarette pendant que les bourreaux l'attendaient devant l'échafaud. Il a vu Pierre Le Callet, son avocat (c'était Cyrille, mais qu'importe), le bercer de mots jusqu'à son dernier souffle. Il l'a entendu crier, juste avant que la lame ne lui tranche le cou : « Réhabilitez-moi ! » Une dernière volonté en forme de prière. Le public et les téléspectateurs frémissent. L'animateur passe la parole à Marcello. « Monsieur Pozzi, qu'en pensez-vous ? »

Pauvre Marcello ! Le malheur peut plaire, à condition d'avoir du charme. Or, le père de Livia a perdu le sien. Dans son habit de croque-mort, il transpire trop. Ses dents se déchaussent. Il perd ses cheveux. Tout lui fait mal et il le crie. Il demandait un logement social du vivant de sa fille. Refusé ! Il a fallu qu'elle meure pour qu'il devienne prioritaire. Il raconte tout ça, à toute allure, dans un sabir franco-italien sous-titré. De l'autre côté du poste, certains se disent qu'il est gonflé, l'immigré, de cracher sur la France qui lui a tendu la main.

Il apprend aussi, en direct, que Marcia a écrit au président de la République sans son « consentement ». Il se sent trahi. Méprisé dans son rôle de chef de famille. Il enrage pour ne pas être triste. De toute part, on lui a menti. Son premier avocat lui a caché son abolitionnisme. Le second, maître Odilon, a donné ses coordonnées à Gus Demaison qui, patelin, est venu présenter ses hommages et ses condoléances. Le couple, confiant, a raconté sa vie d'après : le manque, les disputes, le besogneux retour à l'équilibre. Sans savoir qu'ils servaient un livre visant, si ce n'est à innocenter l'assassin de leur fille, du moins à mettre en doute sa culpabilité.

Dans *La Gourmette*, tout a été repris, transformé pour faire du fric, dénonce-t-il à l'antenne. Hélas, l'éructation n'est pas télégénique. Les commentaires de la presse sont unanimes : le journaliste est le grand écrivain dont la France a besoin pour abolir la peine de mort, cette barbarie d'un autre âge. Le père, lui, est un réactionnaire, responsable de la fin tragique d'un innocent. Certains ajoutent que si ce « Rital », cet « ingrat » n'est pas content, il peut retourner dans son pays, bon débarras !

*

La juge Régine, elle aussi, est attaquée. Au cours du procès déjà, Pierre Le Callet avait pointé les failles d'une instruction bâclée. *La Gourmette* dénonce son « incompétence », qui éclate publiquement. Le dossier aurait été instruit par-dessus la jambe et uniquement à charge. Son mari – car elle s'est mariée, finalement, avant quarante ans, avec un confrère magistrat – l'admire. Il la comprend et la console en lui donnant des arguments contextuels. Devant le petit verre qu'elle s'accorde parfois sans surveiller ses gestes ni sa ligne, et encore moins l'aplomb de sa perle, elle l'écoute avec attention.

— À longueur d'année, nous avons affaire à des truands, des gangsters, des trafiquants retors, impressionnants de cynisme et de cruauté. Ils te narguent, cherchent à t'intimider. Certains te menacent, toi ou les tiens. Il y a aussi leurs avocats véreux qui dissèquent nos procédures, pistent les vices de forme. Et toi, que fais-tu ?

La jeune mariée hausse les sourcils, interrogative, en caressant son ventre rond de future maman.

— Toi, je t'ai vue ! Tu ne bronches pas. Tu restes ferme, solide, rigoureuse, bien campée sur tes positions, prête à leur tenir tête. Quand le dossier Pozzi est arrivé sur ton bureau, parmi des dizaines d'autres, combien exactement ?

— Cent quatre-vingt-trois, répond sa femme qui n'a rien oublié.

— Cent quatre-vingt-trois autres, quelle masse de travail ! Et malgré cette surcharge, tu es fidèle à toi-même, droite, efficace. Tu prends les bonnes décisions. Et tu les prends vite ! Tu lances un appel à témoins. Tu organises la fouille des abords de la route, entre la champignonnière et le carrefour de l'accident. Tu délivres toutes les commissions rogatoires nécessaires. Et grâce à elles, en un temps record, on trouve le corps de l'enfant disparue. On met un nom sur le présumé coupable, lequel ne se fait pas prier longtemps pour avouer et désigner l'arme du crime, bien planquée dans un amas de tourbe. Il se montre très coopératif. Quant à ses aveux, non seulement ils sont circonstanciés, mais il les réitère devant toi, devant les experts, pendant plusieurs mois.

La juge écoute, de plus en plus attentive. Son congé de maternité la protège de la malveillance et des ragots, mais *La Gourmette* est partout. Le milieu judiciaire en parle et, sans doute, la désavoue. Son mari poursuit :

— Cela posé, tu sais qu'en matière criminelle, il n'est pas d'enquête où tout coïncide parfaitement. Dans l'affaire Pozzi comme dans les autres, les indices sont à peu près concordants. Mais la justice, c'est bien connu, manque de temps et de moyens. La hiérarchie nous presse d'« avancer », c'est son terme. Dès lors, pourquoi approfondir un dossier évident ? En toute confiance, tu clos l'instruction, sans doute un peu trop rapidement mais la culpabilité est si patente, admise par tous, y compris par l'inculpé lui-même.

— Et le mobile est établi. La pédophilie de Peyrat est, à mon avis, incontestable.

— En effet, et ce matériel, ce fouet... Tu as été jusqu'en Allemagne pour t'informer sur les distractions des militaires. Manifestement, ce n'était pas un scoubidou. Bref, ton dossier est incomplet peut-être, mais bien suffisant pour qu'on rende justice. Fermez le ban. Affaire suivante !

— Et je n'ai pas vu les pièges...

— Exactement ! Comme l'excellent élève qui rend trop vite la copie d'un devoir facile.

Soutenue par son mari et quelques confrères débordés, la juge pourrait se défendre publiquement, rappeler la charge de travail d'un juge d'instruction à Marseille dans les années 1970. Et l'insistance des autorités pour que la justice « ne traîne pas ». Mais seul Demaison est audible. L'opinion publique, devenue majoritairement abolitionniste, n'entend plus que lui.

*

Pauline Esper n'est pas citée dans le livre de Gus, pas même dans les remerciements. Gus l'a oubliée. Mamie, comme toujours, accueille ses plaintes avec du recul.

— Tu connais Jean de La Fontaine. L'histoire du pot de fer contre le pot de terre. En gros, tu ne fais pas le poids. Tu as donc le choix entre t'indigner dans le vide et serrer les dents. Si tu t'indignes, tu passeras au mieux pour une emmerdeuse. Au pire, tu seras virée.

Si tu serres les dents, tu peux espérer que ta carrière te venge.

— C'est lâche !

— Oh, le grand mot ! Je dirais plutôt que c'est malin. Quant au courage, ma chérie, réserve-le aux grandes occasions.

Pauline suit les conseils de sa grand-mère. Elle continue d'écrire quelques articles intéressants. Peu à peu, elle s'impose comme l'une des bonnes plumes d'*Histoires vraies*. Mais pour réussir, il faut plus : trouver une spécialité. En la cherchant, elle prend conscience que les affaires les plus ignobles, les plus scandaleuses concernent des mineurs. Elle interroge ses pairs, découvre le scandale bien plus fréquent qu'on ne le dit des filles agressées, violées. Elle propose des sujets nouveaux telle la valse des exhibitionnistes qui surprennent les petites filles dans les lieux publics. D'autres plus scandaleux comme les attouchements dans l'Église, le climat incestueux de certaines familles...

Göring se demande d'abord quelle mouche la pique. Il réfléchit, renifle l'air du temps, comprend que le vent tourne. Pas de doute, la cause des femmes est un créneau. Il la laisse faire. Pauline se déploie. Elle rencontre des victimes d'inceste, des pédopsychiatres, trouve des statistiques.

Mais un matin, à son bureau, dans un nuage de fumée de cigare, le grand Maxime Vurst meurt d'une rupture d'anévrisme. Son successeur rejette chacun de ses sujets : pas porteur. Trop glauque. Pas assez étayé. Trop spécial. Tabou, donc pas vendeur. Pauline continue d'engranger de la documentation, des témoignages. Elle publie un livre et réalise un documentaire qui rencontre un succès d'estime.

Jusqu'au jour où, après plusieurs décennies, c'est le moment d'en parler. Pauline est nommée à la tête d'un service puis, beaucoup plus tard, devient rédactrice en chef d'*Histoires vraies* car, alors, il faut que ce soit une femme. Depuis, chaque semaine, dans son journal, elle dénonce les prédateurs. Ceux qui se croient à l'abri dans leur famille, leur institution religieuse, éducative, sportive et même médicale. Elle dénonce les autorités hiérarchiques qui couvrent les brebis galeuses et se refilent la patate chaude, de service en service, de lycée en collège, de paroisse en diocèse. Elle serine que les abus sexuels touchent un enfant sur cinq en Europe. *Histoires vraies* a même révélé qu'on peut commander sur le *dark web* le viol d'un mineur en direct, filmé dans le décor de son choix, pour quelques milliers d'euros.

★

Sans perdre sa petite mine triste, Nino, quant à lui, pousse tant bien que mal et devient un bel homme, qui plaît aux femmes. Sa consommation de drogue trahit un déséquilibre, il s'attache difficilement à ses compagnes mais il travaille, pour l'heure dans la restauration. Jusqu'au jour où, en 2004, une dispute éclate entre lui et sa patronne, une histoire de salaire. Il la pousse, elle tombe. Il commence à l'étrangler, lui cogne la tête par terre, violemment, à plusieurs reprises. Il prétendra qu'il était comme en transe. Il ne savait plus ce qu'il faisait.

On ne retrouvera le corps que sept mois plus tard, à demi brûlé, enfoui dans un sac de voyage remisé dans une cabane de jardin. Trente-deux ans plus tard, il est jugé dans la même cour d'assises que Peyrat. Il séjourne aux Baumettes comme lui. Mais, circonstance atténuante pour les jurés, il est le petit frère de Livia Pozzi. Il est condamné à dix-huit ans de réclusion, une peine clémente au vu du crime. La tragédie familiale vécue dans son enfance a été retenue comme élément à décharge.

En 2017, il a quarante-neuf ans. Il est en liberté conditionnelle. Problèmes de drogue, encore. Il vient de subir une agression, on lui aurait mal parlé quand il aperçoit une femme d'une vingtaine d'années sur son balcon, en train de rire aux éclats. Se moquerait-elle de lui ? Il fonce dans la rue, monte à vive allure les quatre étages. Il sonne chez elle. Elle ouvre la porte. Il se jette sur elle et la massacre à coups de cutter. On la retrouvera baignant dans une mare de sang, presque décapitée. Il dira que ce n'était pas elle qu'il voyait, mais Gus Demaison. Cette fois, personne ne lui trouvera d'excuse. Il est condamné à perpétuité. Heureusement, ses parents trépassés échapperont à cette ultime épreuve.

Les psychiatres, bien sûr, se sont interrogés : Nino était-il psychopathe de naissance, avant le meurtre de Livia ? À force d'être mis sous les projecteurs, est-il devenu accro à la lumière des médias ? Ils ont rappelé, lors du second procès, que des enfants blessés deviennent des bêtes sauvages. Certains, mais pas tous. A-t-on le choix de sa vie ? Est-on « agi » par des forces inconscientes qui nous dépassent ? Ou peut-on opter pour le bon et le bien, malgré les ravages d'un parcours abîmé ? Oui, c'est possible, à deux conditions : pouvoir en parler (avec un professionnel, de préférence). Et trouver une cause qui donne envie de se battre. Une cause qui, souvent, plonge à la racine du traumatisme subi.

Dans cette perspective, imaginons pour Nino un autre destin. Il a trente ans quand il rencontre Mélina, une belle brune d'origine grecque, un peu déracinée comme lui. Si Livia avait vécu, elle aurait eu ses yeux noirs et rieurs, cette belle chevelure et un sourire heureux qui attire comme un soleil. Mélina est sportive. Marche en forêt, course de vitesse à la piscine, escalade dans les rochers… Nino, ancien asthmatique, découvre la joie de respirer profondément, à pleins poumons.

Imperceptiblement, Mélina l'éloigne de Marcello, ce père martyr obsédé par sa fille et par tout le mal qu'on leur a fait. Par touches délicates, elle amène le petit frère à raconter ses peines d'enfant, sa honte d'avoir « abandonné » sa sœur. Et de n'avoir pas su reconnaître son assassin. Une « faute » qu'il ne se pardonne pas. Enfin, elle glisse une idée forte qui, peu à peu, fait son chemin : il n'était qu'un gamin. Comment aurait-il pu protéger sa grande sœur ? D'autant que ce risque, il ne pouvait l'envisager… Dans l'esprit d'un enfant, les grandes personnes sont des alliés, pas des démons. À son contact, Nino se détend un peu. Leur lien s'approfondit, ils décident de se marier. Mais au fil du temps, la colère, la culpabilité le rattrapent. Elles ont tant de force. Il devient distant, impossible à vivre. Mélina n'en peut plus. Découragée, elle finit par lui conseiller de voir un psy.

— C'est déjà fait ! lui répond-il.

Étonnamment, elle n'en savait rien.

— Et alors ?

— Je lui ai dit que je me soignerais si elle pouvait répondre à une seule question…

— Laquelle ? demande Mélina, intriguée.

— Pourquoi il a pris ma sœur et pas moi ?

— Et… qu'est-ce qu'elle a répondu ?

— Rien. Rien du tout.

— Mais qu'est-ce que tu aurais aimé qu'elle réponde ?

— Aucune idée !

— Que ce salaud préférait les petites filles ? suggère Mélina, qui ne veut pas en rester là.

— Peut-être.

— Bon, elle ne t'a pas convenu, tu pourrais en chercher un ou une autre…

— Un ou une autre quoi ?

— Un autre psy, insiste-t-elle.

— Personne ne peut m'aider ! jette Nino avec emphase.

— Même pas moi ? s'écrie sa femme, contrariée par tant d'ingratitude.

Sans pitié, il assène :

— Même pas toi !

Mais comme la providence a parfois du cœur, il tombe chez le dentiste sur un article qui va sauver son couple. Il s'intitule : « Se taire, c'est laisser faire. » Suit l'histoire d'un père de famille normand. Celui-ci, lecteur de faits divers, s'affole à l'idée que sa fille, une collégienne, tombe entre les mains d'un prédateur sexuel dans la rue, en colo, dans ses activités sportives, sur Internet. L'idée lui vient, pour voir, de traquer les pédophiles sur les réseaux sociaux. Il crée des faux profils de gamines sur Facebook et sur les forums de jeux vidéo. « Quand j'ai ouvert mon premier compte, écrit-il, j'ai eu quarante-huit demandes d'amis. La moitié étaient des salopards. L'un avait soixante-quatre ans. Il m'a envoyé une photo de son sexe par Messenger. »

Pour Nino, c'est une révélation. Il a trouvé sa voie et… comment réparer son enfance brisée par le drame de sa sœur. Lui aussi sera désormais un « intercepteur ». Depuis, il appâte ceux qu'il appelle encore des « satyres » avec un faux profil de Lolita. Une fois qu'ils sont ferrés, il enregistre leur correspondance « dégueulasse ». Une correspondance de moins en moins équivoque au fil des échanges. À ces captures d'écran, il consacre tout son temps libre. Quand le dossier est complet, il en transmet une copie à la police, qui s'en agace. Ces défenseurs de l'ombre compromettent leurs propres enquêtes… Mais Nino s'en moque. C'est toujours ça de pris ! Si nécessaire, il va jusqu'à saisir le procureur de la République. Dans ce petit milieu des justiciers, il s'est fait un nom, une réputation. Il est une légende en tant que frère de Livia, mais pas seulement.

Mélina le voit peu. Elle patiente. Elle sait qu'il lui faudra du temps pour retrouver un équilibre. Quoi qu'il arrive, elle l'aime. Bien qu'il l'ait prévenue : il n'aura jamais d'enfants.

*

Quant à maître Cyrille Katz, on ne l'a jamais revue au cabinet. Un collaborateur s'est chargé de reprendre ses quelques dossiers en cours. Elle aurait pu rester à Marseille, mais le barreau forme une confrérie qui a sa hiérarchie et ses têtes de pont. Sa conduite aurait mis trop de temps à être pardonnée. Intelligente, elle l'a compris tout de suite. Elle a rejoint Le Mans, le cabinet d'une copine rencontrée en fac de droit. Elle s'occupe de divorces, faute de mieux. Là, Cyrille découvre une autre violence, celle de l'intime. Désormais, elle en démonte la mécanique d'une voix puissante et bien posée, à force d'assurance et de cours de chant.

Elle revoit Pierre Le Callet une seule fois, égal à lui-même – tiré à quatre épingles, épris de poésie, imbu de sa personne, orateur brillant, un tantinet égocentrique. Toujours petit dormeur, il a publié une dizaine de livres sans jamais évoquer l'affaire Peyrat. À tous les journalistes qui l'ont interrogé sur l'exécution, il a fait cette confidence : « Le 28 juillet 1976 a été le pire jour de ma vie. »

Les deux avocats se retrouvent par hasard vingt-cinq ans plus tard, dans un train pour Paris. Tant d'eau a coulé sous les ponts ; leurs griefs ont moins d'étoffe.

Ils ont vécu. Ils ont appris. Ils ont connu pire... Ils parlent de tout et de rien. Elle vit en concubinage. Elle n'a pas d'enfant. Son métier la passionne toujours. Du pénal ? Un peu, autant que possible.

Quand soudain, Cyrille pose une question qui la turlupine encore :

— Pourquoi avoir choisi cette ligne de défense ? Elle était perdue d'avance. Avec pour résultat un homme coupé en deux, quelle atrocité ! Je ne m'en suis jamais remise. Un crime d'État est encore pire qu'un crime humain.

Le Callet répond par un haussement d'épaules fataliste.

— Son comportement au procès était insupportable, insiste Cyrille. Et ce déguisement ! À l'opposé de nos conseils, comme s'il voulait mourir. Je me suis souvent demandé pourquoi...

— Et alors, qu'en avez-vous conclu ?

— Je crois qu'il s'est sabordé par amour pour sa mère. Il avait entendu dire qu'on lui crachait dessus. Il savait que les parents lui avaient retiré la garde de leurs enfants, qu'elle n'était plus nounou, ce métier qu'elle aimait tant. Il en était très malheureux. Alors il est entré dans son jeu. Pour rester son petit Dieu, pour ne pas la décevoir, il a feint l'innocence. Cette brave femme ne pouvait pas concevoir que son fils ait tué et pire encore, un enfant. Si elle l'avait admis, elle se serait accusée de tout. Elle aurait mis en question son mode de vie, son éducation, et Loïc ne supportait pas cette idée. Toutes ses lettres à sa Maman chérie la déchargeaient de sa culpabilité. Il était très intelligent. En adoptant ce comportement suicidaire, il savait qu'il s'enfonçait et qu'il serait condamné à mort sans doute, mais il voulait terminer par un beau geste. Se sacrifier pour elle, prouver qu'il n'était pas un salaud et lui offrir la possibilité de sa réhabilitation en étant décapité. Emprisonné à perpétuité, il n'avait aucune chance de passer pour un martyr…

Le Callet éclate de rire et l'applaudit.

— Ah, ma chère Cyrille, quelle délicieuse fraîcheur ! Décidément, vous n'avez pas changé. Vous continuez de penser que notre assassin était un bon garçon, amoureux de sa maman. Une maman qu'il a voulu protéger avec panache. Allons donc ! Je crois, moi, qu'il a fait tout ce cirque pour masquer ses pulsions sadiques car, à mon avis, Loïc Peyrat était un grand pervers. Ce lundi de Pentecôte, il est parti à la chasse à l'enfant. D'ailleurs, son comportement est typique des prédateurs. Ils font ami-ami avec leur petite victime. Ils papotent gentiment, comme un chat caresse une souris avant de la croquer. Ils se racontent qu'ils « plaisent » à l'enfant. Qu'il existe entre eux de « l'amour ». Un désir partagé, un consentement. C'est le genre de types qui entretiennent leur pulsion en feuilletant des *Martine*, par exemple. Ils sont méthodiques. Ils envisagent leur passage à l'acte avec délice. Ils établissent un plan d'action soigné comprenant le lieu, le matériel, la proie. Bref, ces gars ne cessent d'alimenter leurs pulsions, autrement dit de jouer avec le feu, mais quand elles les débordent, alors là, oups ! Ils n'ont plus aucune responsabilité. C'est tout juste s'ils n'en sont pas eux-mêmes les victimes, les pauvres chats. Ils oublient qu'ils ont tout fait pour ressentir ce fameux désir « incontrôlable ». Ils ont ouvert la porte de la chambre. Ils ont fantasmé. Ils ont suivi et observé la proie à violer. Ils ont regardé les enfants jouer. Ils ont préparé l'argument d'appât, tel le petit chien noir. Et du matériel attend, bien rangé dans leur coffre : un martinet, une carabine, un change. Ils ont même des seringues et des produits dans un tiroir de leur chambre, à utiliser plus tard… Car ils n'ont pas l'intention d'arrêter. C'est une telle excitation ! Allons donc, Cyrille, cessez d'être crédule ! Peyrat transportait dans son coffre un arsenal très suspect : deux couteaux, dont un à cran d'arrêt, des seringues hypodermiques, un martinet, une carabine, j'ai encore toute la liste en tête. Et des biscuits, des bonbons alors qu'il n'aimait pas ça. Je suis sûr qu'il voulait emmener Livia dans la champignonnière, un repaire sexuel. Il avait l'intention de jouer du fouet, du couteau, de la violer, peut-être même de la tuer. Je suis d'accord avec l'avocat général lorsqu'il a frémi à l'idée de ce qu'aurait fait Peyrat s'il ne l'avait pas tuée. On lui avait sûrement parlé de cet endroit sinistre dans les bars où il avait bu la veille. Voilà pourquoi il n'a jamais voulu dire où il était allé. J'irais même plus loin... Je crois qu'au moment de l'accident, il venait de rater l'entrée de la champignonnière. Il a voulu faire demi-tour et, dans sa nervosité, il a grillé le stop. Les témoins ont tous été frappés par son habileté à repartir en sens inverse ! C'est que Peyrat anticipait la manœuvre, avant la collision. Et voyez comme, après le crime, il a vite trouvé l'entrée de la champignonnière, un sentier pourtant discret et non balisé, mais dont il connaissait l'existence par ouï-dire.

— Mais pourquoi ne l'avoir pas dit au procès ? s'étonne Cyrille, étourdie.

Le Callet la regarde presque avec tendresse.

— Ah, ma chère Cyrille, je vous ai toujours appréciée et je dois dire que, dans la boue que nous remuons chaque jour en audience, votre candeur me manque. Si nous avions plaidé la culpabilité, il aurait fallu disséquer les fantasmes de Peyrat. Et répondre avec précision à ces questions : pourquoi a-t-il enlevé cette enfant ? Que faisait-il avec ce fouet, ces bonbons ? Et ce sulfate de strychnine trouvé dans sa chambre, pour quoi était-ce ? En défendant son « innocence », nous avons parlé de rôdeurs, de satyres, d'un homme à la gourmette. Nous sommes passés rapidement sur le mobile. Bref, nous avons savamment tourné autour du pot. En revanche, si nous avions plaidé coupable, Peyrat serait apparu comme un garçon sexuellement très perturbé auquel nous aurions trouvé des circonstances atténuantes. Et nous nous serions interrogés sur un point qui n'a pas été soulevé. Et qui me laisse perplexe.

— Encore une zone d'ombre ? interroge Cyrille, surprise.

— Sans aucun doute ! Le petit Pozzi ignorait les marques de voiture mais il connaissait parfaitement les couleurs. D'ailleurs, il a parlé d'une voiture grise, et celle de Peyrat l'était. Or, il a déclaré à maintes reprises que le monsieur au petit chien portait un costume gris.

— Oui, tout à fait.

— Donc, il enlève Livia en gris mais il la tue en...

— Bleu marine, le pantalon !

— Exactement. La question est donc la suivante : quand et pourquoi s'est-il changé ? Qu'a-t-il fait du costume gris de l'enlèvement ? Il s'en est débarrassé, sans doute, mais pourquoi ?

— Il s'était sali ?

— Oui, mais comment ?

— Vous voulez dire qu'il s'est changé entre le rapt et le meurtre, donc en présence de Livia. Il l'aurait touchée ? Abusée ? L'expertise dit que...

— En tout cas, en plaidant coupable, on l'aurait exposé à cette hypothèse. Une perspective qui l'épouvantait. Et ce pseudo-scoubidou, ce fouet plutôt, à quoi devait-il servir ? Cela aussi, il aurait dû l'expliquer. La préméditation de l'acte pédocriminel aurait été établie.

Même si l'enlèvement proprement dit a sans doute été improvisé. Il traînait dans le quartier de son copain Richepin. Il s'est promené aux alentours de la cité Saint-Ange, à six cents mètres de là. Il a vu quatre, puis deux enfants. Il s'est garé au pied des garages afin de pouvoir repartir facilement sur la voie express. Ce n'est pas tout...

— Quoi donc ! s'écrie Cyrille.

— En plaidant coupable, on se serait aussi penché sur le meurtre...

— Et ?

— On aurait vu qu'il était encore plus barbare qu'on ne le pensait.

— C'est-à-dire ?

— Vous souvenez-vous du témoignage de l'expert, du légiste ?

— Oui.

— Selon lui, les taches de sang trouvées sur le pantalon étaient des taches d'apposition. Comme si on l'avait tamponné. Or Livia est morte d'une section de la carotide. En ce cas, le sang pulse comme un geyser tant que le cœur bat. Si l'on se réfère aux aveux, quelque chose ne colle pas.

— Rappelez-moi ce que disait l'accusé...

— « La petite a crié, je me suis affolé, je lui ai donné un coup sur la tête avec une pierre, puis j'ai pris mon couteau à cran d'arrêt qui était dans ma poche... »

— Et ?

— Et le sang aurait dû jaillir sur le pantalon, l'arroser abondamment, ce qui n'a pas été le cas.

— Que faut-il en conclure ?

— Que Peyrat lui a donné non pas un mais plusieurs coups de pierre. D'ailleurs, elle était défigurée. Elle a saigné un peu et en saignant, elle a taché le pantalon, d'où le sang tamponné. Mais ensuite, elle s'est écroulée et là seulement, Peyrat a sorti son cran d'arrêt et l'a achevée. Quinze coups de couteau, dont un à la carotide. Tu imagines l'effet que cette révélation aurait produit sur les jurés. Il la massacre à coups de pierre et l'achève, lorsqu'elle est à terre ! Un mode opératoire qui ne laisse pas de traces sur le pantalon puisqu'il est à genoux, penché sur sa victime, qui saigne dans le vide.

— C'est horrible, pauvre Livia ! s'exclame Cyrille.

— Peyrat guettait et abordait des enfants. Il fantasmait de leur faire du mal. Il l'a tuée de la pire manière. Si nous avions plaidé coupable, tout cela aurait éclaté. Il m'a supplié de sauver ce qu'il appelait son « honneur ». Il avait tellement honte de son acte qu'il a été jusqu'à arracher des ronces à mains nues pour le cacher. Il étouffait littéralement de honte, alors j'ai choisi de respecter sa volonté...

— Les pervers ne regrettent rien. Landru n'avait pas honte. Petiot n'avait pas honte. Sa honte témoigne de son humanité. Je n'arrive pas à penser qu'il était un salaud...

Pierre Le Callet sourit. Il la tutoie de nouveau.

— Son humanité ! C'est bien toi, Cyrille, de dénicher du bon dans les replis d'une personnalité que certains jugeraient ignoble. Cette bienveillance, c'est ce qui fait de toi une grande avocate.

— Il était pédophile malgré lui, contre son gré. Il aurait voulu s'abstenir...

— Qui sait ? Je crois plutôt que, ce lundi de Pentecôte, il avait tout prévu pour libérer ses pulsions en toute impunité, mais tu as raison sur un point : d'une certaine manière, Peyrat était un petit joueur. Aujourd'hui, les criminels en réseau se dédouanent les uns les autres. Les trafiquants filment et vendent des images pédopornographiques pour des consommateurs qui prétendent ne rien faire de mal en les visionnant… Alors qu'il faut bien exploiter, violer, abuser des enfants pour produire ces scènes, mais ne creusons pas trop le sujet, chère Cyrille, nous ne pourrions plus défendre.

— Vous… tu as raison. Je préfère penser que ces gens sont malades…

— Malades ? Oublie ce mot dans un prétoire. Un délinquant est-il un malade ? Un escroc est-il un malade ? Un pédocriminel est-il un malade ? Il y a la loi et le respect de la loi. Le reste ne nous regarde pas.

— Et sa mère, qu'en avez… qu'en as-tu pensé ?

— Une brave femme, courageuse, sincère, à côté de ses pompes et complètement aveuglée par son fils.

— Ce costume bleu, cette croix sur le torse, cette Mercedes blanche, ces indemnités de l'État, ces projets d'Ouest américain… toutes ces chimères, ça venait d'elle ou de lui ?

— Des deux, je crois. Ils étaient faits de la même pâte chimérique. Ils s'étaient toujours construit un monde, raconté des histoires.

— À un moment, j'ai cru qu'elle ouvrait les yeux…

— Moi aussi, mais elle les a vite refermés. Elle ne pouvait pas supporter l'idée que son fils soit différent de l'image qu'elle en avait. Au lieu de l'encourager à assumer ses actes, ce qui lui aurait rendu une forme de fierté, son honneur auquel il tenait tant, elle l'a poussé dans le déni.

— Et, ce faisant, sous la guillotine…

— Exactement.

— Nous n'avons pas réussi à le convaincre de sauver sa propre tête. Quel échec !

— Oh, tu sais, dit-il en lui tapotant le bras, l'échec, c'est la moitié de notre métier. Il faut y penser le moins possible, réciter Baudelaire et boire du bon vin.

— Ainsi, tu n'as jamais cru à l'innocence de Peyrat ?

— Oh, mais si... répond Pierre.

Cyrille hausse les sourcils, surprise.

Amusé, Le Callet précise :

— Si, si, j'y ai cru. Le temps de ma plaidoirie.

Sur ces mots, les deux avocats sont descendus du train, leurs valises à roulettes derrière eux. Devant le métro, ils se sont embrassés, heureux d'être réconciliés mais éprouvés d'avoir remué cette terrible histoire.

Cyrille Katz a poursuivi sa carrière en choisissant ses dossiers. Elle se rappelle parfois l'affaire Peyrat, mais de moins en moins souvent, tandis que Louise, elle, n'a jamais cessé d'y penser. Toutes ses demandes en révision ont échoué. Aux yeux de la justice, son fils continue d'être coupable.

Au fil des ans, Louise s'est installée dans des logements de plus en étroits, avec des chats de plus en plus nombreux. Son seul trésor, emporté de déménagement en déménagement, a été sa boîte en fer-blanc et un poster représentant Loïc, la photo de lui agrandie, prise le jour de ses vingt ans, devant Little Bastard enrubannée.

Pendant des années, quel que soit le temps, elle a pris un bus, puis un autre pour se rendre sur sa tombe. Jusqu'au jour où ses jambes ne l'ont plus portée. Désargentée, à demi folle, elle s'est cloîtrée chez elle. Peu à peu, sa mémoire, qu'elle avait si bonne, s'est atrophiée. Ses souvenirs ont cessé de la torturer. Elle n'a plus parlé à ses chats que de problèmes de chats. Plus besoin de leur raconter l'histoire de Loïc, un bon fils, son seul fils, égaré dans un monde trop cruel pour lui.

Les derniers temps de son existence, assise dans son éternel fauteuil à bascule, elle souriait à cette image affichée sur son mur en se demandant qui était ce beau jeune homme aux yeux clairs et aux cheveux bouclés.

On l'a enterrée à ses côtés. Grâce à Ursula, son nom est gravé sur sa tombe en lettres d'or, en caractères romains, comme elle l'aurait voulu.

La peine de mort a été abolie, en France, le 9 octobre 1981.

Les personnes qui s'interrogent sur leur sexualité sont aidées et écoutées (sans jugement) à ce numéro vert : 0 806 23 10 63.

Bibliographie

LIVRES

Matthieu ARON, *Les Grandes Plaidoiries des ténors du barreau*, Pocket, 2013.

Latifa BENNARI, *La Fin du silence*, AD2 éditions, 2002.

Luc BRIAND, *La Revanche de la guillotine*, Pocket, 2019.

Gérard BOULADOU, *Autopsie d'une imposture : l'affaire Ranucci*, Éditions Pascal Petiot, 2006.

Boris CYRULNIK, *Mourir de dire*, Odile Jacob, 2010.

Patrick DILS, *Je voulais juste rentrer chez moi*, Michel Lafon, 2002.

Geneviève DONADINI, *Le Procès Ranucci*, L'Harmattan, 2016.

Jean-Paul DUBOIS, *Une vie française*, Seuil, 2005.

Mathieu FRATACCI, *Qui a tué Christian Ranucci*, Éditions n° 1, 1994.

Agnès GROSSMANN, *L'Affaire Rambla ou le Fantôme de Ranucci*, Presses de la Cité, 2022.

Aurélie JOLY et Frédéric DAVID, *La Malédiction du pull-over rouge*, Éditions Max Milo, 2021.

Jean KER, *Le Fou de Bruay*, Privé, 2006.

Laurence LACOUR, *Le Bûcher des innocents*, Plon, 1993.

Jean-François LE FORSONNEY, *Le Fantôme de Ranucci*, Michel Lafon, 2006.

Julia MINKOWSKI et Lisa VIGNOLI, *L'avocat est une femme*, JC Lattès, 2021.
Sophie et Dominique MOULINAS, *Parents à perpétuité*, Flammarion, 2016.
Karin OSWALD, *L'Affaire Ranucci*, J'ai Lu, 1994.
Gilles PERRAULT, *Le Pull-over rouge*, Le Livre de Poche, 1980.
Pierre RAMBLA, *Le « Cirque » rouge*, Société des Écrivains, 2008.
Inge SCHILPEROORD, *La Tanche*, Belfond, 2017.
Serge TISSERON, *La Honte*, Dunod, 2012.
Odile VERSCHOOT, *Du déni au crime*, Imago, 2014.
Jean-Marie et Christine VILLEMIN, *Le Seize octobre*, Plon, 1994.
Jean-Louis VINCENT, *Affaire Ranucci : du doute à la vérité*, Éditions François Bourin, 2018.

ARTICLE

« Mère et fils », *Autrement*, n° 204, mai 2001.

MÉDIAS

Patrice DROUELLE, « La malédiction du pull-over rouge », *Affaires sensibles*, France Inter, première diffusion le 15 novembre 2008.
Bernard FAROUX, « Christian Ranucci : l'énigme du pull-over rouge », *Faites entrer l'accusé*, 17 Juin Média, première diffusion le 17 juillet 2003.
Christophe HONDELATTE, « L'affaire Ranucci », *Hondelatte raconte*, Europe 1, diffusé le 26 décembre 2022.
Julien SÉRI, *Dolores, la malédiction du pull-over rouge*, documentaire fiction en 4 épisodes, Canal+, 2021.
Ténoras, paroles d'avocates, Public Sénat, documentaire, disponible jusqu'au 7 juillet 2025.
Victoire TUAILLON, *Les Couilles sur la table*, « Nous faire justice #4 : prendre en charge », Binge Audio, podcast en 4 épisodes, diffusé à partir du 2 mars 2023.
Karl ZÉRO, *1 sur 5*, documentaire, 2021.

Remerciements

À ma famille et mes amis (Hervé, Agnès, Brigitte, Dan, amis de Saint-Maur) pour leurs encouragements.

À Lilas Seewald (et son agence littéraire #lavraievie) pour ses précieuses qualités.

À Carine Verschaeve, éditrice exigeante, sensible, amicale.

À la team Belfond pour son engagement total.

Merci à toi, Sébastien, d'avoir si bien lu *La Faussaire* pour Lizzie.

À maîtres Claire Maurice et Sandrine Durochat pour leurs éclairages juridiques.

@Louves du Polar, si talentueuses et bonnes copines.

Aux bloggeurs et influenceurs (Aurélie, Patrice, Marina, les 2 meufs...) pour leur soutien au roman noir, et surtout un grand merci aux lecteurs et lectrices qui nous permettent d'exister.

Pour échanger avec l'autrice :
patricia.delahaie@gmail.com

Composition et mise en pages
Facompo à Rouen

Pour plus d'information :
www.lisez.com
Imprimé sur du papier issu de forêts gérées durablement.

Achevé d'imprimer par
Normandie Roto Impression s.a.s.
61250 Lonrai (Orne)
N° d'impression : 2401109

Imprimé en France